孩子和雁

梁晓声 著

中国青年出版社

目录

序

孩子和雁　1

第一辑　鹿　心　血

鸽哨　9

猎熊　33

鹿心血　45

狍的眼睛　63

第二辑 丢失的香柚

苦艾 72

丢失的香柚 94

孩儿面 97

喷壶 103

从前的事 113

一个青年和他的青春期 121

此爱如钰 127

双琴祭 131

第三辑　七彩茉莉

咪妮与巴特　143

爱丽丝的自由　150

蛾眉　160

“十姐妹”出走　169

鸳鸯劫　174

七彩茉莉　179

第四辑　永久的悔

“巴顿”的荣耀　191

那里　198

永久的悔　205

“老兵”和军马　209

老驼的喘息　218

母亲养蜗年　226

我养鱼，我养花　234

第五辑　一只风筝的一生

狡猾是一种冒险　241

倘我为马　250

虎年随想　256

大象、小象和人　261

蝶恋花　267

猴子　270

一只风筝的一生　274

序

孩子和雁

在北方广袤的大地上，三月像毛头毛脚的小伙子，行色匆匆地奔过去了，几乎没带走任何东西，也几乎没留下明显的足迹。北方的三月总是这样，仿佛是为躲避某种纠缠而来，仿佛是为摆脱被牵挂的情愫而去，仿佛故意不给人留下印象。这使人联想到徐志摩的诗句，“我挥一挥衣袖，不带走一片云彩”。北方的三月，天空上一向没有干净的云彩；北方的三月，“衣袖”一挥，西南风逐着西北风，然而大地还是一派融冰残雪处处覆盖的肃杀景象……

现在，四月翩跹而至了。

与三月比起来，四月像一位低调处世的长姐。其实，北方的四月只不过是温情内敛的呀。她把她对大地那份内敛而又庄重的温情，预先储存在她所拥有的每一个日子里。当她的脚步似乎漫不经心地徜徉在北方的大地上，北方的大地就一处处苏醒了。大地嗅着她春意微微的气息，开始了它悄悄的一天比一天生机盎然的变化。天空上仿佛陈旧了整整一年的、三月不爱搭理的、吸灰棉团似的云彩，被四月的风一片一片地抚走了，也不知抚到哪里去了。四月吹送来了崭新的干净的云彩，那可能是四月从南方吹送来的云彩，白而且蓬软似的，又仿佛刚在南方清澈的泉水里洗过，连拧都不曾拧一下就那么松松散散地晾在北方的天空上了。除了山的背阳面，别处的雪是都已经化尽了。凉沁沁亮汩汩的雪水，一汪汪地渗到泥土中去了。河流彻底地解冻了，小草从泥土中钻出来了，柳枝由脆变柔了，树梢变绿了。还有，一队一队的雁，朝飞夕栖，也在四月里不倦地从南方飞回北方来了……

在北方的这一处大地上有一条河，每年的春季都在它折了一个直角弯的地方溢出河床，漫向两岸的草野。于是那河的两岸，在四月里形成了近乎水乡泽国的一景。那儿是北归的雁群喜欢落宿的地方。

离那条河二三里远，有个村子，是普通人家的日子都过得很穷的村子。其中最穷的人家有一个孩子，那孩子特别聪明，那特别聪明的孩子特别爱上学。他从六七岁起就经常到河边钓鱼。他十四岁那一年，也就是初二的时候，有一天爸爸妈妈又愁又无奈地告诉他——因为家里穷，不能供他继续上学了……这孩子就也愁起来。他委屈，委屈而又不知该向谁去诉说，于是一个人到他经常去的地方，也就是那条河边去哭。不只大人们愁了、委屈了如此，孩子也往往如此。聪明的孩子和刚强的大人一样，只在别人不常去而又似乎仅属于自己的地方独自落泪。

那正是四月里某一天的傍晚。孩子哭着哭着，被一队雁自晚空徐徐滑翔下来的优美情形吸引住了目光。他想他还不如一只雁，小雁不必上学，不是也可以长成一只双翅丰满的大雁吗？他甚至想，他还不如死了的好……

当然，这聪明的孩子没轻生。他回到家里后，对爸爸妈妈郑重地宣布：他还是要上学读书，争取将来做一个有知识有文化的人。爸爸妈妈就责备他不懂事，而他又说："我的学费，我要自己解决。"爸爸妈妈认为他在说赌气话，并不把他的话放在心上。但那一年，他却真的继续上学了，而且学费也真的是自己解决的。也是从那一年开始，最近的一座县城里的某些餐馆，菜单上出现了"雁"字。不是徒有其名的一道菜，而的的确确是雁肉在后厨的肉案上被切被剁，被炸被烹……雁都是那孩子提供的。后来《保护野生动物法》宣传到那座县城里了，唯利是图的餐馆的菜单上，不敢公然出现“雁”字了，但狡猾的店主每回悄问顾客：“想换换口味儿吗？要是想，我这儿可有雁肉。”倘若顾客反感，板起脸来加以指责，店主就嘻嘻一笑，说开句玩笑嘛，何必当真！倘若顾客闻言眉飞色舞，显出一脸馋相，便有新鲜的或冷冻的雁肉，又在后厨的肉案上被切被剁。四五月间可以吃到新鲜的，以后则只能吃到冷冻的了……

雁仍是那孩子提供的，斯时那孩子已经考上了县里的重点高中。他在与餐馆老板们私下交易的过程中，学会了一些他认为对他来说很必要的狡猾。

他的父母当然知道他是靠什么解决自己的学费的。

他们曾私下里担心地告诫他：“儿呀，那是违法的啊！”

他却说：“违法的事多了。我是一名优秀学生，为解决自己的学费，每年春秋两季逮几只雁卖，法律就是追究起来，也会网开一面的。”

“但大雁不是家养的鸡鸭鹅，是天地间的灵禽，儿子你做的事罪过呀！”

“那叫我怎么办呢？我已经读到高中了，我相信我一定能考上大学，难道现在我该退学吗？”

见父母被问得哑口无言，又说：“我也知道我做的事不对，但以后我会以我的方式赎罪的。”

那些与他进行过交易的餐馆老板们，曾千方百计地企图从他嘴里套出“绝招”——他是如何能逮住雁的。

“你没有枪，再说你送来的雁都是活的，从没有一只带枪伤的，所以你不是用枪打的，这是明摆着的事儿吧？”

“是明摆着的事儿。”

“对雁这东西，我也知道一点儿。如果它们在什么地方被枪打过了，哪怕一只也没死伤，那么它们第二年也不会落在同一个地方了，对不？”

“对。”

“何况，别说你没枪，全县谁家都没枪啊。但凡算支枪，都被收缴了。哪儿一声枪响，其后公安机关肯定详细调查。看来用枪打这种念头，也只能是想想罢了。”

“不错，只能是想想罢了。”

“那么用网罩行不行？”

“不行，雁多灵警啊，不等人张着网挨近它们，它们早飞了。”

“下绳套呢？”

“绳粗了雁就发现了，雁的眼很尖。绳细了，即使套住了它，它也能用嘴把绳啄断。”

“那就下铁夹子！”

“雁喜欢落在水里，铁夹子怎么设呢？碰巧夹住一只，一只惊一群，你也别打算以后再逮住雁了。”

“照你这么说就没法子了？”

“怎么没法子，我不是每年没断了送雁给你吗？”

“就是呀，讲讲，你用的是什么法子？”

“不讲，讲了怕被你学去。”

“咱们索性再做一种交易，告诉我给你五百元钱。”

“不。”

“那……一千！一千还打不动你的心吗？”

“打不动。”

“你自己说个数！”

“谁给我多少钱我也不告诉。如果我为钱告诉了贪心的人，那我不是更罪过了吗？”

他的父母也纳闷地问过，他照例不说。

后来，他自然顺利地考上了大学，而且第一志愿就被录取了——农业大学野生禽类研究专业，是他如愿以偿的专业。

再后来，他大学毕业了，没有理想的对口单位可去，便“下海从商”了。

他是中国最早“下海从商”的一批大学毕业生之一。

如今，他带着他凭聪明和机遇赚得的五十三万元回到了家乡。他投资改造了那条河流，使河水在北归的雁群长久以来习惯中途栖息的地方，形成一片面积不小的人工湖。不，对北归的雁群来说，那儿已经不是它们中途栖息的地方了，而是它们乐于度夏的一处环境美好的家园了。

他在那地方立了一座碑——碑上刻的字告诉世人，从初中到高中的五年里，他为了上学，共逮住过五十三只雁，都卖给县城的餐馆被人吃掉了。

他还在那地方建了一幢木结构的简陋的“雁馆”，介绍雁的种类、习性、“集体观念”等一切关于雁的趣事和知识。在“雁馆”不怎么显眼的地方，摆着几只用铁丝编成的漏斗形状的东西。

如今，那儿已成了一处景点，去赏雁的人渐多。

每当有人参观“雁馆”，最后他总会将人们引到那几只铁丝编成的漏斗形状的东西前，并且怀着几分罪过感坦率地告诉人们——他当年就是用那几种东西逮雁的。他说，他当年观察到，雁和别的野禽有些不同。大多数野禽，降落以后，翅膀还要张开着片刻才缓缓收拢。雁却不是那样。雁双掌降落和翅膀收拢，几乎是同时的。结果，雁的身体就很容易整个儿落入经过伪装的铁丝“漏斗”里。因为没有什么伤痛感，所以中计的雁一般不至于惶扑，雁群也不会受惊。飞了一天精疲力竭的雁，往往将头朝翅下一插，怀着几分奇怪，大意地睡去。但它第二天可就伸展不开翅膀了，只能被雁群忽视地遗弃，继而乖乖就擒……

之后，他又总会这么补充一句：“我希望人的聪明，尤其一个孩子的聪明，不再被贫穷逼得朝这方面发展。”那时，人们望着他的目光里，便都有着宽恕了……

在四月或十月，在清晨或傍晚，在北方大地上这处景色苍野透着旖旎的地方，常有同一个身影久久伫立于天地之间，仰望长空，看雁队飞来翔去，听雁鸣阵阵入耳，并情不自禁地吟他所喜欢的两句诗：“风翻白浪花千片，雁点青天字一行。”

便是当年那个孩子了。

人们都传说——他将会一辈子驻守那地方的……

第一辑

鹿心血

鸽哨

珍宝岛事件爆发前，我们班七个知识青年在黑龙江边挖沙子。江沙很细，但只能冬季刨开冰冻的沙壳，挖了运走。春季江水一活，沙滩就不存在了。

我们住在江边一间废弃的小木房里。对岸，有一个哨所，驻守着大约一个班的苏联边防士兵。冰封的黑龙江像一条宽阔的马路，我们每天在“马路”这边劳动，他们每天在“马路”那边巡逻。他们的一举一动，尽在我们眼中。他们从未向我们无端挑衅过，我们也并不因他们的存在而感到威胁。虽然他们是士兵，我们是知青，他们人人手中都有武器，我们有的不过是劳动工具。这里是太宁寂了。两国关系的恶化在我们心中造成的对苏联人的敌意，溶解在大自然的宁寂之中了。在这个地方，是个人，就会产生想要接近人的愿望。如果哪一天江岸看不到那几个苏联士兵，我们倒会觉得在这个宁寂的地方太孤单了。我们一次也没走到“马路”中心去过，他们也没有。在这条宽阔的“马路”上，国境线不是很分明的。与其说我们和他们都怕因“侵犯”了对方的领土而引起纠纷，毋宁说双方都很尊重那条不分明的边境线的存在，谨慎维护这一地带的宁寂与和平。我们不愿被他们看成敌人，他们肯定也是如此。被视为敌人，或者视人为敌，并非美好的事。何况在这一地带在这一宁寂的“世界”中，只有我们几个知识青年和他们几个士兵。想到“同仇敌忾”这个词时，倒会怀疑自己心理不正常。

那几名苏联边防士兵，似乎很适应这个地方的宁寂，生活得也似乎很有规律。他们每天早晨都一溜蹲在江边，用雪擦脸，而后就排着纵队在江边跑步。我们很想学他们，也到江边用雪擦脸，为了向他们证明，我们中国人的抗寒力，一点也不亚于他们苏联人，却只效仿了一天，没体验到丝毫乐趣，只得作罢。

他们养了五只鸽子，每天早、午、晚各放一次。我们将他们的鸽子看成“国际轻音乐团”。他们的每只鸽子都背着鸽哨，鸽哨声悦耳极了，美妙极了，令我们非常羡慕。

我们也从连队带来了一只鸽子，一只洁白的鸽子，一只雌鸽。我们叫“她”是“白姑娘”，我们很欣赏为“她”起的名字。

我们放过一次“白姑娘”，被他们的五只鸽子引过去了，三天后才飞回来。从此“她”就被我们囚禁在笼子里，不再放出。

我们不愿因为鸽子而与他们——那几名苏联边防士兵之间发生什么冲突。

我们珍视这个地方的宁寂。

因为这个地方的宁寂是我们完全没想到的。

我们都是哈尔滨知识青年，下乡前，都参加过“深挖洞”的战备义务劳动。有了这种锻炼，挖沙对我们来说算是很轻的活儿了。

二百七十余万哈尔滨市人民，除了年迈的老人和年幼的孩子，谁没参加过“深挖洞”？小学生参加，中学生参加，军人参加，机关工作人员参加，街道妇女也参加。党政军各级首长，没参加过的怕也数不出来几个。“洞”是挖得很深的，工程相当巨大，耗资惊人，可能足够重建一座百万人口的城市。小学生们挖洞的积极性是非常令人感动的。他们一般都是参加运砖劳动。只要能搬动三块砖的，绝不会搬两块，咬着牙也要搬四块乃至五块。某个小学校的学生有所“发明”，创造了一种搬砖工具—— 一块木板，用粗铁丝或绳子两端拴住，挂在脖子上，一次最多可在木板上放六块砖，只要脖子吃得消。这一经验在各小学迅速推广，于是凡有小学生的人家中，红药水、紫药水和药布，便成了常备之物。几百万人连续几年内每天挖洞不止，市内街道破坏，交通混乱不堪，恶性交通事故层出不穷。某些建筑的地基也遭到严重破坏，或倾斜或倒塌，塌方事故在所难免，烈士英灵永垂千古。即使在和平建设的环境里，死人的事也是司空见惯的，更何况为了准备打仗。人们这么去想，就觉得因“深挖洞”而死也算死得其所了。

市委大楼楼顶安装了防空警报器，堆了沙袋，架了高射机枪，于是几所大学、几座重工业工厂也照此办理。每隔几天便会听到一次凄厉的警报器响。它一响，工人们就跑出车间，干部们就跑出办公室，学生们就跑出课堂。各个单位都有洞，人们知道该往什么地方跑。行走在路上就近寻找不到一个洞可隐蔽的，便迅速卧倒——面朝下，双手护头，身体平贴地面，但不能与地面贴得太紧，那样会被震伤了内脏；也不能趴在离高大建筑物太近的地方，会被砸死。这是战备教育告诉人们的知识，这方面的知识还告诉人们，如此这般，便能在炸弹和原子弹爆炸的瞬间，保存自己的生命。保存自己，是为了消灭敌人。决定战争胜负的是人，不是武器，原子弹没什么了不起。“深挖洞”就是对付原子弹的伟大战略方针，为了在城市被苏军占领后，继续与苏军开展现代的城市“地道战”。《地道战》这部反映抗日战争的影片，被列为战备教育片反复上映。其实影片的实战意义，“家喻户晓，人人明白”。

从省市委机关办公室的玻璃，到各条小街窄巷中每家每户的玻璃，防空袭的米字白纸取代了花样翻新的红纸剪的“忠”字和“公”字。居民委员会的委员们，定期到各家各户视察，严肃批评张家或李家玻璃上的纸条贴得不符合战备要求。某些重要单位和大企业向外地转移，全国著名的哈尔滨工业大学和哈尔滨军事工程学院一大半迁走了。不少单位分期分批向农村疏散人口，许许多多的人们携妻带子举家奔赴农村，战争的威胁消减了人们计较“城乡差别”的心理。出卖私人房产的招贴在城市各个地方触目皆是，却对普通的人们失去了吸引力。旧家具的拍卖价格降到了几乎不值钱的地步，很少有人贪便宜问津，更很少有人想到奇货可居，从中渔利。人们先是想到应将地方粮票变成全国粮票，进一步想到应将钱和全国粮票变成饼干、罐头、肉松等可做战备食品的东西，再进一步想到战争一旦爆发，一颗炸弹从天而降，说不定就落在房顶上，穿透房顶掉进屋里，全家老少于是同归于尽，储藏了再多的战备食品岂不也是枉然。想来想去，还是采用“三光政策”——东西卖光，钱花光，吃光喝光。人们惶惶然不可终日。

我曾任我们中学空袭救助小分队队长，“三角巾包扎法”我掌握得很熟练，不止一次在演习中舍身救助“伤员”，不止一次“牺牲”。我们学校是全市中学进行战备教育的样板，每个学生的衣里儿都缝着一块白布，上写自己的性别、姓名、年龄、父母姓名及工作单位。有的学生还在这块白布上写下最简短的遗言。这是为了中苏战争一旦全面爆发，救助队员们从废墟和瓦砾中拖出我们面目模糊、缺胳膊断腿的尸体时，也许会从那块白布知道我们生前是何许人。如果我们的尸体被燃烧弹烧焦，衣服烧成了灰烬，或者更惨一点，身躯被炸得无踪无影，那就是“另外一回事”了。老师在对我们讲这些时，就像讲几何例题一样逻辑清楚，合情入理。我们都觉得他“另外一回事”这句话讲得格外好，含蓄而明白。我们班有个男同学的生前“遗言”是——崔丽华，我爱你。崔丽华是我们班一名漂亮的女同学，而她的生前遗言是——我想做电影演员。我们都是那个男同学的好朋友，都挺为他感到遗憾，因为崔丽华在生前“遗言”中并没写明也爱他。他不在乎这一点，说：“反正即使她也爱我，这依然是没法成为现实的事儿，我想战争一旦打起来，我俩绝不可能在战后都侥幸活下来。”大家又觉得他的话颇有几分道理。我们下乡之后，听说他和她都顽强地“留守”在城市，与上山下乡办公室进行“持久战”。他在给我的信中写道：“其实我不是留恋城市，既然战争明天就可能爆发，我们接受贫下中农的再教育还有什么必要呢？”我无法解答他的问题，也就没回信。

哈尔滨，这座被誉为东方小巴黎的城市，这座被誉为音乐歌舞之摇篮的城市，这座受苏联文化艺术乃至生活方式影响最久最深的城市，这座曾被它的市民们毫不怀疑地认为是“背靠老大哥”、“第三次世界大战最可靠的后方”的城市，在那些不寻常的日子里，经常响起防空警报器凄厉的声音。它变成了一座空前混乱、无比肮脏、人心惶惶的城市，变成了一座注定将要在中苏战争中被炮火从中国地图上抹去的城市，变成了苏联导弹将重点摧毁的目标，它的每一个市民仿佛都处在朝活夕死的战争威胁中。

战争、战争，不是明天爆发，就是后天爆发。在汇编了关于战争的“最新最高指示”的语录本上，可以查到这样一句话——“中苏战争不可避免，早晚要打，早打比晚打好。”人们虔诚地朗读这段预言战争的语录时，心中充满了沉重的忧郁。中国人不是战争狂，却希望早打。打过了，就拉倒了，他们是这么想的。成年人都甘愿由自己这一代承担起战争的灾难，而将和平岁月留给子孙后代。无论这灾难是多么巨大多么残酷，青年人都预备着血染疆土，英勇捐躯。

然而当我们来到黑龙江边，每天无遮无掩地暴露在苏联边防士兵的眼中，置身在对方武器的最佳射程之内，那种在城市每天所感受到的战争威胁，却减少到了似有似无的程度。我们仿佛走出了战争的噩梦，来到了和平的境界。

这里真他妈的是一片宁寂。听不到防空警报的凄厉鸣叫，也根本观察不到对方在边境线上陈兵百万的任何迹象，仿佛“马蹄形包围圈”不过只是战备教育的一种形象说法，仿佛中苏大战不可避免的预言不过是虚造的幻觉。

与我们这儿相去六七里，对方的一个边防站与我们的一个沿江村对峙江两岸。他们的探照灯夜夜照射到我们这边来。它是必定要照射过来的，那种军事探照灯的照射范围是五里，而这一带最宽的江面不过千余米。这从某种角度上说完全可以被认为是一种挑衅，也可以说是友好，怎么说怎么有理。说是一种特殊方式的友好似乎比说是挑衅更使人易于接受，辩证法在解释这件事上更具有其理论魅力。

我们无法看到当日的报纸。各种报送到团里，已是一个星期之后。由团里送到连队，又得三四天之后。到我们手中，还得三四天之后。我们最想及时看到的是《参考消息》和《人民日报》。一得到这两种报，我们都急切地用目光在每版上捕捉，捕捉着哪怕几行字的与中苏关系有关的报道。我们毕竟是处在“前沿阵地”，中苏关系与我们的命运相连，说不定哪一天一颗炮弹就将我们一块儿报销了。我们死也得死个明白。《参考消息》和《人民日报》上经常带有强烈的火药味：中苏关系一天比一天恶化，一次又一次的小规模边境冲突事件，积蓄着中苏大战前的舆论硝烟。登在《人民日报》上的不断升级的“抗议”、“严重抗议”、“最后警告”、“最后通牒”，使全中国和全世界都深信不疑——“中苏大战是不可避免的”。

但这一边境地带，我是说将我们七个中国知识青年和一个班苏联士兵隔开的那段“马路”，却始终是宁寂的。仿佛这里因为离北京和莫斯科都很遥远，虽是两国神经末梢相接之处，我们和他们的头脑却都变得对战争信息反应迟钝了。

国境线上发生的冲突，有时公允地想起来，其实质并非都是那么严峻的。我们到这个地方之前，听说中苏双方就发生了一次冲突，几乎诉诸武器：一辆苏军卡车与我们的一辆拖拉机在江面上对行，互不相偏让，结果撞在一起，我们的驾驶员和他们的驾驶员都受了重伤。对双方来说，这都是一次“合理冲撞”，也都是一次不理智的冲撞。因为冰封后的黑龙江，中心线本不分明，双方却都认为是行驶在绝对意义的本国领土上，避让对方是政治性的屈辱行为……

我当时听说这件事，心想，与其说是“边境冲突”，毋宁说是“国际交通事故”，只要从联合国派来一名“国际交通警察”，许多类似事件就会得到公正的处理。

我觉得自己这想法颇高明，就对伙伴们讲了。伙伴们却不以为然，七嘴八舌地批判我思想荒唐，头脑简单。“联合国要是有国际交通警察，就该也有国际交通岗亭了，亏你想得出来！”“这是政治你懂不懂？就算有国际交通警察，也管不着这一段！”只有班长没加入对我的这场批判。在我低头认罪之后，他拍了我的肩膀一下，说：“你这个想法……可也真是个想法！”我不明白他的话究竟是对我表示支持，还是讽刺。……几天后，我们的一个伙伴回连队修工具，回来时，带了几份《人民日报》。看了报，我们才知道，珍宝岛事件爆发了。班长抢过报，大声给我们读了《人民日报》评论员的文章：“……只要苏联当局想打，我们就坚决奉陪到底！……”这句措辞斩钉截铁的话，使我们面面相觑。大家都意识到，我们并非处在“和平净土”上，而确确实实是处在中苏全面大战即将爆发的“前沿阵地”。江对岸是社会帝国主义，是新沙皇，是“亡我之心不死”的、最凶恶的、侵略成性的头号敌人。这种我们在接受战备教育时确信无疑的战争理论，一度被这一边境地带的宁寂溶解了，那一天又被珍宝岛事件的爆发浓缩了。然而黑龙江不是乌苏里江，我们挖沙子的这个地方也不是珍宝岛，这里的宁寂是真实的。但我们从那一天开始，都觉得这里的宁寂是虚假的了。从连里带回《人民日报》的那个伙伴还说，连里的知青都在流传，莫斯科警告北京——他们二十分钟就可以从远东打到北京。

北京的回答是——我们十分钟就可以摧毁克里姆林宫。

不知这种说法从何而来，我们听后认为大长中国人的志气，大灭“新沙皇”的威风，完全相信它的可靠性。“光复莫斯科！”“解放彼得堡！”“让克里姆林宫的红星重放光芒！”“将列宁的水晶棺转移到天安门广场！”我们身为红卫兵时，在哈尔滨八区体育场集会高声呼喊过的“反修”口号，从那一天起，又在我们每个人心头荡起了激昂的回声。“反修战士”的豪情壮志，从那一天起，又在我们每个人的血管里沸腾奔突！“你们说，老毛子从什么时候开始有了‘亡我之心’呢？”一个伙伴郑重地向大家发问。大家一起瞧着他，都觉得他郑重得一副傻相。“这算什么问题？一边待着去！”“你小子好像对这一点还有怀疑？”大家纷纷训斥他。他连忙辩白：“没有，没有，我没那个意思！”伙伴中有一个名叫张文歧的，不知从哪儿搞到一册“战备教材”——《闪电战术实例分析》，闲着就看，自认为是“中苏问题”学者兼“现代战争研究专家”。他俨然以战备思想教员的口吻说：“从他们成了‘社会帝国主义’那一天，就有了‘亡我之心’！明白吗？”“明白了，明白了。”被训斥的伙伴诺诺连声。“别卖狗皮膏药！”班长狠狠瞪了张文歧一眼，又瞧着那个被训斥的伙伴说：“你这个问题……还真是个问题！”……一场自发的战备教育就此罢休。从那一天起，江对岸的几个苏联边防士兵，成了我们眼所能见的最具体的敌人。大家怂恿班长，要求连里发给我们武器，免得战争一旦在这里发生，我们赤手空拳，全做无谓牺牲。班长却说：“该发武器的时候必然会发给我们武器的。既然现在还不发给我们武器，那就意味着，我们的任务仍是挖沙子！”

他的话使我们大为扫兴。

一个伙伴嘟囔：“说不定哪一天战争就打起来了，还搞什么营建？”

班长很生气地说：“你应该去质问连长！”班长还将我从连里带来的那支猎枪和十几颗霰弹“接管”了。那是我向老职工借的，一心想在这地方打到几只野鸡、野兔什么的，没碰上过，也就一枪没放过。

“这里是边境线。中苏关系剑拔弩张，一枪一弹，有时都会引起严重冲突。我是班长，有权控制它！”班长的理由是无法反驳的。我背地里便骂他是“陈独秀”，伙伴们都说我骂得“高级”。我们每天照样在班长的带领下挖沙子，那几个苏联边防战士每天照样在江对面巡逻过来巡逻过去。我们重复着和昨天一样的劳动，他们履行着和昨天一样的职责。他们的五只鸽子，每天照样在这里的天空上飞翔。鸽哨声在我们听来，依然是那么悦耳，那么美妙。“白姑娘”照样被我们关在笼子里不放，照样一听到鸽哨就在笼子里骚动不安，发出不甘寂寞的咕咕的叫声。与昨天与前天不同的，是我们的心理。

如果我们发现他们在望着我们，我们便会停止劳动，也眈眈地注视着他们，以此让他们明白，我们是时时刻刻对他们保持着高度的警惕性和防范性的。

如果他们扔过来一个雪团，我们便会扬过去一锨沙子。如果他们中的某一个端着枪向江中心走来，我们便会各自紧握锹镐，一齐迎上去。准备打仗——这根弦在我们的头脑中绷紧到了最大极限。但是我们已见惯了他们的五只鸽子在这里的天空自由飞翔，也听惯了那悦耳的鸽哨声。如果哪一天不见它们在空中自由飞翔，如果哪一天听不到悦耳的鸽哨，我们一定都会觉得单调的生活里缺少了点什么美好似的。这五只象征着友好与和平的鸟儿，似乎永远也不会被人类的战争思想、敌对情绪滋扰。人类赖以生存的这个星球，尽管被一百多个大大小小的国家所划分、所统治，但环绕着它又比它更广阔的天空，却应该是鸽子的自由王国。蓝天是鸽子的大地，鸽子无国籍。它们仍一如既往地飞越国境线，在这里的天空吹奏出悦耳的咏唱友好与和平的哨音。它们在我们头顶盘旋时，我们仍会情不自禁地停止劳动，仰头观望它们，侧耳聆听那飘荡在广阔天空的悦耳鸽哨。

“白姑娘”却越来越不甘寂寞了，它渴望冲出樊笼，渴望飞翔，渴望获得自由。它一听到鸽哨，就咕咕地叫着，扑动着翅膀跳来跳去。它也只能如此引起我们注意，如此向我们传达它的渴望和抗议。

但班长却不止一次非常坚决地对我们说：“不许放出它！谁也不许放它！谁不听我的，我就用拳头收拾谁！”

张文歧背着班长对我们叨咕：“你们瞧着，哪天我非放一次‘白姑娘’不可！说不定我们漂亮的‘白姑娘’，还会将他们那五只鸽子都引过来呢！”

“你别自作聪明，你忘了上一次……”我想打消他的念头。

他说：“上一次？胜负乃兵家常事，上次证明不了我们的失利！不过我们的‘白姑娘’有点得意忘形，太对他们的鸽子卖弄风情罢了。我相信它会吸取教训，总结经验的！”

“他们五只，我们一只，敌众我寡呀！”又一个伙伴说。“未战先馁，你这完全是一个失败主义者的论调嘛！”张文歧振振有词。他仿佛不是在谈论鸽子，而是在策划一场空战。我诧然不已。隔日，张文歧在抡镐刨沙时，被飞起来的冻沙崩了眼睛，班长让我送他回去。走在半路，他笑嘻嘻地对我说：“你们都上当受骗啦！”我问：“什么意思？”他说：“我是制造个机会回去给咱们的‘白姑娘’放风的！”“你没被崩着？”“崩是崩了一下，不过没事儿。”“我告诉班长啦！”“请便，反正他已经来不及阻止我了。”“要是咱们的‘白姑娘’再被他们的鸽子引过去，看大家怎么惩罚你！”他自信地一笑，不屑于回答的样子。

走回我们刨沙子的地方，班长不安地问：“他的眼睛伤得重不重？”

我没好气地说：“他唉唉呀呀，装模作样骗我们……”

话未说完，一个伙伴突然指着天空大嚷大叫：“看！咱们的‘白姑娘’！飞得多高，飞得多快呀！……”

大家都向天空仰望。果然，我们的“白姑娘”翱翔在高高的天空。那一日天空晴朗极了，蔚蓝蔚蓝的，无云也无风。我们仰望天空，就像从天空俯瞰大海。“白姑娘”不时从高处俯冲下来，在我们头顶盘旋一圈，然后陡然疾飞。看得出，它获得了这次难得的飞翔机会，又快活又兴奋。

我们都看得有些发呆。

班长朝江对面望了一眼，低声骂道：“张文歧这小子，跟我要这套把戏，我轻饶不了他！”

他虽这么说，却一直仰着脸，用目光追随“白姑娘”’优美的身姿，而且情不自禁地笑了。

“她”飞上了天空，我们谁也没法儿将“她”从天空弄下来。只有一边欣赏“她”高超的飞翔特技表演，一边期待“她”飞累了，自己降落。

“她”却飞呀飞呀，仿佛永远也不会飞累，永远也不愿降落。

一阵鸽哨声响起了，他们的那五只鸽子从江对面起飞了。它们飞过江，团团包围了“白姑娘”，裹胁着“她”一块儿飞。

“白姑娘”被它们诱惑了，“她”好像一位美丽高贵的公主，置身在一群爱慕者之间。“她”不断向它们显示自己高超的飞翔技巧，一会儿俯冲，一会儿滑翔，一会儿侧飞，一会儿连续翻筋斗。

班长说：“瞧着吧，‘白姑娘’一定又会被他们的鸽子劫持走了！这次他们绝不会轻易让‘她’再逃回来了，张文歧这个浑蛋！”

班长的担心却似乎多余。正如张文歧所预言，我们的“白姑娘”果真吸取了上次被“劫持”的教训，“她”跟它们比翼齐飞，与它们在天空兜转周旋，但只要它们有了引诱“她”飞向江对面的企图，“她”便矜持地离开它们，高傲地独自任意翱翔。

我们心爱的鸽子这种非凡的“性格”，使我们——“她”的主人们感到大为惊奇和自豪。

“她”的爱慕者们，似乎终于像人一样意识到，要诱惑这只美丽的洁白的鸽子第二次“叛逃”是不可能的了。

那几名苏联边防士兵也出现在江对面，仰首观望这场“空战”。是的，这简直就如同中苏双方之间利用鸽子进行的一场无声的空战，我们恨不得也飞上天空，加入这场“空战”。他们是否也有这样的冲动，就不得而知了。

“空战”持续了很久。

“喂，你们的鸽子弃暗投明了，不会再飞过去了，你们死了这条心吧！”张文歧不知何时也回到了这里，朝江对面的苏联边防士兵大呼大喊。他一脸得意之色。

一名苏联边防士兵开始举起挂在长竿上的小旗摇晃，他们的那五只鸽子心有不甘而又恋恋不舍地往回飞了。它们刚刚飞过江去，我们的“白姑娘”又迅速追上了它们，在那几名苏联边防士兵头顶盘旋一圈，又将它们引逗到江这面来了。持旗的苏联边防士兵，一刻不停地挥舞小旗。他们的鸽子一次又一次飞回去，我们的“白姑娘”一次又一次将它们引过来。“噢！噢！我们胜利了！我们胜利了！”“弃暗投明有理！”“背叛‘新沙皇’有功！”除了班长以外，我们都跳着蹦着喊着叫着，哄作一团。当“白姑娘”又一次飞过江，一名苏联士兵举起了枪，向“她”瞄准。“不许开枪！……”我大叫。“不许开枪！……”伙伴们齐声呐喊。“不许开枪！……”班长也对他们吼了起来。那苏联士兵缓缓放下枪，望着我们，在犹豫，却又有另一名苏联士兵举起了枪。砰……在这个宁寂的地方，枪声显得格外脆。那一瞬间，我们都呆呆地怔住了。“白姑娘”在空中抖动了一下，“她”那洁白的身体朝上一蹿，像被看不见的弹簧朝上弹了一下，几根洁白的羽毛从空中徐徐飘落。

"她"的翅膀伸展着，仍保持着飞翔状态，腹上背下，几乎垂直地掉落下来。"她"的爱慕者们，似乎明白发生了怎样的可悲事件，纷纷围绕着"她"也降低高度。看得出，它们都想要用自己的翅膀托住"她"。但鸽子毕竟不是大雁或天鹅，没有在空中救护同类的本领。也许它们深恐自己也突然遭到如此可悲的厄运，撇弃"白姑娘"，一齐飞走，纷纷落到了江对面哨所的顶盖上。

就在"白姑娘"掉到离地面只有几尺高的刹那，"她"突然翻过身，奋力扇动几下翅膀，飘飘摇摇地升起高度，仄仄歪歪地盘旋了一小圈，辨明方向后，斜着侧着地朝江这边飞来，朝我们头顶的上空飞来。在江中心，"她"就开始身不由己地下扎，像纸叠的飞机，翅膀一动不动地滑翔而至。

"她"掉落在我脚旁。

我立刻弯下腰，小心地用双手将它从雪地上捧起。

在"她"掉落的地方，雪地红了。

"她"洁白的羽毛红了。

我的双手红了。

"她"那两只乌豆般的鸽眼瞪着我。

我们一个伙伴，挥舞双拳朝江对面破口大骂："你们浑蛋！"

班长狠狠扇了张文歧一记耳光。

张文歧操起一柄铁锨，就要冲过江去拼命，两个伙伴费了好大劲才将他制伏……

"白姑娘"的死，在我们心中造成了一种悲痛。这悲痛虽然不能用"巨大"或"强烈"去形容，但却是真实的，也可以说是沉重的。因为这悲痛之中，包含着一种浓缩的，不属于悲痛的成分在内。这种成分像癌细胞，原本就潜伏在我们心中。它与悲痛混合在一起，交织在一起，使一只鸽子的死，具有了咄咄逼人的重大性和严峻性。甚至可以说，我们心中包含着异质成分的悲痛，是超乎正常的，具有某种可怕性质的，超乎常态的。

我们将“白姑娘”埋葬在了黑龙江边。我们在埋葬“她”的那个地方肃立了许久，对这只无辜的鸟儿的横死表示我们几个年轻人的哀悼。我们都觉得对这只美丽的鸽子的死怀有深深的内疚，说到底，“她”是由于不明不白地卷入了我们与他们——那几个苏联边防士兵之间心照不宣的“战争”才遭到枪杀的。可“她”究竟算是为何而死呢？这又是我们无法向自己解释清楚的。我们对“她”的哀悼，也意味着是对江那边几名苏联边防士兵的愤怒和仇视。我相信，那一天他们是知道了这一点的。因为他们当时都站在江那边望着我们，直至我们散去，他们才散去。

接连几天，我们都变得沉默寡言。我们每天仍到沙坑那里去刨沙子，他们每天早晨却不再到江边用雪擦脸了，也不常能望到他们的身影了，也听不到悦耳的鸽哨声了。这个地方比以往更加宁寂。这确是虚假的宁寂，有种什么无形的可怕的东西在这个地方的宁寂之中孕育着、滋生着、弥漫着。

终于有一天，我们又听到了鸽哨声。也许，那几个苏联边防士兵认为，时间的流走已将“鸽子事件”的阴霾驱散了吧！起初，鸽哨声很微小，好像从极远的地方传来。渐渐的，哨声接近了。最后，听得很分明，就在我们住的小木房子上空环绕，如泣如诉地游弋。

我们都在睡午觉，纷纷坐起，怀着复杂的心情，静听那欲断欲续的哨声。以前，在我们听来，它是多么悦耳，多么美妙，多么令人心旷神怡啊！但那一时刻，这种声音令我们感到刺耳，引发了我们的愤怒。

我们的“白姑娘”被他们打死了，他们的鸽子竟又胆敢侵犯我们的领空！“张文歧呢？张文歧哪儿去了？”班长忽然发现张文歧不在。不知哪一根神经提醒他，他掀起褥角去看猎枪。猎枪不在了，装霰弹的小铁盒也不在了。“马上去把他找回来！都给我去找！”班长吼起来。我们衣帽不整地走出小木房子，四处张望，视野以内，不见张文歧的影子。“张文歧！……”我们同声大喊，回答我们的是鸽哨声。

奇怪，他会到哪儿去呢？

鸽子，他们的五只鸽子，仍然在我们的小木房上空飞绕着。它们仿佛是在怀念我们的“白姑娘”，绕了一圈，又绕一圈，飞得很低，飞得很徐缓。

江对岸，苏联士兵们在望着我们，互相指手画脚。一名苏联士兵又挥舞小旗，想将他们的鸽子招引回去。他们的鸽子却不往回飞。突然一声枪响，正在我们小木房上空飞绕的五只鸽子，接二连三向地上掉去，落地即死，哪一只也没动一下。张文歧慢慢从我们的小木房顶上站了起来，一手提着猎枪，枪筒冒着一缕青烟，一股浓烈的火药味渐渐在空中飘散开来。他跳下房顶，将猎枪和子弹朝班长一递，阴沉着脸说：“只用了一颗霰弹。”江对岸，苏联士兵们像被定身法定住了，几尊石人般僵立不动。

那名舞动小旗的苏联士兵，小旗仍举在空中，随风招展。五只鸽子的尸体以各种不同的姿态布在我们四周的雪地上，霰弹的威力和辐射面很大，每一只鸽子肯定都中了无数铁砂。我们一个个目瞪口呆，吃惊地望着屠杀者。“你！……”班长手指张文歧，说不出话。“我什么？”张文歧也瞪视我们大家，理直气壮，“我要为咱们的‘白姑娘’报仇！只要是他们的鸽子，飞过来一只，我打落一只。飞过来两只，我打落一双！这就叫‘人不犯我，我不犯人，人若犯我，我必犯人’！这就叫‘以牙还牙，以眼还眼’！这就叫‘中国人不是好惹的’……”

我们将他们的鸽子和我们的“白姑娘”埋在了一起。我们想，鸽子，无论是他们的，还是我们的，都是象征着友好与和平的鸟。死在这地方的每一只鸽子，都是死得很无辜、很可悲，也很可怜的。

它们之间，是永不会产生敌意和仇恨的，是永不会互相攻击和伤害的。它们是同类之间最善于和平相处的鸟儿，是我们人类之间无休无止的敌意与仇视，导致了这些象征着友好与和平的鸟儿的可悲下场。对这些被杀人的子弹和杀兽的子弹所射杀的鸽子，我们是有罪过的。他们——那几名苏联士兵，也是有罪过的。我们的心灵因此感到无法安宁，却无法知道那几名苏联士兵的心灵会怎样？

如果任何生命都有灵魂，但愿这几只鸽子的灵魂在另一个世界的蓝天上无忧无虑地比翼齐飞吧！另一个世界是没有边境也不会有战争的！班长一回到屋里，就从张文歧手中夺过猎枪，一声不吭地将猎枪拆卸了，塞到褥子底下的茅草中。我们以为班长会狠揍张文歧一顿，班长却并没揍他，但是看也不看他一眼，大家谁也不对张文歧说一句话。这种沉默使张文歧很难堪，他低低地垂着头闷坐在他的铺位，那样子像个等待审判的罪犯。

我们都明白，从此再也不会听到那悦耳的鸽哨声了，再也不会。无论我们听来是美妙的，或者我们听来是刺耳的，在这个宁寂的地方，鸽哨声是将永远永远消失了。

也不会有鸽子在这里的天空上飞翔了。无论是我们的，还是他们的……然而战争的风云并没有从乌苏里江漫卷到黑龙江。尽管这是事实，但我们都认为，在这里，在这个从来都很宁寂的边境地带，实际上已发生过了一次小小的战争。无辜死于一颗步枪子弹和一颗猎枪霰弹之下的六只鸽子，便是这场战争的明证。

在我们完成了挖沙任务，将离开那里的前几天，傍晚，黑夜还未彻底降临的时候，刮起了暴风雪，这宁寂的地方一下子变成了鬼哭神泣的地方。我们小木房顶的一截破烟筒被刮掉了，呛人的黄烟一阵阵从炕洞里冒出来。张文歧自告奋勇去安烟筒，班长不动声色地说："当然应该你去，因为你已经有过一次爬上房顶的经验了。"

这是几天来班长对他说的第一句话。这几天中，我们每个人都很少跟他说话，以此表示对他的惩罚。尽管他变得处处乖顺，安分守己，再也不扮演"中苏问题"专家的角色了。

他安好烟筒，回到屋里后，出乎我们意料的，从缅着的棉袄里抓出一只鸽子！"你……你用什么将它打下来的？你小子太可恶了！……"班长一把揪住他衣领，攥紧了拳头。看得出，班长恼怒到了极点。"不……不是我将它打下来的，是它自己飞迷了路，落在我们屋顶上……"他急急忙忙解释。班长缓缓放开了他的衣领。我们都围拢了观看这只鸽子。它是灰色的，翅羽还未长丰硬呢，已经快冻僵了。“这叫‘灰雨点’，优良品种。”张文歧用内行的语调说。班长说：“闭上你的嘴，你不配谈论鸽子。”张文歧嘟囔：“我就是懂嘛，我养过鸽子。”“我们没养过鸽子，可也没杀过鸽子！”我抢白他一句。这句话刺伤了他的自尊心，他退到他的铺位那儿，默默坐下，不吭声了。班长将那只鸽子放在被窝儿里，只露出头。它渐渐暖和过来，转动着头，仿佛有几分诧异地瞧着我们，咕咕叫了几声。“我差点忘了，它腿上还绑着一封信呢……”张文歧又走过来，从衣袋里掏出一封信，毕恭毕敬地交给班长。班长接过那封信，只看了一眼便说：“这又是一只他们的鸽子，信封是他们的。”信封上什么也没写，左下角印着一个人物头像。一个伙伴说：“这秃头是勃列日涅夫吗？怎么不太像啊？”“滚一边去！”班长轻蔑地瞥了他一眼说：“马雅可夫斯基。”“马雅可夫斯基？怎么没在报上见过这个苏联名字，前国防部部长？”“苏维埃革命诗人，著名长诗《列宁》的作者。”到底不愧为老高三，我们都后悔自己晚出生了几年，少知道了很多事情，不免一个个显得羞惭起来，也对班长立时肃然起敬。“这封信会不会是……他们的什么军事行动命令？”“别忘了如今是七十年代，哪一个国家也不会再用鸽子传送什么军事命令了！”

“那可不一定，我们这边没有电话线，他们那边也没有电话线呀！再说，前几天又刚下过一场大雪，没准他们那边的道路被大雪阻隔了呢……”

大家七嘴八舌，争先说出自己的猜测和判断，都认为自己的话不容忽视。这些猜测和判断，互相听了，都觉得各有几分道理，并不荒唐可笑。

因为我们是在中苏边境线上。时刻准备打仗的思想，控制着我们大脑的每根神经。“别乱嚷嚷！”班长大声说。他犹豫片刻，慢慢撕开那封信，抽出信纸，默默地看起来。

我们也都将脑袋凑向那封信。信是俄文写的，我们一句也看不懂，心中却自然而然地想到了突然的军事袭击、闪电战术、进一步制造边境武装冲突事件的阴谋、全面入侵中国的战略策划。我们仿佛从满纸俄文的字里行间看到了千百万辆坦克和千百万架飞机……

班长却开始拿着那封信发愣，我们急切地追问他。“我真不该拆开这封信，刚才听你们那么七言八语乱嚷嚷，我也有点怀疑信上写的是什么军事行动命令了。”班长很后悔。“不是军事行动命令，究竟写的是什么内容呀？”“既然你能看懂，就快念给我们听听啊！”“这是一封普通家信。”班长低声说，于是看着信，一句一句地翻译给我们听。

○

亲爱的卢什卡，我的好人儿：

已经十三天没收到你的信了。十三天啊！你能理解这对我意味着多么长久的时间吗？我每天都在盼着你的信，内心不安极了，害怕极了。害怕听到从边境的方向传来枪炮声，害怕你被打死。

再过几天，我们的宝宝就要出世了。我希望生个男孩，像你一样，有一双蓝眼睛，但绝不希望他将来像你一样去当边防军。村里的人都说，我们在珍宝岛死去的士兵，个个都是小伙子。我们为什么要同中国人打仗呢？他们是我们的近邻啊！

你们那里的边境线上平安无事吗？亲爱的卢什卡，我的好人儿，我时时刻刻都在为你提心吊胆啊！我真怕再见不到你一面你就被打死了，真怕我自己成了一个年轻的寡妇，真怕我们的小宝宝一生下来就没有父亲了。赶快给我写封信吧，让我知道你还好好儿的活着！

你们那儿雪下得大吗？我们这儿雪下得大极了，村里许多人家的屋顶都被雪压塌了。公路也被大雪封住了，村里的几台拖拉机这几天从早到晚在清雪开道呢。村里的邮递员从摩托上摔下来，摔断了脚，可谁也不愿接任他的差事。全村人都十几天没收到信件了，我只好让我们的“灰雨点”送这封信。它能将你写给我的信带回村里，我相信它也不会使我失望的。

亲爱的卢什卡，我的好人儿，赶快给我写封信吧，越快越好！你无法知道我是多么想你，如果我离你不是一百多里远，如果我肚子里不是怀着我们小宝宝，我一定早已赶到你那里去了。

吻你

爱你的娜嘉

○

班长念完信许久，大家都默不作声。这封信打动了我们每一个人的心，我们都因对这封信做过不着边际的猜测和错误的判断而觉得难为情。这样内容的信我们也收到过，当然不是妻子写来的，我们还没有过真正的爱情经历呢！是我们的父母写来的。在我们收到的信中，和这封一个年轻的苏联妻子写给丈夫的信中，竟有多少完完全全相同的话啊！

我们都在想着什么，只有班长自言自语地说了句：“我是真不应该拆开人家的信啊！”……第二天清晨，暴风雪过去了。经过昨夜一场暴风雪的扫荡之后，江中心出现了一道雪坎。大自然的神力，为我们和他们在江中心造成了一道分界。

班长将那封信重又绑在鸽子腿上，怀着深深的歉意将它放飞了。它在空中绕了几圈，缓缓落在江对面的哨所顶上。班长在信上写下了几行俄语。他写的是：

○

鸽子无国籍。

战争与和平，我们要和平。

拆了这封信，我们为自己的行为感到羞愧，请原谅！

○

我说：“再多写几句解释的话吧！”

班长说：“这三句足够了。”

张文歧也说：“足够了。”

又过了一天，我们就离开那个地方，回到连里去了。

我们都没有对连里的任何人讲到过那封信，我们耻于谈起拆看了一个年轻的苏联妻子写给丈夫的信的行为……

如今，珍宝岛事件已是十五年前的事了，我由青年进入了成年，我整整八年没回到哈尔滨市了。这次回来，看到它发生了许多变化。首先是，不再能听到防空警报的声音了，看不到米字形的防空纸条了。许多防空洞变成了地下旅馆、地下餐厅、地下商店，老百姓家挖的防空洞则变成了菜窖。一幢幢新建的高楼拔地而起，这座十五年前仿佛要“贡献”在中苏大战之中的美丽城市，正在被建设得更加美丽，发展得更加迅速和繁荣。十五年的历史，并没有按照十五年前“中苏大战”的种种预言去书写，现实令人欣慰地否定了这一预言。

于是我想到，和平对于任何一个国家的人民都是多么重要。

去年春节期间，一位苏联将军率领几位随员在中国的领土上，与中国边防军民联欢。黑龙江电视台播放了这一电视新闻，每一个观看到的中国老百姓，并不认为这是不可理解的。

于是我又想到，人民对和平的理解，是深刻于对战争的理解的。我们的人民，是乐于接受和平的，像苏联的孩子们乐于接受圣诞礼物一样。于是我非常想到黑龙江边去，到我们十五年前曾挖过沙子的那个地方。不知那个坟是否还那么宁寂？不知那里的天空是否还有鸽子飞翔？不知是否还能听到鸽哨声？不知是否还能寻找到我们埋葬过六只鸽子的那个地方？记得当时我们曾在那个地点钉入一柄镐把儿为标记，却并未想到哈尔滨市今天依然存在，不是一片废墟……

猎熊

老伦吉善骑马伫立在山巅，他忠实的猎犬翁卡伊四腿插在深雪中，像主人一样岿然不动，像主人一样鸟瞰着远处灰苍的大森林。

血红的落日滞留在两山之间峡谷的上空。峡谷中被风暴扫荡得波状重叠的积雪，在落日余晖的映耀下，如缓缓流动着的岩浆流。落日以其瑰丽的超过初升时刻的彤光燃烧着峡谷，金橘色的夕照从峡谷间辐射向暮霭渐垂的天穹。

“啊嗽……嗬……嗬！……”

老伦吉善突然举起一只手臂，五指叉开的手掌仿佛力托着一座大山，从胸膛爆发出一声喝喊。这喝喊声如虎啸狮吼，震荡在峡谷间，回音经久不消。

翁卡伊受到主人这种豪壮情绪的感染，盲目地一阵狂吠。它仿佛在向大山林中的一切生物发出威胁——我是伦吉善的狗！

狗的吠声刚落，白马也昂头长嘶。

老伦吉善放下手臂，脸上浮现出冷笑。那张脸，像风化了百年以上的岩石雕成。纵横的皱纹切割碎了当年的无畏气概，只显示出惆怅的威仪。那冷笑含着一种主宰者的傲岸，仿佛意味着——我是森林大帝，我是百兽之王，我是鄂伦春之魂，因为我千载不朽的英名——伦吉善。

整个山林世界在人的喝喊之后，在狗的狂吠之后，在马的长嘶之后，异常沉寂，仿佛在胆怯地瞻望着他们，仿佛屏息敛气地匍匐在这“三位一体”所形成的威慑力量面前。仿佛在沉寂中表示卑微的屈服——你是森林大帝，你是百兽之王，你是鄂伦春之魂，因为你是伦吉善。

主宰者凛峻的冷笑，渐渐变为一种自信的睥睨一切的微笑。夕照的最后的残辉投射在他脸上，投射在他身上。他脸上的每一条皱纹，都洋溢出老英豪的风采。他身体微微后倾，骑姿更加雄武。他终于调转了马头，放松嚼口，穿着“奇哈密”的两脚突然一磕马腹，纵马驰下了山巅……

月亮占据了落日在峡谷上空的位置，清冽的月光洒在峡谷中人迹罕绝的雪地上，雪地被映成了淡蓝色。一人多高的灌莽丛的暗影在雪地上组成神符般的古怪图形，像一堵堵残垣断壁。老伦吉善对这个夜宿地点很满意，这个地点是他在山上鸟瞰周围时选择的，峡谷口就是原始森林。此刻，听不到林涛声，也没有呼啸的山风从峡谷中穿过。除了在不得已的情况下，他是不愿在森林中夜宿的。在森林中夜宿，望不见月亮神“别亚”，也望不见北斗星神“奥伦”。“别亚”和“奥伦”，同是他在诸神之中最为虔诚崇拜的保佑之神。他视“别亚”为母，视“奥伦”为父。他在夜宿时仰望着他的保佑之神，心中常感到像孩子依偎着慈祥的父母一样安宁。

他从马鞍上卸下了一只冻得硬挺挺的狍子，下山时打到的，用了三颗子弹。只有一颗子弹打在狍子身上，打断了它的左后腿，它拖着断腿逃入了茂密的柞树林中。翁卡伊追入柞树林中扑倒了它，咬透了它的颈子。真是一条出色的猎犬，虽然也像他自己一样老了。

他心底忽然产生了一种悲哀，一种由于意识到老而自怜的悲哀，一种对老的恐惧，这种不可名状的恐惧感使他生平第一次自己对自己那么茫然。难道我伦吉善也会老吗？不，这是不可能的！即使我老了，我也仍是森林大帝，因为我是伦吉善！伦吉善是不会老的！"别亚"和"奥伦"保佑我，衰老也绝不能够从我身上夺去勇敢和强悍。他心底又忽然产生了一种自己对自己的崇拜，那是一种巩固的崇拜，一种超过对任何图腾的崇拜，甚至可以说是超过对"别亚"和"奥伦"的崇拜。这老鄂伦春人毕生都是在对自己的崇拜中度过的，丧失了这种崇拜，他是无法生存的。

可他毕竟用了三颗子弹才打到一只狍子，而且是打在一条腿上！按照鄂伦春猎人的说法，是"狍子自杀"。耻辱啊！近千只狍子丧生在他的枪下，他何曾用过两颗子弹打死一只狍子？可是今天却用了三颗子弹！大乌斯力村的年轻的鄂伦春猎手们若是知道此事将会发些什么议论，他是完全预想得到的。在他内心里，对于这一类议论的恐惧，是强大于意识到自己毕竟老了的恐惧的。

白马打了一阵疲惫的响鼻。他不禁扭过头去，目光忧郁地望着它。它也老了，老得连一匹猎马的尊严都不能维持了，此刻也像翁卡伊似的卧倒在雪地上，无精打采地舔着雪。从山顶奔驰到这里，对任何一匹猎马都该不算回事，可是它身上的汗却弄湿了他的皮裤，还两次失蹄，险些把他从鞍上摔下来。它已不再能像过去那样，在失蹄的情况下一眨眼便站立起来，继续奔跑。今天它失蹄后，站了数次都没能站起。他不得不离鞍对它大吼一声，忧郁地望着它，他心中对它充满了怜悯。难道我伦吉善的白猎马也老到不中用的地步了吗？可当年它曾是一匹多么耐苦耐劳的优良猎马啊！有人用三匹马、两条狗，外加一支崭新的双筒猎枪要与他交换这匹马，被他干脆地拒绝了。如今它分明是老了，分明是不中用了。他心中默默祈祷："'别亚'啊，'奥伦'啊，保佑我的白马吧，保佑我忠实的猎犬翁卡伊吧，不要让它们衰老，不要让它们变得可悲而可怜。失去了它们，我伦吉善也就不再是伦吉善了，不再是森林大帝了……"

他其实也在为自己向"别亚"和"奥伦"虔诚地祈祷。

他抽出匕首，熟练地剥下狍皮，割下两块狍肉，在火上烤软，一块扔给了白马，一块扔给了翁卡伊。翁卡伊默默地不慌不忙地吞食着，白马却对狍肉无动于衷，用嘴唇触了一下，继续舔雪。他不由得叹了口气，他知道，白马已经老得牙齿松动，无法咀嚼兽肉了。他很后悔，在打死这只狍子的时候，没有放出它的血让白马痛饮。他叹了口气，将狍肉架在火堆上烤起来。

他忽然感到很寂寞很孤独。他已经很久很久没有单枪匹马地深入大兴安岭的腹地了，自从鄂伦春人定居后，大兴安岭中早已不常见到单独狩猎者了。

篝火的蓝舌头贪婪地舔着狍肉，狍肉散发出一阵比一阵诱人的香味。他凝视着篝火，习惯性地回忆起自己一生中一件件一桩桩英雄而光彩的事迹。这种回忆似烈酒，对他来说同属享受。

他的遥远的祖先属于白依尔氏族，他所知的每一位先人，都是氏族中的领袖或勇士。他深信自己血管里流动的是不同于任何一个鄂伦春人的血液，是神明恩赐给他的家族的可以像法宝一样世代相承的东西，并且深信自己的血液是蓝色的，蓝色的血液使他的家族中的每一个男人都必定成为英雄或勇士。没有人能够说服他改变这一偏执的看法，因为他从小到老，一次也没有受伤流血，这一点更加使他对自己的看法坚信不疑。如果没有神明的保佑，哪一个鄂伦春人能够一生一次也不受伤流血？蓝色的血液，即使哪一天会从他身上的伤口流出，落在地上也一定变为蓝色的宝石！

在他九岁的时候，就能够用弓矢射中飞雁。十二岁的时候，就用父亲的猎枪打死过一头巨熊，救了一位猎人的命。十八岁，他成了全部落第一的百发百中的神枪手。有一次，一股土匪偷袭了部落，杀死了七个鄂伦春妇女和孩子，夺走了二十多匹猎马和大量皮货，他一人单骑追踪了土匪三天三夜，在黑瞎子沟将十几名土匪全部消灭。日本“山林队”糟蹋并杀死了他的妹妹，他刀劈了“山林队”少校队长和五名日本兵，将“山林队”的住所一把火烧了个精光。从此他隐迹于大兴安岭的密林之中，而他的名字则传遍每一个鄂伦春部落……

在加尔敦山麓，在诺敏河畔，在新中国成立后出现的新集镇小二沟，在鄂伦春定居日那一天，在鄂伦春族的第一个旗长白斯古朗向来自甘河、奎勒河、多布库尔河、讷门河、托扎明河、阿木牛河流域乃至瑷珲、呼玛一带的鄂伦春人宣布“几百年来被人耻笑为野人的我们，已不再是一个被侮辱被欺压的民族，现在完全站起来了”的时候，他奇迹般地出现在人们面前，英武而豪勇，和旗长并立一处。旗长向人们讲出他的名字，人们顿时狂热地对他欢呼：“鄂伦春——伦吉善！伦吉善——鄂伦春！……”

旗长当众授予他一面锦旗，上面用金线绣着五个字——鄂伦春之魂。

以后，他的名字便经常同“鄂伦春”三个字联系在一起了。他所获得的崇拜和尊敬，远远超过他的任何一位先人。

不久，他又因其丰富的狩猎经验和百发百中的枪法，被旗长授予另一面锦旗，上面绣着四个字——森林大帝，也是用金线绣成。

……

可是如今人们却不再像过去那般崇拜他了，虽然依然尊敬他，那也不过是一种对老年人的尊敬而已。选举旗人民代表，已不再有很多人投他的票。旗里召开什么会议，自然也不再有人通知他去参加。就连进山打猎这样平凡的事，也不再需要他来出面组织。年轻人甚至公然劝他偌大的年纪不要再摆弄猎枪了。

他们对他说：“阿达玛，您如今应该做的是在家抱孙子，或者到鹿场去养鹿。”

他们对他说：“你和我们一起进山去打猎，那只会给我们添麻烦。”

他们对他说：“现在山里黑熊多起来了……”他们竟拿黑熊来恫吓他！连他的儿子也对他说这话！这是无法忍受的！

于是他三天前没有向任何人告别便深入到大兴安岭腹地来了。

他要打死一头黑熊。

他要证明自己并没老，也永远不会老。

三天内他发现过两头熊，没打。那两头熊在他看来都不够巨大。他要打死一头巨熊，只要算得上巨熊，发现几头，他将打死几头。他要把熊掌带回村里去，扔在那些年轻人脚下……

此刻，他将烤熟的狍肉一刀刀片尽了，便开始做他临睡前最重要的一件事。他在雪地上用树枝画了一个圆圈，圆圈象征盆，圈内的雪象征水。他在“盆”边双膝跪下，上身匍匐于地，额头贴在手背上，开始向他的保佑之神月亮神“别亚”祈祷，祈祷他明天会在“盆”里发现一撮熊毛，那便证明“别亚”向他预示，他可以如愿地打死一头巨熊。之后，他便铺开皮褥，躺了下去。他很快就酣然入睡，不时发出呓语：“我是伦吉善，我是……”

狩猎者总是比山林醒得更早。当残留的夜幕和初现的曙色交织在峡谷尽头时，老伦吉善已经跨上了马背。他并没有在“盆”中发现熊毛。他心中因此对“别亚”充满了抱怨。他阴沉着脸，苍老的面皮仿佛被昨夜的寒冷所冻结，每一条最细小的皱纹都凝聚着严峻的愠怒。善于像人一样察言观色的翁卡伊，马前马后欢跃着，企图逗引主人开心，却遭到了主人一声粗暴的呵斥。

老伦吉善策马上路之后，竟放声唱了起来。

○

鄂乎蓝德乎蓝，

喂！我的白马飞驰起来吧！

鄂乎蓝德乎蓝，

喂！我的猎犬紧跟我吧！

……

○

按照鄂伦春人的习俗，进山狩猎是不能歌唱的，认为是对一切神明的冒犯。他放声大唱之后，心中产生了一种快感。这种快感纯粹由于自己敢冒犯神明而产生。他盲目地感到一切都因他老了而对他怀有敌意，整个大兴安岭，包括神明。他本能地要对这种虚幻出来的敌意进行挑战！

他纵马向峡谷口疾驰狂奔！

受一种突发的、连他自己也感到朦胧的、不能控制的兴奋情绪的驱使，他口中不断发出怪异的叫喊，拳头一下接一下狠擂在马脖子上。像是有种魔力从他身上传达到马身上，白马也呈现出亢奋状态，四蹄翻飞，不避障碍，宛如惊马脱缰。只有翁卡伊还保持着一点狗的清醒，它一边跟在白马后面顽强地穷追不舍，一边发出警示危险的吠叫。

突然，白马一头栽倒了。翁卡伊看到主人的身子离开了马鞍，在空中翻了一个筋斗，重重地摔在地上。

老伦吉善虽然摔得有些昏眩，但并没有受伤。他慢慢地爬起来后，见白马绝望地挣扎着，却不能够四腿同时站立。他走近它，才发现它折断了一条后腿，一截劈裂的白森森的腿骨刺穿皮肉，插在雪中。

他的心立刻被罪过感笼罩了，他悔恨莫及。它已经是一匹老马了呀！他明明知道的，可他还是驱使它狂奔不止！那马的玉石眼中充满巨大的痛苦，哀而含怨地望着他。他跪下，双臂搂抱住马的脖子，伤感地喃喃低语着："哦！白马，白马，我可怜的马……"两行老泪夺眶而出，沿着他脸面上的皱纹扑簌簌滚落。

翁卡伊似乎预知白马遭到了怎样的不幸，似乎不忍走过去目睹可怕的惨状，它远远地站立着，呆呆地望着主人和白马。它见主人终于离开了白马，低垂着头一步步走了，似乎要遗弃白马，也同时遗弃它。它犹豫着，不知是应该发出吠叫，还是应该默默地跟在主人身后。就在这时，老伦吉善站住了，他缓缓地转过了身，缓缓地举起了枪，枪口瞄准着白马。

白马已不再徒劳无益地挣扎，白马昂着头，镇定的，甚至可以说是期待地注视着主人，注视着举在主人手中的猎枪的枪口。

一种恐惧遍布了那对杀戮司空见惯的狗的全身。它竖起了颈毛，呜呜低吠，发抖不止。

砰！

枪响了。白马的头仍昂立了一秒钟，软弱地一下子触进了雪中。翁卡伊立刻从空气中嗅到了一股新鲜的血腥气，它的忠实的本性被白马的无辜和主人的无情动摇了。它悲吠一声，朝相反的方向箭一般地奔逃而去。

"翁卡伊！翁卡伊！……"

老伦吉善大声呼唤着它，它却在他的视野中渐渐消失了。

他意识到，翁卡伊对他失去了信任，背叛了他。

他感到了一种真正的孤独，一种有生以来从未体验过的孤独，一种悲凉，一种凄哀。

就在这时，他听到了一声熊吼，一声被枪响所惊扰的熊吼，从不远的密林中可怕地传出来，令人心战胆寒。

他怔了一刻，毅然地向密林走去。

……

在林隙间的雪地上，老伦吉善发现了熊迹。大而深的熊掌印的跨度告诉他，如他所愿，是头巨熊。

他的每一根神经都兴奋而紧张起来。

他跟踪熊迹向前走了还不到二十米，便站住了——巨熊从一棵合围粗的义气松的树身后闪出来。这是一头老奸巨猾的熊，它不甘于在被追踪的情况下做猎人枪口下可悲的牺牲品，它分明想采取主动较量的方式拯救自己。它立着，站在离老伦吉善五六步远处。它的两只前掌高举着，如投降的姿势，也如拳击场上获胜后的拳击手向观众致意的姿势。他凭经验知道，那是熊的一种随时预备拼死进击的姿势。它是那么高大，那么强壮，胛骨处浑圆的肌肉在熊皮下凸着。然而他看出，它是一头老熊。两绺熊毛生长在熊面上，垂下来遮住了熊眼。熊的心窝儿处，有一片半月状的白毛。这特殊的标记使他认出了它，他想起自己曾和这头熊有过一次遭遇。是几年前？还是十几年前？他回忆不清了。有一点他是很清楚地记得的——那时它还不是一头老熊，他自己也还没开始被视为老人。那一次他和它也是这么突然地彼此发现了，也是距离这么近，也是像今天这般对峙着。所不同的是，他当时非常镇定，一点没有心慌意乱，几乎不是用一个猎人的眼光，而是用一种惊诧和赏识的眼光看着它。他和它对峙了半天，它似乎觉得无趣了，似乎并不把他放在眼里，终于不屑理睬地转过身，迈着杂技式的从容的熊步踱到密林深处去了……

他当时可以打死它，但他没有向它开枪。他当时是被它的强悍无畏征服了。

可是这时，他不禁倒吸了一口冷气。他生平第一次，在猛兽面前产生了一种潜伏的畏惧。他几乎想转身逃跑，理智警告他那是最大的危险，他才没有逃，但他是完全地呆住了。熊，用一只前掌像女人撩发一样撩起了遮眼的长毛，熊眼眈眈地瞪着他，它似乎在判断处境对猎人还是对它自己有利。

也许是由于他的老态，他的呆状，使熊感到他实际上并不能对它构成危害，它和他对峙了一刻，像当年一样缓缓地转过身去，迈着和当年一样的杂技式的从容的熊步，朝密林深处回避。

老伦吉善清醒了过来，他想到必须带回熊掌扔在村里的年轻人脚下，他毫不迟疑地举起了枪……砰！……巨熊高大的身躯抖了一下。它像一个遭到卑鄙的暗算的人一样，又转过了身来。它再一次撩起眼上方的长毛，愤怒地盯着他。他持枪的手颤抖了。熊向他迈出了一步。砰！……它心窝儿那片半月状的白毛被染成了红色。可是它并没有倒下去，它发出了一声使整个山林都惊悸的狂吼。猎枪从老伦吉善的手中失落在地上。一声猎狗的勇敢的吠叫——翁卡伊突然不知从何处蹿出。这忠实的猎犬并没有背叛主人，在这险恶的情况下，它凶猛地扑向巨熊。熊掌在空中画了一道弧，翁卡伊被击出数米远，撞在一棵树上，头骨碎裂，躯体落地便不再动弹。老伦吉善趁机拔出了匕首。熊已经扑到了他跟前。在他的匕首刺进熊腹的同时，一只熊掌击在他脸上，世界变成了红色的。紧接着，巨熊的前肢搂抱住了他的身体，他清楚地听到了自己的肋骨折断的声音。“哦！‘别亚’……‘奥伦’……‘蓝’……”“森林大帝”只来得及呻吟出这几个字，便同巨熊一块颓然倒下了……

鹿心血

在我见过的所有狗中，它是一条最具有人性的狗。它叫“娜嘉”，一个好听的苏联女孩的名字，中文意思是“希望”……

一九七二年年冬，按照上级命令，我们在乌苏里江边增加了一个哨所。守卫它的，是我们连的六名知识青年——我是其中的一个。

哨所并不隐蔽，用一破两半的圆木构造，我们的任务是巡逻十里长的一段江面。

连队半月给我们送一次面粉和蔬菜。北大荒冬季只能吃到白菜、萝卜、土豆——老三样。不但战士要吃，干部也要吃，哪一级都要吃。吃了就要唱：“我们的同志，在困难的时候，要看到成绩，要看到光明……”

难得吃顿肉，我们不像孔夫子那么娇气，三个月不知肉味就牢骚满腹。

我们都巴望哪天能捉一个特务。

却没捉到过。

捉到过一个形迹可疑者，一个“二毛子”。我们大大地兴奋了一次，轮番对他进行审讯。结果非常遗憾，他不是特务，是九连的马车老板，到江边来下套子套野兔。这令我们也大大地沮丧了一次，没收了他的兔套。兴奋是一种情绪付出，不能白白兴奋一次。

江边地带很荒凉，生长着灌木丛和杂草，野兔出没其间。捉不到特务，我们就转移愿望，套野兔。总得有个愿望才行。什么愿望都没有时，烟钱的开销就太大了。

却没获得过一根兔子毛。套住的野兔被狗叼走了。雪地上清清楚楚留下的踪迹告诉我们，狗跑过江面，消失在彼岸的土堤后。土堤后是一个村庄，可以望见各式各样的屋顶。这一带江面不宽，早晨甚至可以听到他们那个村庄的鸡啼。毫无疑问，这条“强盗狗”准是苏联人的！它竟可恶地连我们的兔套也一块叼走了。

我们恨透了这条狗，发誓逮住它，惩罚它，不弄死它，也要弄它个半死。我们设诱饵，埋“子母套”。

一天傍晚，我们听到了狗叫声。当时大家闷坐火炉四周，正无事可做，无话可聊。狗叫声在我们内心引发了一种近乎亢奋的激动，同时跳起来，好像哨所里着火了似的，争先恐后冲到外面。

我们循着狗叫声跑到一片灌木丛那里，包围被套住的狗观看，大为开心。那条狗比我们想象的要小，也不如我们想象的那么凶猛。长腰身，长腿，垂耳；深栗色的毛，闪耀着旱獭般的光泽；狗脸很灵秀，很可爱。一条漂亮的纯种俄国猎狗。钢丝套子勒在它后胯上，由于它经过了一番剧烈的挣扎，已使套口收得很紧很紧，勒入皮肉，仿佛就要将它的腰勒断了。这狗充满痛苦的眼睛里，流露出人类般悲哀而绝望的目光，恐惧地瞧着我们。它不断龇牙，发出阵阵低呜，但那低呜绝不意味着进攻的企图，是防范的本能。它太痛苦了，不久连防范的本能也丧失了，一动不动地蜷伏在雪窝中，不再龇牙，也不再发出低呜。它浑身颤抖，不知是由于痛苦，还是由于恐惧。

观看这么漂亮的猎狗这么一种可怜的样子，我们都有点暗发慈悲了。它毕竟是狗，不是狼。它不过叼走了我们套住的野兔，没咬伤我们的哪一个伙伴。如果它是一条中国狗，不是猎狗，只是一条普普通通的狗，我们都会立刻放掉它的。我们都暗暗地、深深地为它不是一条中国狗而遗憾。苏联，这一点似乎使问题的性质很不同了。一种古怪的心理，使我们这几个很喜欢狗的中国小伙子，对这条苏联狗压制下了我们天性中的善良和怜悯。

一个伙伴踢了它一脚，恨恨地说："我们走，让它在这儿受罪吧！它不被勒死，也会被冻死，或者夜里被狼活活吃掉！"

另一个伙伴反对："让狼吃掉？那未免太可惜了！弄回哨所去，宰了，够我们吃几天狗肉的！"

第三个伙伴立刻表示赞同："对！狗皮归我了！寄回上海，给我父亲做件皮坎肩儿，纯种苏联猎狗皮坎肩，不够时髦，也他妈的算稀罕！"

我们虽然都喜爱狗，但对吃狗肉还是很向往的。连里的老职工请我们吃过狗肉，这种口福给我们留下了深刻记忆。在长久不知肉味的情况下，对吃狗肉的向往就会超过对狗的喜爱。

谁叫它叼走我们套的野兔，使我们的肠胃受到亏损呢？谁叫它自己又被套住了呢？谁叫它偏偏是一条苏联狗呢？肠胃的亏损是很实际的亏损，我们有权补回来。它不仁，我们也就不义了，一报还一报，我们都认为吃掉它不算多么缺德。

“好，听大家的！”班长终于发话。

于是我们就将它拖回哨所。

一到哨所，马上分工：有人劈柴添火，有人化冰烧水，有人磨刀准备剖膛破肚，有人拌油盐酱醋调佐料，有人剥蒜。

天，那会儿完全黑了下来，已看不清江对面的景物。土堤后的夜空时时空烁着细小的火星，那是晚炊的烟霭。烧木柴，烟囱里冒出的那烟都会夹带着那种细小的火星。天越黑火星越显眼，怪神秘怪好看的，使我们想起了小时候过年玩的“滴答花”。淡淡的木脂油味飘过江来，那种细小的火星的木脂油味，常常引诱我们想偷越江界，登上土堤，看看堤后的苏联村庄。

狗在哨所外，也许快勒死了，也许快冻僵了，也许预感到了无法逃脱的可悲下场，一声不叫，仿佛期待着我们结果它的生命。

水烧开了，磨刀的伙伴满意地用手指试刀锋。

忽然，我们听见江对面有人呼唤声。

“娜嘉！……”

“娜嘉！……”

“娜嘉！……”

在这黑沉沉的宁静夜晚，隔江传来的呼唤声听得真切，因为真切，呼唤声中的焦急和不安，使我们不难领略。

班长在团部俄语培训班受过培训，于是我们就问他，呼唤的是什么意思。

班长回答："娜嘉，这是苏联女孩名，他们在呼唤孩子。"

他们呼唤孩子，与我们毫不相干。持刀的伙伴向我摆了一下头，我就欲走到外面去，将那条半死不活的狗拖进哨所。

它却突然叫了起来。呵，我从未听到过任何一条狗在任何一种情况下发出那么悲哀的叫声。那简直就不是一条狗在叫，而是一个身陷绝境的人在回应对自己的呼唤。我至今一回想起这件事，那条苏联猎狗当时那种悲哀的叫声，犹在耳畔。我是难以将这一种狗的哀叫声用文字描绘出来的，那是文字无法描绘的。狗最具有人的灵性和人的情感，在某种情况下，比如在彻底绝望的生死关头，人会叫出像兽一样的嚎叫，狗会发出像人一样的声音。无论前者抑或后者，都是震颤人心的。那条苏联猎狗的叫声，是太像太像一个就要被杀害了的孩子听到父母呼唤后的哭喊了！

那声音几乎使我们每一个人的心跳都为之停止。

在这狗的一阵悲哀的叫声过后，江对岸苏联老头和老妪的呼唤声更接近我们了，显然他们循着叫声，沿江对岸的土堤一面继续呼唤一面奔跑过来了。听呼唤声，他们是站在正对我们哨所的地方。在他们和我们之间，隔着冰封的乌苏里江。人的呼唤声和狗的应叫声，震颤着比冰封的江面要宽阔几倍、十几倍、几十倍的夜空。也许一阵枪声都不足以对我们，对边境地带的这个无月无星、黑沉沉的夜晚产生如此强烈的震颤力。

我们都一动不动，呆呆地倾听着。

班长首先走到了哨所外面，我们也一个个走到了哨所外面。

寒冷的夜晚，静止的一切使人感到犹如被寒冷冻住了。声音是不可能被冻住的。冻不住的声音——人的呼唤声和狗的回应声，以一种穿透这犹如被冻住了的黑沉沉的夜晚和犹如被冻住了的大自然中的一切的力量，震撼着我们的心。

没有月亮也没有星星，冰封的江面是锡箔色的，能见度达不到十米之外。我们虽然看不见那站立在对面土堤上的一对苏联老人，但我们确信，他们也许比我们想象的还要衰老，甚至可能是两个老态龙钟、步履艰难、行将就木的人。只有老到这种程度的人，才会发出那么竭尽全力、苍凉凄楚、每个字的音调都颤抖着的呼唤声。

"娜嘉！……"

"娜嘉！……"

我们不必问班长就早已明白了，他们是在呼唤这条狗。

"不他妈的发慈悲！"一个伙伴将哀叫着的狗拖进了哨所。这是一句气冲冲的话，人在极想却又很难硬起心肠的时候，往往会说出类似的话，实际上是对自己发泄的气恼。

我们又都跟着走进哨所。

持刀的伙伴，将刀朝地上狠狠一掼，走到他的铺位，仰躺下去了。

刀子深深扎入地面。

班长沉默着。

"我声明啊，我不要狗皮了……"那个来自大上海的伙伴喃喃地说，蹲到炉前去了，拨出一块炭火吸烟。

沸水冒出雾般的蒸气。

哨所小小的房间，充满蒜汁的辣味。

班长拔下刀，盯着那狗。它一被拖入哨所，就不叫了，它也瞧着班长。它眼角挂着泪，是的，它眼角挂着泪。它无声地哭了，我生平第一次亲眼看到，狗是会怎样默默地哭的。谁如果不相信狗在悲哀时会哭、会流泪，谁就缺少人性！

狗的主人也哭了。他们的呼唤声告诉我们，他们是哭了。他们是边哭着边呼唤。

班长朝狗弯下身去。

"班长……"我一把抓住了班长那只拿刀的手腕，用目光苦苦向班长哀求。

班长用另一只手扳开我的手，轻轻推开了我。他并非想杀狗，是用刀去割钢丝套，好一会儿，才将钢丝套弄断，刀锋变成了锯齿。

狗慢慢站了起来，由于我们放了它，它似乎意识到自己的命运发生了转机，不像先前那么惧怕我们了。它那双狗眼有点疑惑地望着我们，本能的戒心使它不敢移动地方。它仿佛在暗暗揣度，我们对它发的慈悲，究竟是应该信任的善意，还是不应该信任的人的狡猾或计谋。它被套伤得很重，后胯毛脱皮绽，血肉模糊。

班长低声说："医药箱。"

我立刻拿来医药箱。

他又说："给狗上点药，包扎一下，否则它的主人会非常恨我们的。"

我帮着班长毫不吝啬地往狗的伤处倒红药水，撒消炎粉。之后，又仔仔细细地给它缠了几圈药纱布。它竟非常温顺，一旦意识到我们不再想伤害它，便很驯良地听任我摆布它了。

班长在一张纸上写上几行俄文。写完，念给我们听。

他写的是：

○

我们并不想伤害你们的狗，希望它不再过到江这边来。

○

我献出了一个牛皮纸信封，班长将这封“国际信件”让狗叼住。

我推开哨所的门，我们望着那狗慢慢走了出去，消失在黑暗中……

从此，我们套住的野兔再没丢过。一场大雪覆盖了那条狗留在我们地上的踪迹，也覆盖了它留在我们记忆中的“形象”。

新年前几天的一个夜晚，我们熄灭马灯，都已钻入被窝儿了，忽听有什么东西在外面扒门。

“熊？……”我低声说出一个字。熊才胆敢扒有人住的宿舍的门。

大家顿时紧张起来，一个个下意识地拿起立在床头边的枪。

扒门声后，是一阵狗的焦急的低鸣。

“娜嘉！”班长仿佛具有什么特殊功能，首先听出了是那条苏联猎狗的声音。我们没听出来，因为我们已把它忘掉了。

班长穿着衬衣衬裤，赤脚蹦到地上，迫不及待地打开了门。

果然是“娜嘉”！

“娜嘉！”

“娜嘉！”

我们也都纷纷掀起被子，蹦到了地上。虽然我们曾向它的主人声明，希望它不再过到江这边来，但它的出现，却使我们感到非常高兴，也感到非常意外，非常惊诧。

“娜嘉”身后拖着什么，被门槛儿卡住了。班长赤脚从外面搬进来一辆小爬犁。

我们怀着极大的好奇心围了上去。

“娜嘉”像我们的老朋友似的，逐个往我们身上扑，柔软的舌头不断亲昵地舔我们的手。

爬犁上绑着一个小帆布口袋。班长打开口袋，我们愣住了——两只野兔、一只野鸡、一瓶酒、一封信，还有一大包用旧俄文报纸包的什么。班长打开报纸——许多油渍渍的小饼，还是热的呢！

“娜嘉”伏在我们对面，两条前腿并拢，将头舒服地枕在前腿上，转动着它那双少女般温存的眼睛，得意而友好地瞧着我们。

班长拆开信默默看着。

我们都非常急切地想知道信上写了些什么，催促班长念给我们听。

信上写的是：

○

非常感激你们对“娜嘉”所发的慈悲，上帝会替我们报答你们。我们无儿无女，“娜嘉”如同我们的孩子。它是一条好猎狗，就像一个有教养的好孩子。我老了，它是因为没有人再带它去打猎，熬不住寂寞，才干出蠢事。尽管它非常聪明，却无法理解什么是边境线。它叼回来的东西，我们一直冻在仓库里，从没产生过想吃掉的念头。请相信，在我们的村子里我们是两个受人尊敬的老人。我们让“娜嘉”将野兔和野鸡带给你们，物归原主。你们就要过你们的新年了，酒，是我们表示谢意的一点礼物；馅饼，是我年老的妻子亲手烤的，但愿你们爱吃，我们祈祷仁慈的上帝降福于你们……

○

班长的俄文水平很高，全团数一数二，否则他也不会被任命为边防哨所的班长。以上用中文念出的那封信，相当准确地表达了俄文原信的意思。我如今怎么还居然能够记得这封信的词句，那是连我自己也解释不清的。人的头脑对某些造成深刻心理冲突的事，往往会保持格外长久的记忆。

那封我们一句话也看不懂的信，在我们每个人手中传了一遍。传回班长手中，被他投入火中烧了。

他说：“野兔和野鸡，是我们套的，我们留下，馅饼是他们的一番真诚心意，我们也留了。至于这瓶酒，我们有纪律，不许喝酒，只好由‘娜嘉’再带回去。”

我们都表示赞同。

“娜嘉”离去后，我们披着大衣，围着火炉，有滋有味地吃了一顿馅饼，又吸着烟聊了许多。最集中的话题，是每个人的母亲顶善于做哪一种好吃的东西。这类“精神会餐”我们时时举行，但那一次，除了食欲的刺激而外，我们的心理上还感受到了一种很不寻常的补给。只是大家都有意避开这一点，只字不谈。

以后，“娜嘉”经常越过江面，到我们哨所来，我们每个人都与它产生了特殊的感情。我们都开始喜爱上了这条漂亮的苏联猎狗，我们在江边巡逻时，它总是从容而矜持地跟随在我们身后。大概它以为是在跟随我们散步。中国的边防士兵（尽管我们是非正规的），带着一条从苏联那边跑过来的猎狗，巡逻在弥漫着敌对情绪的边境线上，旁人（无论我们的人抑或他们的人）肯定会认为简直匪夷所思。

我们也常带它追逐野兔野鸡，那时，它才真正显示出一条出色的猎狗的本领。它的速度快极了，而且是那么灵活，善于在全速追逐过程中突然转折方向，由追逐变为拦截，再狡猾的野兔一旦被它发现都难以逃脱。它完全取代了我们的兔套。

它给我们带来了多少快活啊！

“咱们的‘娜嘉’……”我们甚至开始用这种大言不惭的话谈论它了。

有时，它也会留在我们哨所过一夜，看得出来，它也对我们这几个中国小伙子有了特殊的感情，对我们的哨所有了特殊的感情。

狗毕竟是狗，再聪明的狗，也不可能像人一样去理解某些事物。我常常一边逗它玩耍，一边暗想，如果它能够理解什么是国界，什么是哨所，什么是中苏关系，它恐怕就绝不会将我们的哨所当成第二个“家”了吧！

春节前，连队的马车给我们带来了从城市寄给我们的包裹。我们中有上海知青、北京知青、天津知青，也有哈尔滨知青。我们打开的包裹凑在一起，东西就很可观了：糖、饼干、香肠、肉松、巧克力、麦乳精、烟、茶、果脯、瓜子……

班长说：“我们每人拿出一份，放在一起，‘娜嘉’来了，叫它带过去。”

我们都认为这是理所当然的事，于是人人拿出最得意的一份，塞了满满一书包。

班长又说：“这件事，只能我们六个人知道。如果有第七个人知道，就证明我们之间有了出卖者。”

我接着班长的话说：“都发誓！”

我们发了誓：谁如果对第七个人讲了这件事，那就连“娜嘉”都不如。

不是一个可怕的誓言。

但对我们来说，却是一个内涵有分量的誓言。

那天，“娜嘉”没有来。

第二天，也没过来。

第三天，仍没过来。

我们都一心一意盼望着它过来。

它却似乎明白了什么是国界，似乎再也不会过来了。我们一天比一天失望。塞满了各种好吃东西的书包，挂在柱子上，渐渐落满了灰尘。一个月后，东西少了，又过了半个月，更少了。有一天，书包空了。班长将空书包扯下来，甩到了铺位底下。

白天，我们在江边巡逻时，常常不由自主地站下，向江对面呆望，幻想着“娜嘉”突然出现在对面的土堤上，越过江面，奔向我们。

夜晚，哨所外一有什么动静，我们就会以为是“娜嘉”来了。班长好几次光着脚跳到地上，急急忙忙打开门，门外却只刮进寒风。

我们终于悟出了一个道理：“娜嘉”毕竟是一条苏联狗，我们毕竟不是它的真正主人。一旦悟出了这个简单的道理，我们便不再谈论它。我们不再谈论它，却并不意味着我们根本不再想它。

乌苏里江开化了。

我们担负着巡逻任务的这段江面，变得比冰封时宽阔多了。江水天天上涨，对面的土堤矮了。江面时刻漂浮着巨大的冰排，冰排重叠堆砌，在江中形成一座座小冰山。它会猝然崩溃，带着毁灭性的冲击力，被湍急的江流疾推而去。

一天傍晚，我和班长巡逻完，并肩往哨所走。这季节，春天虽然到了，乌苏里江虽然开化了，但气候并未明显转暖。大地上的雪，白天融化，夜晚冻结，江边罩着一层滑溜溜的冰壳，一脚踩下，发出嘎吱嘎吱的碎裂声。风，还是挺硬挺刺骨的。我们都穿着大衣。

乌苏里江在落日的余晖和晚霞的辐射下，托着千百块冰排，汹涌向前，江波闪耀着金色的粼光，冰排镀着赭红的釉彩。那情景十分壮丽，仿佛一股势不可当的岩浆流，将地切为两半。冰排互相撞击，发出阵阵奇特的骤响。

班长发现了什么，指着前面说：“你看！”

江边伏着一个人。

我们跑过去才看出，不是人，是狗，是“娜嘉”！它肯定勉强挣扎着才游上岸，一上岸，便丝毫力气也没有了。它几乎和江边的冰冻在一起，它的湿毛皮成了冰铠甲。我和班长用枪托将它四周的冰层捣碎，才抱起了它。我脱下大衣裹住它那半僵的身躯，朝哨所猛跑。

一闯进哨所，我就将“娜嘉”放在火炉旁，让它卧在大衣上。

班长立刻往炉子里添木柴，炉子一会儿就烧红了。“娜嘉”的冰铠甲融化了，流淌下来的水弄湿了我的大衣。另一个伙伴用他的大衣替换下了我的大衣，为使“娜嘉”更暖和些——它在瑟瑟发抖。

班长用自己的枕巾擦它湿漉漉的毛时，才发现它身上绑着一个小皮袋。班长解下皮袋，倒出里面的东西——全是银器，银手镯、银酒盅、银烟盒、银烛台，共十余件，还有一封信。小口袋是皮的，防水，信没湿。

班长立刻将这封信译给我们听：

○

“娜嘉”两个月前被军犬咬伤。它总算活过来了，我的老伴却又病倒了。我恳求你们收下这些在你们看来也许分文不值的银器，让“娜嘉”带回一点鹿心血。我知道你们那边有养鹿场，鹿心血能治好我老伴的心脏病，不要使一个老年人的恳求落空……

○

“娜嘉”那张漂亮的脸毁了，好像被撕碎了又拼缝起来的玩具狗的脸，变得那么丑陋。它还失去了一只耳朵。身上，也有几处脱毛的伤痕。

班长说：“银器我们绝不能收留，但我们无论如何也要想办法弄到鹿心血！……”

我们一时都被难住了。养鹿场离我们这儿很远，鹿心血又很珍贵，绝不是什么人以什么理由都能从养鹿场买到它的。

班长问："谁在养鹿场有熟人？"

伙伴们都没吭声，我相信他们是诚实的。

我犹豫了一下，说："我有一个熟人，不过……"

班长打断我的话："现在别谈什么'不过'了！"说着，脱下自己的大衣抛给我，"马上动身到鹿场去，一弄到手就赶回来。"

这就是说，这个夜晚，我要孤单单在荒野上来回走五十余里。

大家都默默瞧着我。

我一句话也没再说，一边穿大衣，一边往外走……

我在养鹿场的那个熟人，是我的同班同学，但我们的关系并不友好，甚至可说很僵。他曾借我的一块瑞士表戴过，未还，说丢了。可别人告诉我，没丢。因此我要他非赔我不可。他却说我的表是旧的，只赔半价。我那块表分明是新的，刚买不久便被他借去戴了。我们闹翻了脸……

我来到鹿场时鹿场早已吹过熄灯号，一片黑暗。

我擂开了宿舍门，请开门的人替我叫醒王佳宾。不出我所料，他根本不愿见我。我毫无办法，在外面一声声高喊他的名字。喊了半天，他才出来，披着大衣，提着裤子，气汹汹地说："不就是一块表吗？地主逼债，也不会在深更半夜！"

嘴里还骂骂咧咧。

我紧紧抓住他的一只大衣袖，生怕他再退回宿舍不出来，低声下气地说："老同学，我并不是为了那块表才深更半夜来找你啊！"

他怀疑地看了我一会儿，问："那你为什么事来找我？"

我说："求求你，无论如何帮我搞点鹿心血。"

他说："鹿心血？又不是鹿粪，鹿场遍地都是，我搞不到。"

"你一定有办法搞到！求求你啦……"听他回绝得那么干脆，我急了，用双手抓住他胳膊不放。

他说："就算我能搞到吧，可我为什么非帮你的忙呢？"

我说："只要你能搞到，那块表我不让你赔了，一分钱也不让你赔！从此我再也不对你提一个'表'字。"

他犹豫着。

我又说："帮我这次忙吧，我今后一定报答你！我妈妈的心脏病很严重，你不能对我太冷酷无情啊！"我自己都相信了自己的谎话，自己都被自己的谎话所感动了。

他终于答道："好吧，算你走运，我前几天刚弄到一点，是为别人买的。看在老同学的份儿上，给你！"

我喜出望外，一下子搂抱住了他。

他推开我，退进宿舍，片刻出来，交给我一个信封——鹿心血装在里面。

我解开大衣扣，将鹿心血揣进棉衣兜，转身就走。

他叫住我："那表，真的没丢。我不过，是想考验考验你……看你对我的交情怎么样……"

我说："没丢，表也归你了！"大步奔跑起来……

我一身热气，满头大汗回到了哨所。一进哨所，就掏出信封，高举着说："同志们，让我们喊一声'乌拉'吧！"

谁也没睡，都在等我回来。伙伴们顿时把我围住了，只有

"娜嘉"似乎睡了，一动不动地蜷缩在炉旁。

黎明时分，我们将鹿心血放在银烟盒里，将银烟盒与其他银器都装入小皮口袋，将小皮口袋绑在"娜嘉"身上。

"娜嘉"，它冻病了，我们舍不得让它在冰冷的江水中再游一次，但谁也不能代替它。乌苏里，这条古老的江，无论在冰封时还是在开化时，总有一条看不见的，但又是神圣不可侵犯的界线，将它划分开。对两岸的人们来说，逾越这道界线，甚至是比生死还要严峻的。

我们轮番将"娜嘉"抱到了江边。

班长拍拍它的头，说："娜嘉，全靠你了。"

它仿佛听懂了班长的话，勇敢地跃入冰冷的江中，朝对岸游去。

隔夜间，江水又明显上涨了。江面比昨天更宽阔了，江流比昨天更湍急了。

"娜嘉"被湍急的江流冲得沉浮而下，我们在岸下不眨眼地盯着它，追随着它奔跑。

班长边跑边喊："娜嘉，前进啊！娜嘉，前进啊！……"

快到江心时，我们都看得出来，它再也游不动了。当一块大冰排靠近它时，它的两只前爪攀住了冰排，但下半截身子还在江水中，就那么随冰排漂去。

可怕的事情发生了，另一块更加巨大的冰排，与那块冰排相撞在一起，将"娜嘉"钳在两块冰排之间。

我们连它的叫声都没有听到，只见它那两条攀在冰排上的前腿，猝然失去了支撑力。它那深栗色的半截躯体，瘫在银色的冰排上。

“娜嘉！……”

“娜嘉！……”

“娜……嘉……”

我们呼喊着，目光追随着那两块冰排，沿江岸拼命奔跑。

江面愈来愈宽阔……

江面愈来愈湍急……

两块冰排钳着“娜嘉”，急速驶向地平线，驰向乌苏里江遥远的、遥远的尽头，宛如两块巨大的璞玉衔着一颗微小的玛瑙。

班长低声说：“娜嘉，它完了……”

我们都默默地哭了。

冰排，冰排，千百块冰排，各种形状的冰排，被黎明的朝辉涂上赭色釉彩的冰排，连接不断的冰排，从我们眼前带着毁灭性的冲击力，漂过、漂过……奔涌而去……

狍的眼睛

狍子当归属于鹿的一种，比麝和獐略大，比鹿略小。由于它不像鹿和麝一样——鹿有珍贵的鹿茸、鹿心血，麝香可入药，甚至连它的皮也不像獐的皮可制成细软的皮革，所以它无幸列入动物的受保护“名单”，一向被人认为既没什么观赏价值，也没什么经济价值。人养火鸡、鸵鸟、狐、貂，也养山雉和野兔，就是不养狍。

所以狍似乎是动物中的劣种，是山林中的“活动罐头”，任谁都可以设套子套它，或用猎枪射杀它。

东北山林中的鄂伦春人，以狍为主要的猎捕之物。他们吃狍肉如我们汉人吃猪肉一样寻常。他们从头到脚穿的、铺的、盖的，几乎全是狍皮制品。狍皮虽然不属珍皮，而且非常容易掉毛，但却有一大优点——阻隔寒潮。鄂伦春猎人在山林中野宿，往往于雪地上铺开三边缝合了的狍皮睡袋，脱光衣服钻入进去，只将戴着狍皮帽子的头露在外，连铺带盖都是它了。哪怕雪下三十几度的严寒，睡袋内也一夜暖乎乎的。

当年我是知青，在一师一团，地处最北边陲，每月享受九元“寒带地区津贴”。连队三五里外是小山，十几里外是大山。鄂族猎人，常经过我们连，冬季上山，春季下山。连里的老职工、老战士，向鄂族学习，成为出色猎人的不少。当年中国人互比生活水平，论几“大件儿”。连里老职工、老战士们的目标是“四大件儿”——自行车、缝纫机、收音机，加一支双筒猎枪。三四年后，仅我们一个连一百多名知青中，就有半数铺上了狍皮褥子，或向鄂族猎人买的，或向本连老职工、老战士买的。全团七个营四十余个连，往最少了估计，那些年究竟有多少只狍子丧生枪下，可想而知。新狍皮，小的十五元，大的二十元，更大的，也有二十五元一张的，最贵不超过三十元。

“北大荒”的野生动物中，野雉多，狍子也多，所以有“棒打狍子瓢舀鱼，野雉飞到饭锅里”的夸张说法。

狍天生是那种反应不够灵敏的动物，故人叫它们“傻狍子”。人觉得人傻，在当地也这么说：“瞧他吧，傻狍子似的！”

狍的确傻。再傻，它见了人还能不跑吗？当然也跑。但它没跑出去多远却会站住，还会扭回头望人，仿佛在想——我跑个什么劲儿呢，那人不一定打算伤害我吧？——往往就在它望着人发愣之际，砰！猎枪响了……

被猎枪射杀的狍子中，半数左右是这么死的。死得糊涂，死得傻，死得大意。狍真的很傻，少见那么傻的野生动物。

夜晚，一辆汽车在公路或山路上开着，而一只狍要过路。车灯照住狍，狍就站定在路中央不动了。它似乎想弄明白是怎么回事，为什么那么亮的一片光会照住它？……司机一提速，狍被撞死了……

我是知青的六年间，每年都听说几次汽车撞死狍子的事。卡车撞死过狍子，吉普也撞死过狍子，还目睹过两次这样的事。不但汽车撞死过狍子，连拖拉机也撞死过狍子。当年老旧的一批“东方红”链履式拖拉机，即使挂到最高速五挡，那又能快到哪儿去呢！但架不住傻狍子愣是站定在光中不跑哇……

狍的样子其实一点儿都不傻，非但看上去并不傻，长得还很秀气。知道鹿长得什么样儿，就想象得到狍长得多么秀气了。狍的耳朵比鹿长一些，眼睛比鹿的眼睛还大。公狍也生角，但却不会长到鹿角那么高，也不会分出鹿角那么多的叉儿，一般只分两叉儿。狍不会碎步跑，只会奔跃，但绝不会像鹿奔得那么快，也不会像鹿跃得那么远。狍虽是野生动物，但又显然太缺乏“野外运动”的锻炼。

狍，傻在它那一双大眼睛。

狍的眼中，尤其母狍的眼中，总有那么一种犹犹豫豫、懵懂不知所措的意味。我这里将狍的眼神儿做一比，仿佛虽到了该论婚嫁的年龄，却仍那么缺乏接人待物的经验，每每陷于窘状的大姑娘的眼神儿。这样的大姑娘从前的时代是很有一些的，现在不多了。狍发现了人，并不立即就逃。它引颈昂头，凝视着人，也许凝视几秒钟，也许凝视半分钟甚至一分钟之久。要看它在什么情况之下发现了人，以及什么样的人，人在干什么。狍对老人、小孩儿和女人，戒心尤其不足。

我在连队当小学老师的两年中，有一天带领学生们捡麦穗儿，冷不丁地从麦捆后站起了一只狍子，它大概在那儿卧着晒太阳来着。一名女学生，离那只狍仅数步远。它没跑，凝视着她。她也凝视着它，蹲在地上，手中抓着把麦穗儿，一动也不动。别的同学就喊："扑它！扑它呀！"她仿佛聋了，仍一动也不动。于是发喊的同学们就围向它，纷纷将手中装麦穗的小筐小篮掷向它。当时，这些孩子们手中除了小筐小篮，也没另外的任何器物。有的筐篮，还真就准确地掷在狍身上了。当然，并不能使狍受伤。它这才跑。它一慌，非但没向远处跑，反而朝同学们跑来，结果陷于包剿。左冲右突了一阵，才得以向远处逃脱……

别的同学就都埋怨那女同学："你怎么比狍子还傻？怎么不扑它呀？"

她说："我光顾看它眼睛了，它的眼睛可真好看！"

后来，她把这件事写到作文中了，用尽她所掌握的词汇，着实地将狍的眼睛形容了一番。她觉得狍的眼睛像"心眼儿特实诚的大姑娘的眼睛"。我今天也这么在此形容，坦率地讲，是抄袭我当年的学生。

小学校的校长是转业兵，姓魏，待我如兄弟。他是连队出色的猎手之一。

冬季的一天，我随他进山打猎。我们在雪地上发现了两行狍的蹄印。他俯身细看了片刻，很有把握地说肯定是一大一小。顺踪追去，果然看到了一大一小两只狍。体形小些的狍，在我们的追赶下显得格外的灵巧，它分明企图将我们的视线吸引到它自己身上。雪深，人追不快，狍也跑不快。看看那只大狍跑不动了，我们也终于追到猎枪的射程以内了，魏老师的猎枪也举平瞄准了，那体形小些的狍，便用身体将大狍撞开了。然后它在大狍的身体前蹿来蹿去，使魏老师的猎枪无法瞄准大狍，开了三枪也没击中。魏老师生气地说："我的目标明明不在它身上，它怎么偏偏想找死呢！”

但傻狍毕竟斗不过好猎手。终于，它们被我们追上了一座山顶。山顶下是悬崖，它们无路可逃了。

在仅仅距离它们十几步远处，魏老师站住了，激动地说：“我本来只想打只大的，这下，两只都别活了。回去时我扛大的，你扛小的！”他说罢，举枪瞄准。狍不像鹿或其他动物，它们被迫到绝处，并不自杀。相反，那时它们就目不转睛地望着猎人，或凝视枪口，一副从容就义的样子。那一种从容，简直没法儿细说。那时它们的眼睛，就像参加“奥运”的体操选手，连出差失，遭到淘汰已成定局，厄运如此，听天由命。某些运动员在那种情况之下，目光不也还是要望向分数显示屏吗？——那是运动员显示最后自尊的意识本能。狍凝视枪口的眼神儿，也似乎是要向人证明——它们虽是动物，虽被叫傻狍子，但却可以死得如人一样自尊，甚至比人死得还要自尊。

在悬崖的边上，两只狍一前一后，身体贴着身体。体形小些的在前，体形大些的在后。在前的分明想用自己的身体挡住子弹，它眼神儿中有一种无悔的义不容辞的意味，似乎还有一种侥幸——或许人的猎枪里只剩下一颗子弹吧？……

它们的腹部都因刚才的逃奔而剧烈起伏。它们的头都高昂着，眼睛无比镇定地望着我们——体形小些的狍终于不望我们，将头扭向了大狍，仰望大狍。而大狍则俯下头，用自己的头亲昵地蹭对方的背、颈子。接着，两只狍的脸偎在了一起，两只狍都向上翻它们潮湿的、黑色的、轮廓清楚的唇……并且，吻在了一起！我不知对于动物，那究竟等不等于吻，但事实上的确是——它们那样子多么像一对情人在以相吻诀别啊！……

我心中顿生恻隐。正奇怪魏老师为什么还没开枪，向他瞥去，却见他已不知何时将枪垂下了。他说："它们不是一大一小，是夫妻啊！"他嘿嘿然不知说什么好。他又说："看，我们以为是小狍子那一只，其实并不算小呀！它是公的。看出来没有？那只母的是怀孕了啊！所以显得大……"我仍不知该怎么表态。

"我现在终于明白了，鄂伦春人不向怀孕的母兽开枪是有道理的！看它们的眼睛！人这种情况下打死它们是要遭天谴的呀！"魏老师说着，就干脆将枪背在肩上了。后来，他盘腿坐在雪地上了，吸着烟，望着两只狍。我也盘腿坐下，陪他吸烟，陪他望着两只狍。我和魏老师在山林中追赶了它们三个多小时，魏老师可以易如反掌地射杀它们了，甚至可以来个"穿糖葫芦"，一枪击倒两只，但他决定不那样了……我的棉袄里子早已被汗水湿透，魏老师想必也不例外。那一时刻，夕阳橘红色的余晖，漫上山头，将雪地染得像罩了红纱巾……

两只狍在悬崖边相依相偎，身体紧贴着身体，眷眷情深，根本不再理睬我们两个人的存在……那一时刻，我不禁想起了一首古老的鄂伦春民歌。我在小说《阿依吉伦》中写到过那首歌，那是一首对唱的歌，歌词是这样的：

○

小鹿：妈妈，妈妈，你肩膀上挂着什么东西？

母鹿：我的小女儿，没什么没什么，那只不过是一片树叶子。

小鹿：妈妈，妈妈，别骗我，那不是树叶子。

母鹿：我的小女儿，告诉你就告诉你吧，是猎人用枪把我打伤了，血在流啊！

小鹿：妈妈，妈妈，我的心都为你感到疼啊！让我用舌头把你，伤口的血舔净吧！

母鹿：我的女儿呀，那是没用的。血还是会从伤口往外流啊，妈妈已经快要死了！你的爸爸早已被猎人杀死了，以后你只有靠自己照顾自己了！和大伙一块儿走的时候，别跑在最前边，也别落在最后边。喝水的时候，别站定了喝，耳朵要时时听着。我的女儿呀，快走吧，快走吧，人就要追来了！

……

○

倏忽间我鼻子一阵发酸。

以后，我对动物的目光变得相当敏感起来……

第二辑

丢失的香柚

苦艾

我当年插队落户那地方，叫松树沟，是北大荒最偏远的一个极小极小的村子，距县城两百八十多公里，到最近的邻村去，也要走一上午。

松树沟地处两山之间的坡谷，没有一棵松树，却被稀疏的柞树林包围着。一条季节性的小河流过村边，河岸的草地上，长着一丛丛的苦艾。每到五月节的早晨，孩子们都踏着露水去采回一把，挂在房门上、窗檐下，闻着那带中药味的香气，可没有人去尝一口，因为它的叶和茎，是那么苦涩……

每年开春雪水下山，这个小村子都遭到一次无情的冲荡，那时节村民们就到山上去躲几日，劫难过后，才回到村里来。年复一年，这小村子竟被冲荡得像颗卵石，分不出个村头村尾，也没一条像样子的村路。

然而，那里的人们似乎从来就没有想到过迁居这回事，大概也没什么人怂恿过他们。

他们准是舍不得丢弃坡谷外那一望无垠的沃土。

他们世世代代的汗水淌在那片沃土上。松树沟是一个与世隔绝的地角，仅有二十三户人家，百来口人。和我一块到那里插队落户的，是我的同学李鸿元，我俩是形影不离的好朋友。他富于幻想而且具有探险精神，我从小多愁善感，珍惜友谊，跟随他我敢赴汤蹈火，去最原始的地域。

我们两个来自大城市的知识青年，突然有一天双双出现在这样一个旷世荒村里，并且口口声声要扎根落户，使那里的人们感到大为惊奇，我们像火星人一样被围观着。

男女老少，一致地公然地嘲笑我们的小白脸。

生产队长，一位六十多岁、颇见过些世面，看得出在村人中享有极高威望的长者，不失礼数但又相当矜持地接待了我们。

我们向他传达关于“知识青年上山下乡接受再教育”的最高指示。

“我知道的。”他脸上几乎毫无表情地点点头，“你们可以在这里落户。”

于是，我们就成了这里的村民。

村里的人们普遍对我俩相当客气，相当尊敬，却又保持着一段难以缩短的距离。

第二年，在我俩的提议下，村里办起了小学校。我当了小学校的教师，李鸿元当了村上的会计。

也是那一年，春梅子成了我的学生。

她已经十七岁了，妩媚动人，一张标准的鹅蛋脸儿，下颏尖尖的，整齐的刘海儿严密地覆盖着前额。两条眉毛又细又长，不浓不淡，弯弯的，眉梢略微上挑着，括住了一双水灵灵的大眼睛。那双眼睛黑白分明，眸子中闪耀着山村少女单纯而略带野性的光芒。

她的身材既苗条又挺拔，像一棵小白桦树。

她是个土生土长的当地姑娘。

造物主似乎有意将自己的杰作藏匿在这个远离文明世界的小小村子里。

她像一朵野百合。

她的父亲郑传发，五十来岁，老实、愚钝、窝囊，是村里的大车老板。她的母亲，比她的父亲小十几岁，有些姿色，轻佻、风骚，没真心和她父亲过一天正经日子。

村里找不出几个男人没被那女人诱惑过、勾引过，用村里人们的话说："那女人！你吹她一口气，她就落你一脸灰！"

她名声虽然不好，但男人们都爱围着她打转。

郑老板非常惧怕他的女人。

有一次，那女人正和一个汉子在家中厮混，被郑老板偶然归家无意撞上了。

那偷人家婆娘的汉子拎着裤腰，嘿嘿笑着当面扬长而去。

那女人恶声恶气地骂他："死鬼！谁叫你偏偏这早晚家来的！"

他，却低声下气，讷讷地回说："我，我不知道你们有事。我……家来……吃饭……"

春梅子身下，有三个弟弟、两个妹妹，一个孩子一个模样，毫无同胞的面似之处。人们都说，她那些弟弟妹妹，没一个是郑老板的。甚至还有人说，十七年前，有一个收山货的外地人来到松树沟，在郑老板家住过一宿，临行留下一双皮鞋算宿钱，不久春梅子她妈就怀了春梅子。这事儿没有真凭实据，但前几年一向不肯花钱穿戴自己的郑老板，却穿过一双半新不旧的牛皮鞋，倒并非无中生有。

摊上这样的爹，这样的妈，这样的一帮弟弟妹妹，春梅子在人们心目中的位置是可想而知的了。她发育得成熟，亭亭玉立，俊俏撩人，无论出现在哪里，一些心术不正的男子们，目光都黏在她身上。关于她的种种风言风语，便像口头文学一样，日日翻新地在当地村人中流传。

然而，我和我的插队落户的伙伴，对春梅子却并无恶感。她是全村除了穿开裆裤的孩子们以外，唯一一个主动接触我们的“大人”，这一点对巩固我们在此地扎根的决心是非常必要的。她注意到我们这两个外来人的存在，在全村人都有意同我们保持某种距离的情况下，毕竟是值得我们自慰的。何况她每次来到我们的住处，都会给我们带来榛子。令我们不开心的是，她叫我们“小白脸”。

她一来，就坐到我们的窗台上，背依窗框，两脚并放，双手抱着膝盖，开始向我们提她的“十万个为什么”——

“为什么你们城里人的脸这么白呢？”

“听说你们城里人，一男一女在街上走，不是搂着就是挎着，还穿高跟鞋，咯噔咯噔的，真的吗？”

“你们也跟女孩子们那个样在街上走过吗？比如你们的姐姐妹妹。”

她经常提出这一类令人发窘、啼笑皆非，而且难以回答的问题，仿佛在她的想象之中，城市是一个简直不可思议的地方，城里人都是些不可思议的人，城里发生的都是不可思议的事情……

有时，她也不提出什么问题难为我们，她就那样子靠着窗框，一动不动地坐在窗台上，一双大眼睛一眨不眨，凝视地眺望着谷口，眺望着黄昏后谷口迷蒙的晚雾，眺望着谷口外荒寂的莽原，嘴里将榛子壳咬得咯嘣咯嘣响，眼中闪耀着奇妙的神采……

在我当上小学校的教师正式开学上课的第一天，我把她得罪了，或者更严格地说，是她把我惹恼了。

当我走进教室的时候，她竟也像那些七八岁的孩子们似的，一本正经地坐在教室里。

我诧异地问："春梅子，你坐在这里干什么？"

她回答："我上学。"

"别胡闹，你都十七了，还上什么学？再说，我也教不了你！"

她不吭声，扬起脸，眼睛盯着顶棚。

"快出去，我要上课了！"

她一动不动，坐得稳如泰山。

"春梅子！"

我火了，走上前，拽住她的胳膊往外拖。

她一甩胳膊，虎视眈眈地瞪着我，忽然骂了我一句："小白脸！不许我上学，我还不稀罕让你教呢！"

她从教室里跑掉了。

我开始上课了。

我对孩子们说："同学们，我姓梁，今后你们就叫我梁老师……"

啪，什么东西打在我的额角上，低头一看，地上滚动着一颗松子。

我接着对孩子们说："今天我们上第一课，第一课先学一个人字……"

啪，又一颗松子打在我的鼻梁上。

这一次，我清楚地看到，春梅子手里拿着一个长长的纸筒，在窗前一闪。

所有的孩子都嘻嘻哈哈地笑起来。

我心里把春梅子恨得咬牙切齿。

从那一天起，她不再到我们的住处去玩了。

春梅子给我留下最深刻的印象，还是在几个月后全村的新年娱乐晚会上。所谓娱乐晚会，不过是这里的村民们集体开心的一种名正言顺的方式。除此而外，他们全部的精神生活就依赖于半导体，而那玩意儿又不是家家户户都有的。没有比松树沟的人们对于样板戏再熟悉的了！大人孩子们都能整段整段地唱，是天天听半导体的结果。

不知某些人出于什么心理，显然事先串通好了，在那种公开的娱乐场合起春梅子的哄：

"春梅子！来一个！"

"春梅子！露一手！"

"春梅子！"

她被几个人从座位上扯起来，强拉硬拽地推搡到了台上。她从土坯垒的台上跳下来几次，几次又被人推了上去。

她终于明白了那些人是在有意要弄她。她在土坯台子正中站定了，把长辫子使劲儿朝背后一甩，咬着下唇，镇定了一刻，眸子咄咄地盯着那几个存心要弄她的人，问："你们，要我来什么？"

“学猫叫春！”

“学公鸡打鸣！”

“嘻嘻……”

“哈哈哈哈……”

那几个人开心了，发出放肆的、获得了某种满足的大笑。

我，不无同情地望着春梅子孤立无援地站在土坯台上，觉得她真可怜。

她的父亲郑老板，就坐在我前面一排的小凳上，竟也发出了两声嘿嘿的蠢笑。

这当父亲的人口中发出的笑声，令我感到非常刺耳。我很难理解，他亲眼见自己的女儿如此这般被人捉弄耍笑，到底有什么开心的？

他好像要回答我似的，朝后扭转头，分明颇得意地又嘿嘿笑了两声，说：“我春梅子才不惧这一套呢！”

坐在我身旁的李鸿元，低声嘟哝了一句：“庸俗透顶！”

老队长站起来了，严厉地大声制止：“胡闹！这是娱乐晚会！不是耍狗蹦子！春梅子，你下来吧！”

“不！”

谁也没想到，春梅子会这样回答。

“我来！”她大声说，“我来捉鸡！”

队长火了，呵斥：“你这丫头！不识好歹！什么捉鸡捉鸭子的！给我马上下来！”

“就不！”

她在台上跺了下脚。

李鸿元捅捅我，小声问：“她要干什么？捉鸡？”

“谁知道！活见鬼！”我也不知道她要捉什么鸡，只是愈发觉得，由于她自己的固执、倔强，使自己陷入了更让人可怜的地步。

“你！队长叫你下来，你就下来呗！你要捉鸡，回家捉去！”

郑老板急了，站起来对女儿大声粗气吆喝。

“不用你管！就在这儿捉给他们看！”

春梅子又跺了下脚。

人们哄堂大笑。

她，不理会人们的笑。她转过身去了，背朝着土坯台下的人们。一条乌黑的大辫子垂在腰际，辫梢扎着红绒绳，煞是惹眼。

少顷，我分明听到了小提琴的声音，接着，听到了大提琴的声音，随后，听到了整整一个交响乐队才能奏出的音响。

我惊异了。

这音乐声是从春梅子口中发出的，那是样板戏《沂蒙颂》中捉鸡一场的音乐。由于这段音乐既不是乐器奏出来的，也不是半导体播放出来的，而是从一个少女口中模拟出来的，这少女又是人们所熟悉的，无论怎样的人随便都可以轻佻一下的，所以这种表演便具有了一种特殊的吸引力。

人们感到太绝妙太新奇了，人们安静了。片刻的安静之后，便是一阵骚动。有人跑到台前去了，伸长脖子要看个究竟，他们以为她口里含着个哨呢！

我至今仍不能给这种表演下一个准确的定义。我曾听过杂技演员们模仿音乐的“口技”表演，但他们那种“口技”表演虽然可以惟妙惟肖，但缺少音乐最不能缺少的成分——情绪色彩。而从春梅子口中模仿出的音乐，却带有很强的情绪色彩，虽然这情绪色彩是那样的不准确。从此一点区别判定，或许把春梅子的表演称之为“口奏”，可能稍微贴切些吧！

她，春梅子，随着自己的“口奏”，两只脚尖，像个真正的芭蕾舞演员一样，在土坯台上竖立起来。

她的身材，更挺拔，更窈窕，更显出青春少女优美的线条和体态的轮廓，更迷人了……

她开始起舞了。那舞姿，翩翩的，轻盈欲飘。那手臂的舒展，那婀娜的腰肢的探转，那无声移动的脚步，那条轻轻甩动的长辫子，那双闪闪的自我陶醉的兴奋的眼睛，都令人们看呆了，包括开始时起她哄的那些人。

然而，这毕竟是一种没经过专门训练的即兴的表演，也许在舞蹈家们看来，不过是一个野俗的少女过分任性的胡闹而已。

但，即使我这样一个在大城市中欣赏过高等艺术表演的人，也不能不承认，当时，在北大荒的深山沟里，在一个小小村子的破仓房里，在土坯垒的台子上，我所看到的一个村野少女的随意的手舞足蹈，是美的，那是从未接触过艺术的一个少女对艺术的本能的体验和追求。

当然，也无疑是一种自我满足，自我欣赏，自我快乐，自我而又忘我的情感的奔泻。

她，春梅子，那时刻显出一个少女的全部的青春活力，全部的炽烈的热情，近于疯狂的情绪来。是的，她的每一个动作，都是随意的，都是任性的，但也都是美的，美中带着粗俗的野性。她旋转，她雀跃，她口中时时发出尖叫，她在土坯台上认认真真地捉着那只看不见的“鸡”。

她捉住了。

“鸡”挣飞了。

她再捉。

她开始喘息，脸颊上淌下了汗，她显然捉累了。

李鸿元又捅了我一下，压低声音问：“你觉得怎么样？”

我瞅瞅他，反问：“你认为呢？”

“看过小说《巴黎圣母院》吗？简直是一个艾丝美拉达！绝了！”

我的好朋友如此回答我。他眼睛盯着台上的春梅子，口中不停地发出啧啧赞叹之声。

我不以为然地耸了耸肩膀。

郑老板回过头来，瞧着我们，自骄自傲地说：“我女儿天天跟着半导体自己学的！信不信由你们！我女儿，哼！没有金刚钻，不揽磁器活！要么她能赌这口气不从台上下来？”

我打鼻孔里哼出了一声。

我看见队长站起来了，脸上显出颇不安的神色，对台上的春梅子喊：“停止！你给我停止！够了！别捉了！”

我认为队长的不安是有几分道理的。

因为春梅子分明陷入一种狂热的状态。

她的“口奏”不停止，她的舞蹈也不停止。她仿佛故意捉不到那只“鸡”，又仿佛因为捉不到那只“鸡”而焦躁。她竟从台上跳了下来，带着她的整个交响乐队在人们当中捉起来。她捉到哪里，人们便自动闪开，闪开后又立刻包围住她。她好像一个催眠大师，人们一个个都成了被催眠者，她自己也陷入了半催眠状态。

甚至有人喊："在那儿！鸡！"

乱七八糟！乌烟瘴气！

她终于在墙角捉住了那只"鸡"，她抱着那只看不见的"鸡"，连舞带蹈地旋转至队长身边，把"鸡"朝队长怀里一塞，"抱住！别跑了！"

队长却一把将她拉到怀里，抱住了，"丫头！有你的！看不出你有这一手！捉得够劲！"

队长大喊："把奖品拿来！"

有人立刻应声捧来一个红纸裱糊得方方正正、见棱见角的盒子递给队长，再由队长郑重地双手交给了春梅子。

队长拍拍她的肩，"丫头，这归你，我做主！"他变得和颜悦色起来。

队长又正经八百地对众人说："我看，这丫头是咱松树沟的一件宝物！往后，谁再敢轻薄她，我就不依！"

春梅子，她双手捧着那纸盒，笑了。她那根大辫子，在捉"鸡"的时候散了开来，长发凌乱地披在肩上、背上。

她一副得意的、骄矜的、胜利者的样子。

她笑着，笑着，那笑容渐渐僵止，凝聚，终于变成了哭相。

她果然哭了。

泪珠，大颗大颗的泪珠，从她眼眶中扑簌簌地滚落下来。

如果她一直像刚才那般笑着，我会不能自已地掉头离去的。在我看来，她那笑，是很不正常很不自然的。那笑容浮现在一个少女脸面上，令我着实感到凄凉、凄惨、凄楚、凄切。

然而她毕竟是哭了。

哭，对于此时此刻的她来说，也许更正常更自然些。

我这样以为。

我的心，因了她的哭，而轻松许多。

人们，却一个个的，都在默默地笑着。

各种各样的笑容，浮现在各种各样的脸上。

我不能理解他们笑什么。笑春梅子？笑老队长？笑他们自己？

对于他们那种不可理解的笑，我心中产生了一种无名的愤慨。

春梅子，终于哇的一声爆发般地哭出声音来。

她猛地把那个纸盒摔在地上，“你们都要弄够我了！”

她头也不回地跑出了破仓库。

糖果从纸盒里撒落一地。

人们，都怔住了。

只有一个人，立刻做出了相应的举动，便是春梅子的父亲郑老板。

他蹲下身去，双手收拢着糖果，紧张防范地大声嚷："谁也不许捡！一颗也不许捡！是属于我女儿的！是我的！全是我的！"

没有一个人去捡一颗糖。

我看见，李鸿元也在冷冷地笑着，他满脸毫不掩饰的鄙夷的表情。

第二天，当我走进教室，发现春梅子又坐在教室里，最后一排，靠角落。

我，愕然了。

我，瞅着她问：“你，又坐在这里干什么？”

她，慢慢垂下了长睫毛，喃喃地回答：“我上学。”

“难道你，没上过学的吗？”

她，默默地摇头。

“你，一个字都不认识？”

摇头。

我惶惑了。

我不知怎样答复她才好。

她，撩起睫毛，从眼角瞄瞄我，见我并无愠容，便从书桌里取出一个布包，打开来，将方格本、铅笔，工工整整地摆到桌面上。而后，坐得端端的，目光直视着黑板。

一个孩子替她说情似的从旁证实：“老师，她是没上过学，真的！这里从来就没有过学校，我们都没上过学。”

我终于违心地从嘴里挤出两个字：“好吧！”随手用自己的笔在她的方格本上写下了“郑春梅”三个字。

我就这样收下了这个比我小四岁的学生，而且要从横竖撇捺教起。

当天，我把我这项自作主张的重大决定告诉了李鸿元。

“应该收下！”我的好朋友斩钉截铁地回答我，“她十七岁了却没上过学，不会写一个字，这难道能怪她吗？是我叫她去上学的！”

“你？”

“对，是我。”

“可你，出于什么……”

“目的？也可以说，是一种绝对无私的目的！难道昨天你没有看出来，她具有当一个舞蹈演员的先天条件吗？我们应该为她创造这方面的条件！ 我们既然发现了她，就有义务向县里、省里、各方面的文艺单位推荐她！我相信她经过培养，能够成为一个出色的舞蹈演员！将来成为一个舞蹈家也说不定！当然，她首先不应该是一个小文盲……”

我的朋友愈说愈兴奋。

我深深被他的良好愿望感动了。

我觉得对于自己的这位朋友的心灵，又有了进一步的了解。

春梅子，这个倔强的、野性的山村姑娘，一旦真正成了我的学生，便对我非常崇拜非常尊敬起来。她变得羞涩了，温柔了，懂事了。每天，她比所有的学生都来得早，把教室打扫得干干净净。

晚上，李鸿元准时来到学校，背着他从城里带来的破风琴，教春梅子唱歌、跳舞。我的朋友在我眼中是很有些文艺细胞的，他当过我们中学的宣传队队长，做春梅子的文艺启蒙老师，我认为是绰绰有余的。

我和我的朋友，甚至常常相对地做起白日梦来。梦想有一天，春梅子被县文工团选走了，然后，又被省歌舞团选走了，最后，被选进了中央一级的什么文艺团体。她当然不应该也绝不会忘记是谁把她从山沟里提拔到文明世界中去的！那还用说！她成名之后，肯定会跟采访的记者谈到我们，也会在她自己写的文章中提到我们的名字！那是当然！一想到这些，我们都不免地飘飘然起来，仿佛我们已被世人普遍承认，是两个具有慧眼、善于发现人才的大伯乐了！我们对于春梅子将有锦绣般的前程都毫不怀疑，因为她有那么好的歌喉，具备那么好的舞蹈演员的先天条件！我们彼此发誓要把对她的培养当成一桩事业，我们不容许自己对这个美丽的少女怀有一点点非分之想。我们生怕对她的任何一种不自觉的亲昵都会招来口舌之端，玷污我们纯正的动机和神圣的事业，我们忠实地扮演着两个严师的角色……

一天，我正在上课，教室的门被“砰”地推开了，郑老板的老婆站在门槛上，双手叉腰，盛气凌人。

“春梅子！你给我出来！”

我的学生们，一时鸦雀无声，一双双眼睛，有的望着那女人，有的望着春梅子，有的望着我。

“你干什么？”我问，“我在上课！”

那女人横我一眼，两个鼻孔里重重地哼出一声：“我来找我闺女！”

“那，你也应该敲敲门！这点礼貌，你还是应该懂的吧？这是学校，不是你们家！”

“哟！你还说得头头是道呢！每天深更半夜的，把人家大姑娘勾引到这儿来，抻胳膊扯腿，你们安的什么心？”

“你，你血口喷人！”

“喷你哪儿了？我给你擦擦！小白脸！搞这一套你还太嫩了点！春梅子！小骚精！还得我拽你出来吗？！”

我气得发抖，大喝：“你给我滚！”

那女人蹬蹬蹬走到春梅子跟前，一把抓住春梅子的胳膊，使劲往外拖。

春梅子被拖到了门口，双手扳着门框，挣脱着，“不！不！我要上学！”她两眼泪汪汪，求援地望着我。

"上学？跟我上山采木耳！"那女人啪啪打了春梅子两记耳光。

"住手！"

我激怒了！我跨前一步，掰开那女人的手，用力一推，将她推出门去，她一屁股跌坐在地上。这女人呼天抢地，哇哇大哭，耍起泼来。

附近菜地里干活的妇女们，都朝这里跑过来……

晚上，令人感到威严可惧的老队长来到了我们的住处，板起秉公无私的面孔询问这件事的起始因由。我把前前后后的经过和我们那种善良的愿望，不无委屈地对他讲了。

"原来这样！"他沉吟良久，低声咒骂了一句，"这个女人！"

看来他是相信我们的，这一点稍稍抵消了我们心中的愤懑。

老队长出面平息了这场风波，他向那女人当面提出警告：一、春梅子有读书的权利。二、再不许她到学校去胡搅蛮缠。

然而这场风波毕竟闹到了村里无人不知无人不晓的地步，那些平素对春梅子怀有歹心邪念而又勾引不到手、讨不到便宜的家伙们，便翻动他们肮脏的舌头，借题发挥，添油加醋，制造出耸人听闻的流言蜚语来。

一般的村人们，虽然对于那女人的品行嗤之以鼻，但同时又不肯相信两个城市知识青年对一个山野少女怀有的良好纯正的愿望，他们对听到的那些飞短流长抱一种不可全信不可不信的态度。

"无风不起浪，城里的小白脸，有几个不爱采花摘草？"

"煞煞他们的风景也好，待到真闹出些事儿来就晚了！倒霉的还不是春梅子？”

“把春梅子教成演员？就凭他们？再说，不沾亲不带故的，哪有那么好心的人！”

他们颇有见解地议论这样的话。

他们看见我们，开始投以研究的猜疑的目光。

我的几个十二三岁的女学生，甚至遭到父母的阻止，不许她们上学了。

我们感到蒙受了奇耻大辱。

我们只能用“脚正不怕鞋歪，身正不怕影斜”这句话做软性的自卫的盾牌。

但我们的自尊心毕竟受了很严重的伤害。

我们面对这一个小小村子，百十口人形成的公众舆论，终于抵挡不住，败下阵来。

李鸿元借故回到城里去了，为了顾全我自己的自尊心，不使他把我看成一个弱者，我没挽留他。为了顾全他的自尊心，我没有点破他所以躲回城里去的真正原因，怕他感到惭愧。

李鸿元走后，我，郁郁地病倒了。

一天，我在昏睡之中感到有什么人在我额头上放了一块湿手巾，睁开眼睛，见春梅子坐在我炕头。

她定定地瞅着我。

她那张好看的鹅蛋脸上，往日那种魅人的少女的红晕消失了，苍白、凄婉。

我问：“你，怎么没上学？”

她低下头，低声回答：“老师，你生病三天了……”

“你来我这儿干什么？”

"看你。"

"你走吧。"

"老师，你恨我？"

"恨你？不……"

"我知道，你一定是恨我的！我连累你受冤屈了，我……再也不上学了，再也不唱歌、不跳舞了……"

"别说这话！你走吧，我不恨你，真的！"

她，哭泣着跑出去了。

她的红衫身影在我的小窗前一闪，阳光在报纸裱糊的墙壁上晃过一朵淡淡的红霞，像幻灯的投影，转瞬即逝了。

我孤寂地躺在炕上，开始思考：走？还是留下？

炕头上，堆着春梅子和我的学生们不知何时送来的东西：十几个鲜鸡蛋、两个咸鹅蛋、三穗嫩玉米、一手绢榛子……

我不禁胡思乱想，我的学生们可能怎样对我这位老师的去留进行猜测。

我，也想到了春梅子。如果我走了，那些恶毒的流言蜚语岂不全落在她一个人身上？这十七岁的少女今后将怎样生存在这小小的与世隔绝的山村里？她的命运将会如何？

这天晚上，春梅子一家正在吃饭的时候，我像一位不速之客，出现在她家里。

郑老板端着饭碗，赶紧站起身，本能而慌乱地尽着礼数，"老师来了！请坐，请坐！"

那女人用不共戴天的目光横扫我一眼，啪地在一个孩子的后脑勺上给了一巴掌，"小冤家！下巴漏了呀！掉这一桌子饭粒！"

春梅子深深地埋下头去，手中的筷子，慢慢向口中扒着饭。

我只瞅着春梅子一个人，尽量用一种平静的口吻说：“春梅子，我来通知你，明天上学去。”

春梅子倏地抬起头望着我……

北大荒的冬季，寒冷，漫长，多雪。

几场大雪降后，阻断了松树沟同外界的一切联系。

冬季，这里更显得寂寥，荒僻，与世隔绝。

就在那一年的冬季，郑老板出了车祸，左腿被压断了。

春梅子不得不停止上学了。

她告诉我她今后不能再来上学时，她哭了。

我多想安慰她几句啊！

我却找不出一句可以安慰她的话。

一个老师，竟然找不到语言安慰自己的一个学生，这多可悲！

她请求我允许她有空儿到小学校来看看，玩玩，听我上一堂课。

我怎么能拒绝这样的请求呢？

但春梅子离开学校后，竟再也没到学校来玩过。那时我已搬到学校住了，队里为我接着教室的山墙盖了一间小屋，小学校便成了我的一统天下。

有天早晨，我发现在我的住处和教室的门前，各放着一堆干枝子和几张引火的桦树皮。

新雪铺地，两行深深的爬犁印，从山上下来，围着教室绕了个圈，顺着村路拐进村里去了。

我心里明白了。

我觉得自己的眼窝湿了。

我第一次真正体验到了一个教师从职业上获得的那种自慰感。

这件事之后不久的一天晚上，我正独自在昏暗的油灯下备课，忽然听到门外有人在嘤嘤地哭泣。

我疑惑地推开门，怔住了。

是春梅子！

她穿得很单薄，靠着墙，双手捂着脸在哭。她冻得浑身瑟瑟发抖。

一种抑制的绝望的悲伤变成哽咽之声从她口中低低发出。

我骇然了！

“春梅子，你怎么了？快进来！”

我把她轻轻推进屋里，推到火炉旁，按坐在一张凳子上。

我在她对面的一张凳子上坐下，呆呆地注视着她。

才短短的两个多月不见，她竟瘦成那样子！她那双大眼睛深深地陷进眼眶里，目光痴滞。她原先那丰润如脂的面颊，像被人一边削了一刀，高耸着颧骨。

我望着她，心灵在暗暗呼叫：“不，不！这不是春梅子！不是！不是！”

我又轻声问：“春梅子，你挨打了？”

“老师！”她放声大哭起来，“我妈逼我嫁人！”

我怔愣住了。

我知道，像这样的事，在这种地方，是常事，是天经地义的。女孩子家长到十七八岁，不是作为负担被推出自己的家门，就是作为交换物被送进别人的家门。外地因为各种原因讨不到女人的，如果肯花几百元钱的话，便可以从这里带走一个年少标致的姑娘。人们还会真心实意地对那姑娘说，那是她的福分，是她的造化！她终于可以离开这个山沟沟了！连她的儿子孙子都沾了她的光，都会感激她！

春梅子突然双膝跪地，紧紧抱住我的两腿，仰起脸望着我，声泪俱下，苦苦哀求："老师！你娶了我吧！要我嫁人，我就嫁你！我死也不跟那个外地人走！他那样子像凶鬼！我怕死他了！"

我，像截木头人似的失去了思想。

半晌，我才恢复了理智，赶紧扶起她，费劲地挤出一句话："可是，你，你年纪还小呀！"

"我不小了！再过几个月我就十七岁半了！我能给你洗衣服，做饭，给你生孩子，我甘心侍候你一辈子！老师！你娶我吧！娶我吧！"

她扑进我的怀里，紧紧地抱住我的身子，将头偎在我的胸前。

她像一个孩子，本能地寻求大人的保护。

可我仅仅比她大四岁！

我能给她以保护吗？！

我感到她那少女的身体，由于恐惧，由于冲动，由于内心的悲伤，由于寒冷，在我怀中发抖得更厉害了！

我听到了她的心在怦怦狂跳！不，也许是我自己的心……

这时，一道雪亮的手电筒的光束射进屋里来，外面，有几个人的声音在嚷："找到了！找到了！她在这屋里！"

门，"砰"地被撞开了。

“好哇！小白脸！这回你还有什么说的！”

我听出来了是那女人的声音……

春梅子到底被一个四十多岁的外地黑大汉从松树沟带走了。

第二天，李鸿元回到了松树沟，他还带来了县文工团的一个负责人……

松树沟的人们，对我们又重新客气起来，尊敬起来。他们谈论起春梅子，都认为她很有福气，那个外地的黑大汉，定会带给她许多幸福。

不久，人们连谈也不谈起她了。

她完全地被人们忘却了。

如今，我离开松树沟已经多年了。我常常缅怀那个地方。

不知道现在谁给那里的孩子们教书？

不知道春梅子是不是回过松树沟？

不知道那个外地的黑大汉是不是真的带给了春梅子幸福？

不知道春梅子是不是还记着我？

我什么都想知道。

我什么也不知道。

松树沟的回忆，在我心里种下了一棵苦艾。

既然种下了，就让它生长在我心里吧……

丢失的香柚

"大串联"时期，我从哈尔滨到了成都，住气象学校，那一年我才十七岁。

头一次孤独离家远行，全凭"红卫兵"袖章做"护身符"。第二天我病倒了。接连多日，和衣裹着一床破棉絮，蜷在铺了一张席子的水泥地的一角发高烧。高烧初退那天，我睁眼看到一张忧郁而文秀的姑娘的脸，她正俯视我。我知道，她就是在我病中服侍过我的人，又见她戴着"红卫兵"袖章，愈觉她可亲。我说："谢谢你，大姐。"看去她比我大二三岁，一丝怅然淡淡的微笑浮现在她脸上。

她问："你为什么一个人从大北方串联到大南方来呀？"

我告诉她，我并不想到这里来和什么人串联，我父亲在乐山工作，我几年没见他的面了，想他。并委托她替我给父亲拍一封电报，要父亲来接我。

隔日，我能挣扎着起身了，她又来看望我，交给了我父亲的回电——写着"速回哈"三个字。我失望到顶点，哭了。

她劝慰我："你应该听你父亲的话，别叫他替你担心，乐山正武斗，乱极了！”

我这时才发现，她戴的不是“红卫兵”袖章，是黑纱。

我说：“怎么回去呢？我只剩几毛钱了！”虽然乘火车是免费的，可千里迢迢，身上总需要带点钱啊！

她沉吟片刻，一只手缓缓地伸进衣兜，掏出五元钱来，惭愧地说：“我是这所学校的学生，‘黑五类’。我父亲刚去世，每月只给我九元生活费，就剩这五元钱了，你收下吧！”她将钱塞在我手里，拿起笤帚，打扫厕所去了。我第二天临行时，她又来送我。

走到气象学校大门口，她站住了，低声说：“我只能送你到这儿，他们不许我迈出大门。”她从书包里掏出一个柚子给了我：“路上带着，顶一壶水。”

空气里弥漫着柚香。

我说：“大姐，你给我留个通信地址吧！”

她注视了我一会儿，低声问：“你会给我写信吗？”

我说：“会的。”

她那么高兴，便从她的小笔记本上扯下一页纸，认认真真给我写下了一个地址，交给我时，她说：“你们哈尔滨不是有座天鹅雕塑吗？你在它前边照张相寄给我好吗？”

我默默点了一下头。

我走出很远，转身看，见她仍呆呆地站在那里，目送着我。

路途中缺水，我嘴唇干裂了，却舍不得吃那个柚子。

在北京转车时，它被偷走了。

回到哈尔滨的第二天，我就到松花江畔去照相。天鹅雕塑已被砸毁了，满地碎片。一片片仿佛都有生命，淌着血。我不愿让她知道天鹅雕塑砸毁了，就没给她写信……

去年，听说哈尔滨的天鹅雕塑又复雕了，我专程回了一次哈尔滨，在天鹅雕塑旁照了一张相，彩色的。按照那页发黄的小纸片上的地址，给那位铭记在我心中的大姐写了一封信，信中夹着照片。

信退回来了。信封上，粗硬的圆珠笔字写的是“查无此人”。

她哪里去了？想到有那么多我的同龄人“消失”在十年动乱之中了，我的心便不由得悲哀起来。

孩儿面

那天晚上，我在友人家做客。友人乃中年书法家，举办了国内外个人书法展后，声名鹊起，墨迹很值钱。

正聊着，忽闻敲门声。友人妻开了门，让进一位二十多岁的青年，看其衣着气质，不但是外地人，而且定是山里人无疑。

他在门外声称要找“汪铭老先生”，归还一样东西。汪铭老先生，友人之父，数年前已故去，生前也是一位名字极有分量的书法家。

友人问青年从何处来。

答曰从大兴安岭林区来。

问归还什么。

青年犹豫不语。于是友人将青年引入另一房间，指墙上其父遗像说：“我是你要找的人的儿子，而且他只我这么一个儿子。”

青年沉吟半晌，默默从肩上取下布袋，放于桌上，又默默从袋中取出布包，一层、两层、三层，展开三层包裹，现出一块砚来……

此砚不寻常！开扇般大小，一寸许厚，呈双龙护月形。中间圆如满月的砚面，石质坚韧，光润莹洁，纹理缜细。双龙雕刻，刀法俊秀有力，精湛浑朴。好一块古色古香的文房之宝！

友人不禁“呀”了一声，急问：“此砚是怎么落在你手中的？”

青年说：“为了归还，十几年间我专程到北京四五次，寻找它的主人寻找得好苦！今儿总算寻找到了，我也从此了却一桩心事……不过我现在好渴……”友人立即吩咐其妻：“快沏茶来！”并将青年从椅上让座于沙发，恭而敬之，待为嘉宾。

青年饮了几口，讲出下面一段事。

二十二年前，大兴安岭某农场的一个伐木队里，来了一个人，一个神色沉郁、五十多岁的劳改分子。当天，伐木队队长向自己手下的三十多名伐木工人打招呼：“我看此人，衣物很少，书却挺多，准是个学问人。他一有空闲，就坐下看书，到了这般田地，仍不失学问人的习惯，可见身未触法，心内无愧。他不卑不亢，满脸正气。这年月，蒙受不白之冤的好人不少，咱们谁也不许为难他，别给自己、给下辈人做阴损缺德的事端！”

亏得有伐木队队长暗中庇护，谁也不曾刁弄过他。

那当年的伐木队队长，便是寻上门来归还古砚的青年的父亲。

后来发生的一件事，证明伐木队队长的判断不错。那人果然外儒内勇，显示出了令人钦佩的品格。

一头熊闯入伐木人家属住的房子，炕上正睡着一个未满周岁的孩子。那孩子不是别人，正是归还古砚的青年。熊，就卧在孩子身旁，像狗一样，将嘴巴伏在两只前掌上打盹，所幸孩子一直熟睡着。但那熊，也仿佛要厮守着孩子，一直打盹到天明似的。几个小伙子，再也按捺不住性子，一人攥一把利斧，要闯入屋里，他们被那接受改造的人拦住了。

有人取来一杆猎枪，从窗口偷偷伸进去……也被那接受改造的人拦住了。他说："如果一枪打不死它呢？我曾遇到过类似的情况。熊在这种时候，一般不伤人。最稳妥的办法，是有人进屋里去，将孩子抱出来……为了以防万一，枪瞄着熊也是必要的，但不到万不得已，不可开枪……"

"进屋里去？……"

人家反问："谁……"

"我。"

他以他所主张的方式救出了那个孩子……

大森林里，即使在当时那种年代，也有着跟外界不尽相同的判断人的方式和标准，他在伐木工们的心目中成了带有传奇色彩的人物。伐木队队长公然和他交上了朋友，毫无避讳地和他称兄道弟，还经常请他到家里去喝酒……

一天，他伐木时，碰上了"吊死鬼"，这是有经验的伐木工也要小心对付的情况。一棵已经伐断的树，被另一棵树半空"扯"住，这同开山炸石的人碰上了"哑炮"一样。他碰上了两棵断树被同一棵树半空"扯"住的险情，伐木工人把这种险情叫"二常联手"，意思是黑白无常串通一起，企图取人性命。他算准了第三棵的倒势，开动了电锯。森林里突然刮起一股风，那风起得好疾，好猛。他刚听一声大喊"闪开"，抬头看时，两棵断树被刮得脱了依持，凌空向他压顶砸下来。他还没来得及做出迅速的反应，就被人推出一丈多远，跌倒在雪窝里。参天大树响着枝杈断裂的呼啸之声轰然倒下，树干之下，压着的是伐木队队长……

半月后，他离开了大森林。谁也不晓得他将被弄到哪里去，他的命运将如何，等待他的是凶是吉。他自己也难预测。他没有忘记向伐木队队长的妻子告别，他对她说："你们母子以后的生活肯定会很艰难，我处于这般田地，又身无分文，无法报答你丈夫对我的救命之恩，也无力周济你们母子，只有这块古砚，是传家之宝，值钱的文物，你们母子就把它收下吧，有机会变卖掉，可维持三年五载的衣食。"

他双手捧砚，挚诚相赠。

伐木队队长的妻子虽感激涕零，却坚拒不受。

最后，他叹息一声，说："就算我将它寄托于你们吧，若是哪一天，我的处境略有转变，就让孩子带这块砚去找我，我会把他当成自己的亲生儿子一样！……"友人及其妻听至这里，不禁四目涕视，我看得出，他们内心里都活动着些微妙的想法。

友人嗫嚅地说："可是，我父亲……我刚才告诉过你，他已经去世了……"

大兴安岭林区来的青年说："我母亲也去世了，我母亲去世前，再三叮嘱我，将来一定要寻找到这块砚的主人。既然当年讲好是寄托于我们的，我们就一定要守信用，一定要想办法使它物归原主。所以，我千里迢迢又一次来到北京，不是希望能在北京寻找到一位有理由依靠的监护人，只是为了归还这块砚，除此没有别的目的。"

友人夫妇，顿时肃然。

青年又说："允许我再看一眼老先生吗？"

友人愧曰："当然当然。"

于是第二次将青年引至其父遗像前。

青年对遗像三鞠躬后，拱手作别。

友人问："你可知此砚现在值多少钱？"

青年回答："三年前曾有人出两万元高价求买，虽家境贫寒，但毕竟是信托之物，不欲换钱。"

友人感慨地说："这是一块安徽歙县出品的古砚。从民间传至过宫廷，又从宫廷流失于民间，归于我家祖上，至今已相传七八代之久。抚之如柔肤，叩之似金声，素享'孩儿面'之美誉，苏东坡曾赞'孩儿面'——'涩不留笔，滑不拒墨'，可不是区区两万元就能买卖之物啊！"遂向其妻暗使眼色，其妻领悟，转身入另室。片刻而出，执一信封，赠向青年，言内有五千元，聊谢归还诚意。青年坚拒不受。其妻无奈。

友人说："请稍候，我为你写一条幅，可愿收下？"

青年微笑，说这是很高兴收下的。

于是友人铺展纸幅，便用那"孩儿面"细细研墨。研罢，悬笔在手，似一时不知该写什么，侧目求援视我。

我沉吟有顷，想出四句话：

○

世人皆图币，君子古心来。

孩儿面依旧，朴拙放异彩！

○

友人随声落笔，果然龙飞蛇舞，硬撇柔捺，苍折虬勾，墨迹不凡，一流书法！

我望着那青年，心中暗思——好一段古砚情！好一块“孩儿面”！好一位品性古朴未染的青年！让心灵被铜锈所蚀的我辈太惭啊！

喷壶

在北方的这座城市，在一条老街的街角，有一间俄式小房子。它从前曾是美观的，也许，还曾有白色的或绿色的栅栏围着的吧？夏季，栅栏上曾攀缠过紫色的喇叭花吗？小院儿里曾有黄色的夜来香和粉色的扫帚梅赏心悦目吗？当栅栏被霏雨淋湿的时候，窗内曾有少女因怜花而捧腮凝睇吗？冬季，曾有孩子在小院儿里堆雪人吗？……

是的，它从前确曾是美观的，但现在它像人一样地老了。从前中国人承认自己老了，常说这样一句话："土埋半截了。"

这一间俄式小房子，几乎也被"土埋半截了"，沉陷至窗台那儿了。从前的铁瓦差不多快锈透了，这儿那儿打了许多处"补丁"。那些"补丁"是用亮锃锃的新铁皮"补"上去的，或圆形，或方形，或三角形和菱形，使房顶成为小房子现在最美观的部分，一种童话意味的美观。房檐下的接雨檐儿，也是用亮锃锃的新铁皮打做的。相对于未经镀亮的铁皮，那叫"白铁皮"，还叫"熟铁皮"。亮锃锃的接雨檐儿，仿佛那"土埋半截了"的"老"了的小房子扎在额上的一条银缎带。一年又一年的雨季，使小房子一侧的地面变成了赭红色。房顶的雨水通过接雨沿儿再通过垂直的流水管儿引向那儿的地面，是雨水带下来的铁锈将那儿的地面染成赭红色了……

小房子门口有一棵树，树已经死了多年了，像一只长长的手臂从地底下伸出来，叉着短而粗的“五指”，其中一“指”上，挂着一串亮锃锃的铁皮葫芦。风吹即动，发出悦耳的响声，风铃的响声似的。

那小房子是一间黑白铁匠铺。那一串亮锃锃的铁皮葫芦是它的标志，也是铁匠手艺的广告。

铁匠年近五十了，按从前的说法，他正是一个“土埋半截了”的人。按现在的说法，他已走在通往火葬场的半路上。一个年近五十的人，无论男女，无论贫富，无论身份高低，无论健康与否，无论是仍充满着种种野心雄心还是与世无争守穷认命地活着，有一点是完全相同的，都是“土埋半截了”的人。

这铁匠却并不守穷认命，当然他也没什么野心和雄心了。不过他仍有一个热切的、可以理解的愿望——在那条老街被推平之前，能凑足一笔钱，在别的街上租一间面积稍微大一点儿的房子，继续以铁匠手艺挣钱糊口，度日维生。铁匠明白，这条老街总有一天是要被推平的，或两年后，或三年后，也可能一年后。这条老街已老得如同城市的一道丑陋的疤。

铁匠歇手吸烟时，便从小房子里出来，靠着枯树，以忧郁的目光望向街的另一端。他并不眷恋这条街，但这条老街倘被推平了，自己可怎么办呢？小房子的产权是别人的。确切地说，它不是那幢俄式小房子本身，而只不过是背阴的一小间，朝阳的三间住着人家，门开在另一条街上……

现在城市里少见铁匠铺了，正如已少见游走木匠一样。这铁匠的另一个老同行不久前一觉不醒地死了，他是这座城市里唯一没有竞争对手的铁匠了。他的生意谈不上怎样的兴隆，终日做一些小撮子、小铲子、小桶、喷壶之类而已。在塑料品比比皆是的今天，这座城市的不少人家，居然以一种怀旧似的心情青睐起他做的那些寻常东西来。他的生意的前景，很有一天好过一天的可能，但他的目光却是更加忧郁了。因为总有消息传来，说这条老街就要被推平了，就要被推平了……

他却至今还没积蓄。要想在这座城市里租一间门面房，手中没几万元根本别打算……

某日，又有人出现在他的铁匠铺门前，是一位七十多岁的老者。

“老人家，您做什么？”

铁匠自然是一向主动问的，因那样一位老者来他的铁匠铺前而奇怪。

“桶。”老者西服革履，头发皆已银白，精神矍铄，气质儒雅。说时，伸手轻轻拨动了一下那串铁皮葫芦，于是铁皮葫芦发出一阵悦耳的响声。

“多大的呢？”

老者默默用手比量出了他所要的规格。

“得先交十元钱押金。”

“不，我得先看看你的手艺如何。”

“您不是已经看见了这几件样品吗？还说明不了我的手艺吗？”

“样品是样品，不能代表你没给我做出来的桶。”

“要是我做出来了，您又不要了，我不白做了吗？”

“那还有机会卖给别人。可你要做得不合我意，又不退押金给我，我能把你怎么样呢？”

铁匠不禁笑了，他自信地说：“好吧，那我就破一回例，依您老人家。”

是的，铁匠很自信。不过就是一只桶嘛，他怎么会打做出使顾主觉得不合意的桶呢？

望着老者离去的背影，铁匠困惑地想：他要我为他做一只白铁皮的桶干什么用呢？他望见老者在街尽头上了一辆等在那儿的黑色轿车……

几天后，老者又来了。铁匠指着已做好的桶让老者看，不料老者说：“小了。”

“小了？”—— 铁匠顿时一急。他强调，自己是按老者当时双手比量出的大小做的。

“反正是小了。”—— 老者的双手比量在桶的外周说，“我要的是这么大的。”

“可……”

“别急，你用的铁皮、费的工时，我一总付给你钱就是了。”

“那，先付一半吧老人家……”

老者摇头，表情很固执，看去显然没有商讨的余地，但也显然是一言九鼎，值得信任的态度。

铁匠又依了老者。

老者再来时，对第二只桶频频点头。

“这儿，要有个洞。”

"为什么？老人家。"

"你别管，按我的要求做就是。"

铁匠吸取了教训，塞给老人一截白粉笔。老者在桶的底部画了一个圆，没说什么就走了。

老者第四次来时，"指示"铁匠为那出现了一个洞的桶做上拎手、盖和水嘴儿。铁匠这才明白，老者要他做的是一只大壶。他心里纳闷儿，一开始说清楚不就得了吗？如果一开始说清楚，那洞可以直接在铁皮上就先做好呀，那不是省事儿多了吗？

但他已不问什么了。他想这件事儿非要这样不可，对那老者来说，是一定有其理由的。

铁匠错了，老者最终要他做的，也不是一只大壶，而是一只喷壶。

喷壶做成以后，老者很久没来。而铁匠常一边吸烟，一边望着那只大喷壶发呆发愣。往日，铁匠每每手里敲打着，口中哼唱着。自从他做成那只大喷壶以后，铁匠铺里再也没传出过他的哼唱声。

却有一个十七八岁的姑娘替老者来过一次。她将那只大喷壶仔仔细细验看了一遍，分明的，想要有所挑剔。但那大喷壶做得确实无可挑剔，姑娘最后不得不说了两个字——挺好。

"还要做九只一模一样的，一只比一只小，你肯做吗？"铁匠目光定定地望着姑娘的脸，似乎在辨认从前的熟人。他知道那样望着对方有失礼貌，但他不由得不那样。

"你肯做还是不肯做？"姑娘并不回避他的目光。恰恰相反，她迎视着他的目光，仿佛要和他进行一番目光与目光的较量。

“你说话呀！”姑娘皱起眉，表情显得不耐烦了。

“我……肯做，当然肯……”铁匠一时有点儿不知所措……

“一年后来取，你承诺一只也不卖给别人吗？”姑娘的口吻冷冷的。

“我……承诺……”铁匠回答时，似乎自感卑贱地低下了他的头，一副目光不知望向哪里的样子……

“钱，也要一年以后才付。”

“行，怎么都行，怎么我都愿意。”

“那么，记住今天吧，我们一年以后的今天见。”

姑娘说完，转身就走。铁匠跟出了门……他的步声使姑娘回头看他。她发现他是个瘸子，她想说什么，却只张了一下嘴，什么话都没说，一扭头快步而去。铁匠的目光也一直将姑娘的背影送至街的那一端，他也看见她坐进了轿车里，对那辆黑色的轿车他已熟悉。

铁匠的目光不但忧郁，而且，竟很有些伤感了。他转身时，碰了那串铁皮葫芦，悦耳的声音刚一响，他便用双手轻轻捂住最下面的一个，仿佛捂住一只蜻蜓或一只蝴蝶，于是整串葫芦被稳住了，悦耳的声音也就停止了……

铁匠并不放开双手，他仰起脸，望向天空。斯时正值中午，五月的太阳光芒柔和，并不耀眼。他的样子，看上去像在祈雨……

后来，这铁匠就开始打做另外九只喷壶。他是那么的认真，仿佛工艺家在进行工艺创造。为此他婉拒了不少主动上门的活儿。

世上有些人没结过婚，但世上每一个人都是爱过的。铁匠由于自己是瘸子至今没结婚，但在他是一名初二男生时就爱过了。那时的他眉清目秀，他爱上了同班一名沉默寡言、性情特别内向的女生。其实她的容貌算不上出众，也许她吸引他的美点，只不过是她那红润的双唇，像樱桃那么红润。老师曾在班上不点名地批评过她才是初二女生不该涂口红，她委屈得哭了。事实证明，她没涂过口红，但从此她更沉默寡言了。因为几乎全班的男生都开始注意她了，由于她像樱桃那么红润的唇。

初二下学期他和她分在了同桌。起初他连看都不敢看她，他觉得她的红唇对自己具有不可抗拒的诱惑力，并且开始以审美的眼光暗自评价她的眼睛，认为她有一双会说话的眼睛。其实大多数少女的眼睛都会说话，她们眼睛的这一种“功能”要等到恋爱几次以后才渐渐“退化”，初二的男生不懂得这一点罢了。不久他又被她那双白皙的小手所诱惑，那倒的确是一双秀美的小手，白皙得近乎透明，唯有十个迷人的指尖儿微微泛着粉红……

某一天，他终于鼓起一百二十分的勇气塞给了她一张纸条，上面写满了他“少年维特之烦恼”。三十几年前中学生的早恋方式与今天没什么不同，也都是以相互塞纸条开始的，但结果却往往与今天很不一样。

他首先被与自己的同桌分开了。

接着纸条被在全校大会上宣读了，再接着是找家长谈话。他的父亲——三十几年前的铁匠从学校回到家里，怒冲冲将他毒打了一顿，而后是写检查和保证书……

这初二男生的耻辱，直至“文革”开始以后方得以雪洗。他第一个冲上批斗台抡起皮带抽校长，他亲自操剪刀将女班主任老师的头发剪得乱七八糟，他对他的同桌的报复最为“文明”——在“文革”第一年的冬季，他命她拎着一只大喷壶，在校园中浇出一片滑冰场来！已经没哪个学生还有心思滑冰了，在那一个“革命风暴”凛冽的冬季。但那么多红卫兵成为他的拥护者，人性的恶被以“革命”的名义调动得天经地义、理直气壮。那个冬季真是特别的寒冷啊，而他不许她戴着手套拎那把校工用来浇花的大喷壶。看着她那双秀美的白皙的小手怎样一触碰到水湿了的喷壶即被冻住，他觉得为报复而狂热地表现“革命”是多么的值得。谁叫她的老父亲在国外，而且是资本家呢！“红五类”对“黑五类”冷酷无情是被公认的“革命”原则啊……整个冬季她也没浇出一片足以滑冰的冰场来。

春风吹化了她浇出的那一片冰的时候，她从学校里也从他的注意力中消失了。

再狂热“革命”的红卫兵也逃避不了“上山下乡”的命运。艰苦的劳动绝不像“革命”那么痛快，他永远明白了这一点，代价是成了瘸子。

返城后的一次同学聚会中，一名女同学忏悔地告诉他，其实当年不是他的同桌“出卖”了他，是那名和她特别亲密的女同学。他听了并不觉得内疚，他认为都是“文革”的过错。

但是当他又听说，三十几年前，为了浇出一片滑冰场，她严重冻伤的双手被齐腕锯掉了，他没法再认为都是“文革”的过错了。他的忏悔远远大于那名当年“出卖”了她也“出卖”了他的女同学。

他顶怕的事就是有一天，一个没了双手的女人来到他的铁匠铺，欣赏着他的手艺说："有一双手多好哇！请给我打做一只喷壶，我要用它在冬季浇出一片滑冰场。"

现在，他知道，他顶怕的事终于发生了，尽管不是一个没了双手的女人亲自来……

每一只喷壶的打做过程，都是人心的审判过程。

而在打做第十只，也就是最小的那一只喷壶时，铁锤和木槌几次敲砸在他手上。他那颗心的疤疤瘌瘌的数层外壳，也终于一层层地被彻底敲砸开了。他看到了他不愿承认更不愿看到的景观——自己灵魂之核的内容，人性丑陋而又邪恶的实证干瘪着，像一具打开了石棺盖因而呈现着的木乃伊。他自己最清楚，它并非来自于外界，而是在自己灵魂里自生出的东西。原因是他的灵魂里，自幼便缺少一种美好的养分——人性教育的养分，虽忏悔并不能抵消他所感到的战栗……

他非常想把那一只最小的喷壶打做得最美观，但是他的愿望没达到。

曾有人要买走那十只喷壶中的某几只，他不卖。

他一天天等待着他的"赎罪日"的到来……

那条老街却在年底就被提前推平了。

他十分幸运地得到了一处门面房，而且是里外两间，而且是在一条市场街上。动迁部门告知他，因为有"贵人"关照着他，否则他凭什么呢？休想。

他几回暗问自己——我的命中也配有"贵人"吗？

猜不出个结果，就不猜了。

这铁匠做好了一切心理准备，专执一念等待着被羞辱、被报复。最后，竟连这一种惴惴不安的等待着的心理，也渐渐地趋于平静了。

一切事情总有个了结，他想，不至于也斩掉我的双手吧？这么一想，他又觉得自己未免庸人自扰。

他所等待的日子终于等到了。那老者却没来，那姑娘也没来。一个认识他的孩子将一封信送给了他，是他当年的同桌写给他的。

她在信中这样写着：

○

我的老父亲一直盼望有机会见到你这个使他的女儿失去了双手的人！我的女儿懂事后也一直有同样的想法。他们的目的都达到了。他们都曾打算替女儿和母亲惩罚你，他们有报复你的足够的能力，但我们这一家人都是反对报复的人，所以他们反而在我的劝说之下帮助了你。因为，对我在少女时期爱过的那个少年，我怎么也狠不下心来……

○

信封中还有一样东西——她当年看过他塞给她的纸条后，本打算塞给他的"复信"。两页作文本上扯下来的纸，记载着一个少女当年被爱所唤起的种种惊喜和幸福感。

那两页纸已发黄变脆……它们一下子被他的双手捂在了他脸上，片刻湿透了。

在五月的阳光下，在五月的微风中，铁匠铺外那串亮锃锃的铁皮葫芦响声悦耳……

从前的事

马云龙先生是我的朋友，长我几岁。“文革”时期，对“四人帮”祸国殃民的行径深恶痛绝，形成言论，于是罗罪。他曾向我讲过几桩牢狱中的人事，时隔久矣，我几乎全忘了。唯其二者，记忆深刻：农民和土地。

当年和马先生同牢的，有一个老农，沉默寡言，性极温良，一没偷过，二没抢过，三没奸过，更不曾杀人放火。什么政治观点，头脑里也是完全没有过的。

此老农之“犯罪”，纯粹因为土地，因为曾经属于过他的三亩几分地。

解放前，他是佃农，解放初，他是土改积极分子。后来，自然的，就分到了三亩几分地。土改工作组的同志较为偏心于他这个土改积极分子，分到他名下的是好地。

当一份盖有大红印章的土地证交给他了，当写有他名字的木桩砸入地界了，当他确信三亩几分地真的属于他了，这一个祖上几代都不曾拥有过土地的农民，跪在那三亩几分地上，哭了。那情形如同某些早期革命题材电影中的片段。但他的眼泪，和演员的眼泪不是一样的眼泪。

老天似乎要成心捉弄这农民，分到土地后的两年，非涝即旱。土地枉好，劳作枉勤，那两年里，这农民并没能从一块属于自己的土地上收获到多少庄稼。接着，中国的农村就进入了初级社时期。

所谓初级社，就是几乎农民以自愿的原则，将他们的土地整合到一起，共同耕种，共同收获，按劳分配。这个农民哪一个互助组也不加入。他想，总算是有了一块属于自己的土地，而且是好地，还没靠自己的双手收割过一茬好庄稼呢，怎么舍得归了组呢？

是的，他是那么的舍不得。如同一个小女孩，才获得了属于自己的布娃娃没多久，稀罕劲儿没过去，舍不得把布娃娃入了别人的伙，和别人一起“过家家”。既然是自愿的，他偏不入，别人也奈何不得他。

以后的两年里，仰仗着年景好，风调雨顺，他靠着他的勤劳，在属于他的土地上喜获过两年丰收。

他得意而且自负了。不入初级社，我的土地不是也没亏待我吗？那我干吗还要入呢？而这时，中国的农村进入了高级社时期。

高级社也还是以自愿为原则的。但是不自愿的，在农村干部们看来，自然是没有社会主义觉悟的农民无疑了。结果，连高级社也不入的这个农民，这个土改时期的积极分子，成了社会主义时期农村里的思想落后分子。

落后就落后，他颇不在乎。拥有了属于自己的土地的他，已经没什么兴趣再去争取政治觉悟方面的那份积极了。他一心一意只想靠自己的勤劳种好那属于自己的三亩几分地了。

高级社时期只不过是中国农村一个特别短暂的过渡时期。转眼到了一九五八年，“人民公社”时期开始了。

我们中国人都知道的，所谓“人民公社化”，即土地归集体所有，农民于是有了第二个称呼，叫“社员”——《社员都是向阳花》，这歌唱的便是人民公社社员。人民公社而“化”，那就不再是自愿不自愿的事情了。

土改时期颁发的盖有大红印章的土地拥有证，或曰另一种地契，在有的农村里，重新收缴在一起，烧了，叫“二次革命”。第一次是革地主阶级的命，烧的是地主们的地契。这第二次是农民革自己头脑里的私有思想的命，烧的是土改时期政府颁发给他们的地契。有的农村里倒也没有烧地契，但明摆着是已经没有了任何意义，除非本人想要留作纪念。情愿进行第二次革命的也罢，不情愿的也罢，反正都是得那么革的。

我们前边讲的那个农民，他却偏不。他说：“政府发给我的土地证，政府没说作废，谁烧了是犯法的。谁要硬把它从我手里缴去，也是犯法的。”

依他想来，只要土地证还在自己手里，那三亩几分地就永远是自己的。

村干部们告诉他——政府已经下达了文件精神，土地归公了。

他反驳道：“我不懂精神，文件又在哪儿？拿给我看看！”

村一级的干部拿不出那么高级的文件，他就认为理在他这一边，还说：“如果承认老婆归自己的好，那就得承认土地还是归农民好！”

连人民公社也不加入，已经不是什么思想落后不落后的问题了，而是对抗农村社会主义的严重问题了。但他毕竟曾是佃农，村里阶级成分最低的一个人，村干部们仍奈何不了他。

奈何不了他也不能任由他一个人大行资本主义私有化之道啊！村干部们一商议，研究出了一条治他的高招。

他们当众向他宣布："你觉得你手里攥着地契，那三亩几分地就永远随你自己想怎么种就怎么种了？但是村里的条条村路可是集体化了，你偏要在私有道路上一条道跑到黑也可以，那你以后就不要走我们集体化的村路！"

他一听，傻眼了。但是他也同时犯了倔劲儿——不是想让我没法儿走到我的土地那儿去种吗？那我离开这个村就是了！

当天晚上他背井离乡流浪到外地去了。

像他这么一个农民，流浪到哪儿也不是长久的办法啊！但他有力气，不怕脏，不怕累，不怕受歧视，居然在异地他乡活了好几年，并且积攒下了一笔钱。

那钱是怎么攒下的呢？

似乎与人合伙，在城市里掏大粪，晒成粪饼子，一车车卖了得来的钱。当年农村缺化肥，一车粪饼子能卖二三十元，但那实际上也是违法的勾当。因为粪既然值钱，城市里的公厕，就不是什么人随便都可以掏的。干那勾当，也是盗的行径，罪名是"盗粪"。盗粪者们，都是半夜三更偷偷地盗。

幸而他几年中一次也没被逮着过。

背井离乡之人大抵是一旦积攒下了点儿钱，惦记亲人思念家乡的心情就更深切了。某一年的年根儿，他出现在村里，背着半扇猪，虽然衣着非锦，甚至还可以说有点儿褴褛，但他脸上的表情，却分明显现着衣锦还乡的那么一种意味。

毕竟，背着半扇猪呢！

那一年已经是一九六五年，提醒人们千万不要忘记阶级斗争的一年。那一年队里的也就是村里的收成很不好，一半怪天，一半怨人。男女老少都愁眉不展的，不知即将到来的春节该怎么过，才能多少过出点儿快乐的气氛。

我们那一个农民弟兄的出现，使村里人们感到愤慨。瞧他这个坚决走资本主义私有化道路的人！他行进在社会主义集体化道路上的步子是多么的意气风发、趾高气扬啊！——趾高气扬个什么劲儿呢！

确切地说，村人们的愤慨，主要是由于他所背的那半扇猪引起的。他们认为他是在公然挑衅，既是对他们，也是对农村集体化道路，对社会主义。于是就有人拦住他，谴责他："你既然非要一个人走私有化的道路，为什么还双脚踩在我们社会主义集体化的道路上？"

他也恼火了，振振有词："你们想干什么？不过就是一条普普通通的农村土路，在解放前也不至于不许谁走！"

听听，这不明明是在攻击社会主义吗？

有的村人想，你背回来半扇猪有什么值得显摆的？没有水看你那猪肉怎么个吃法！

也不用谁下令，他们就轮流把村里的一口井看住了——不许他家的人来汲社会主义的井里的水了。

事实是，他不在村里的几年中，不仅他家那三亩几分地早已归了集体，凡是他家能参加集体劳动的人，也早已成了人民公社的社员了。而且，和别的社员们的关系处得还挺不错。

都是那半扇猪惹的祸，以及他那一种走资本主义私有化道路仿佛走得不屈不挠，走得特来劲儿的模样。

至于那一口井，他很清楚，它不是社会主义以后才有的。那是一口老古井，解放前好几辈子的时候就有了。

不许他家的人汲水，他怒不可遏了，在社会主义的道路上蹦着高骂起来。

骂些什么呢？无非骂村里的人连点儿乡情都不讲，变得彻底的没了人味而已。

这一骂就惊动了村干部们。

村干部们凑在一起统一思想，皆认为太应该好好教育教育他这个人了。

而在当年，对一个人的最行之有效的教育方式无非是召开批判会。

于是，他家里闯入了民兵，将他倒拧着两条胳膊押到小学校去了——全村人集合到那儿对他进行毫不留情的批判。批判会和批斗会，原本界限就不很分明，尤其在当年的农村里更是那样。结果批着批着，渐渐就变成了斗了。他被逼着站到一张桌子上去了。斗的非要使被斗的低头认罪不可，被斗的则你们越斗我越不服。结果，斗人的人都急眼了，被斗的也急眼了。人们一个没留神，他做出了一件冲动过火之事——他背后的墙上，贴着伟大领袖毛主席的像，他猝一转身，将毛主席像扯下来了，随之便撕，边撕还边说："叫你们说话不算话！叫你们说话不算话！早知今天这样，我当年才不那么积极！……"

一阵肃静，鸦雀无声。

他自然几分钟后就后悔了，然而后悔也晚了。

众目睽睽，都看到他做下了什么事。

那在当年是犯死罪的事，谁敢把那样的事压下来呢？没人敢。

村干部们连夜向公社汇报了，公社火速向县里汇报了，县里认为案情实属重大，汇报到了省里。

第二天从省城开来了警车，将他用亮锃锃的手铐铐走了。那一年他已经五十六七岁。

他千里迢迢背回到家里的那半扇猪，还没来得及吃上一口肉。不消说，他也没能在家里过上那一年的春节。

专政机关念他出身好，网开一面，从轻发落，判了他个无期。他这一个当年土改时期的积极分子，始料不及地成了“反革命”，而且是现行的。

他最主要的缺点就是有时候看问题太死心眼，往往一条道走到黑，他不撞南墙不回头，不见棺材不落泪。总而言之，太倔。

村人们都因了他的倔而替他喟叹不已，也都有点儿后悔——明知他的倔脾气，又何必那么较真地批斗他？然而他们的后悔，也晚了。事情已经发生，已经结束，谁都再减轻不了像他那么重的罪了。

他的家人们明智地宣布和他脱离一切亲情关系。不明智怎么办呢？不明智那就只有等当“现行反革命家属”了。

我的朋友马云龙也被关投监时，他已经在狱中被关押了十来年，外面的世界发生了些什么翻天覆地的大事件，他不太知道了。

他已经是一个快七十岁的老农民了，然而他一辈子都没能好好种过几年地，尽管他曾是一个种地的好把式。解放前，是因为没有属于自己的土地可种。解放后，是因为明明拥有了属于自己的土地，却没有过几年在自己的土地上好好侍弄庄稼的时光。

快七十岁的他，已在监狱里被关押得有点儿痴呆了。他经常独向一隅，喃喃自语地嘟哝同一句话："老婆要是归自己好，那土地就归农民好。"至于那份地契，他不知把它藏于何处了，估计连他自己也忘了。

一天夜里，他喉咙发出一阵古怪的响声之后，双目不瞑地死了。也许，他在生命的最后一瞬，仍想说那句他百说不厌的话？那话，对于他，似乎成了一句经典台词。想来，他也太是一个悲剧角色了。是否够得上是一个经典的悲剧角色呢？我没什么依据妄作评论。呜呼！除了呜呼，关于他，我不复有话还要说。

我替这一个农民的地下之灵感到安慰的是——如今，在中国，土地耕种权又完完全全地属于农民自己了，而且减免了一切农业方面的税……

一个青年和他的青春期

他是一个青年，一个“文革”年代的青年，小县城文艺团里年龄最小的一个成员，刚过十八岁。说是孩子已不是孩子，说是大人还不算大人，正处在青涩的年龄。

不管在任何年代，人类之青春期的特征都有相同之处——生理上开始分泌最初的荷尔蒙，而心理上思情慕美。

但是他极能压抑自己。

因为，他原本是一个农村青年，形象好而又嗓子好，才有幸被挑选到小县城的文艺团里。一个农村青年居然有如此好命运，这使他诚惶诚恐。

报到那一天，领导对他说：“五年后你才二十三岁，五年内不许闹恋爱！五年后再恋爱也不迟。”

他诺诺连声。

领导又说：“你现在已经是一名革命的文艺工作者了，怎么才算是一名革命的文艺工作者你懂不懂？”

他吞吐不能即答。

领导教诲道：“第一政治思想要过硬。对于你，那就得积极参加一切政治学习活动。第二生活作风要过硬，千万不能小小年龄就搞出什么男女关系的花花事儿来。一旦出了花花事儿，那你就拎上你的行李走人吧！”

他连说：“不敢，不敢……”

多亏有领导的教诲在先，两年内，这小青年时时处处言行紧束，中规中矩。尤其是对于周围的漂亮女性，回避得很，自拘得很，多一句话也不说，一说话就脸红。

那文艺团里的人，年龄最大的也不过三十几岁，再就都是二十五六、二十七八岁的已婚的、未婚的男女。他们和她们，倒是不被太严格地加以要求的。平素里，打情骂俏，相互挑逗，寻常事也。蝶引蜂约，偷香窃玉，红杏出墙，投怀入抱，秘密幽欢，婚外云雨之类的勾当，不足为奇。连每一位领导本身，背地里也皆荷尔蒙过剩，不甘寂寞，闲不大住的。

那实际上是一个风气不良的文艺团，没几个人在男女关系上是清清白白干干净净的。要论那方面的清白，那方面的干净纯洁，真是非他莫属了。正因为风气不良，领导们才动辄大讲生活作风要过硬的话。讲归讲，领导们自己先就不过硬，硬也是硬在别的地方。

两年中，他是都看在眼里了。他已经二十岁了，自我压抑了两年了，越压抑，越敏感，越敏感，看在眼里的男女故事越多。团里的一男一女迎面走去，擦肩而过时彼此交换了一种什么样的眼波，只要是在他的视线里，其细节就逃不过他那敏感的目光。

然而他似乎依然是两年前那个青涩的他，似乎不曾有半点儿改变。因了他的不曾改变，领导们时常表扬他，同志们也都夸他小小年龄竟有难能可贵的作风操守。有的人还利用他的“无知”传情递意，以成好事。

在他二十岁就要过去那一年，全中国人都开始响应一种“伟大”的政治号召，叫作“斗私批修”，叫作“狠斗私字一闪念”，叫作“革自己的命”，叫作“灵魂深处，刺刀见红”。号召来号召去，学习来学习去，革来革去斗来斗去的，那“私”，已不再是字义上与“公”相对而言的利益层面的内容了，泛指一切“非无产阶级的，不符合革命道德”的思想意识了。

这青年对政治一向是特别虔诚的。

政治一号，他便赤心应召。

于是某日集体进行照例的政治学习的时候，一向少言寡语的他，展开了几页写着密密麻麻字迹的纸，做了他人生最郑重也最虔诚的一次学习发言。用当年的话说，他对自己“动真格的”了，他果然自己跟自己“刺刀见红”了。

他说，其实他是根本不配领导表扬的。

他说，他留给同志们的老实印象，是他伪装出来的假象。

他说，他的灵魂深处，其实存在着许多肮脏的、可耻下流的、见不得人的丑陋的思想意识。

他说，他经过一夜失眠，决定将它们抖搂出来，暴露于同志们和领导们面前，暴露于光天化日之下。

他说，抖落了，暴露了，肮脏外排了，自己的灵魂深处不是从此就干净了吗？他坦白地承认他多次梦到过样板戏中的某某女演员，在梦中还和她干过那种说不出口的事；承认自己多次偷看过本团的某某女演员冲澡，偷看过另外一名女演员换衣服；和第三个自己喜欢的女演员排练节目时，曾产生过希望能和她通奸的罪大恶极的念头。他还有根有据有时间有地点有情节有细节地指出，其实本团男女演员之间、领导们和女演员们之间通奸之事每每发生，因为那些情形也是他怀着很肮脏的思想意识偷看到的。

他希望领导们同志们，也能像他一样，自己对自己“动真格”的，自己跟自己“刺刀见红”，把自己干过的那些见不得人的勾当，自己彻底地抖落抖落，彻底地暴露暴露。

他说作为一次学习发言，他不愿太多地占用大家的时间。为了证明自己虔诚的认真的态度，他可以将自己的一本秘密日记交给领导。关于他自己的更多的下流意识，以及他所亲眼看到的别人们的种种可耻勾当，全都记在日记中了……

有一点显然需要指出——当年，他所偷窥到的事，却也并非皆属可耻，以欲给欲的勾当有之，而秘密的真情真爱，恐怕也是有的。

他桩桩件件“刺刀见红”地说时，会议室里一片死寂，似乎所有的人都屏住了呼吸，不再喘气了。当他终于闭上了他的嘴巴，那死寂又延续了几秒钟之后，凡是被他说到的人，不论男女，刹那间几乎全都扑向了他……

他们恨不得将他活活撕巴了……

而这是他决然没有料到的。

在他，那是忏悔，是以神圣的革命的名义当众进行的一次忏悔，无比虔诚的也是鼓足了从来不曾有过的大勇气所进行的一次忏悔。他原本以为自己忏悔了之后灵魂就会变得极其圣洁了，并且会感动别人的。

但是他遭到了咒骂和殴打。

如果事情到此为止倒还算他幸运，然而这并不是最终的结果，这只不过是另一情节的开始……

简单地说，他在领导们同志们的眼里，成了一个小流氓。不，岂止是小流氓，是小小年纪的大大的流氓呀！他的日记，遂成为他是“大”流氓的物证。真是白纸黑字，铁证如山！凡是被他说到和在日记里写到的人，都极端愤慨地抗议他的造谣诽谤，诋毁了他们的人格。

是可忍，孰不可忍？！

那日记被交到了县公安机关。由于事件不仅涉及县文艺团里的人们，还涉及对革命样板戏中几位女演员的人格的文字侮辱，流氓行为的性质颇为严重，于是又被呈送到了省公安机关……

在“文革”的年代，公检法由造反派们控制，一切判处过程从简。他的流氓罪成立，诽谤罪成立，侮辱他人之人格罪成立，再加一条“文革”年代才有的罪名——败坏革命样板戏罪也成立。于是他像上篇写到的那个老农一样，也被戴上亮锃锃的手铐，推上呼啸而至的警车，拉到省城监狱去了……

他并不和我的朋友马云龙同一监号，但是马云龙入狱不久就听说有关他的事情了。在每天两次的放风时间，马云龙每次都能看到他。据马云龙讲，他确是一个形象挺不错的青年，用今天时尚的话说，是一个帅哥。然而，他的精神已经有些不正常了。他在狱中学会了吸烟，他的农民父母，嫌他犯的罪太丢人了，一次都没到监狱来看过他，根本没有一个人给他往监狱里送烟。在放风的时间里，他唯一必做的事情就是低三下四可怜兮兮地向别的犯人乞讨一支烟，或大瞪着一双目光呆滞的眼，在监狱的院子里四处寻找烟头。倘乞讨不到烟，也捡不到烟头，那么他有时会抢别的犯人正吸着的烟，那时候他具有攻击性。

结果可想而知，肯定会遭到一顿拳打脚踢。有时候是被抢去了烟的犯人打他，有时候是看管人员打他。

不管打他的是谁，都会同时这么骂他：“臭流氓！”

马云龙可怜他，只要自己有烟，放风时总是会带着两三支，在院子里偷偷塞给他。

他，就会双臂肃垂，一脸虔诚，煞有介事地为马云龙背一段《纪念白求恩》中的语录，赞美马云龙是“一个高尚的人，一个纯粹的人，一个有道德的人，一个脱离了低级趣味的人……”

贪婪地过了几口烟瘾之后，往往又会以思想家般的口吻对马云龙说出一句话：“其实，人是没有灵魂的……”

言罢，幽幽地、莫测高深地笑……

世上之事，往事便是往事。大抵，总是要成烟的。

所谓并不成烟的，无非那留给我们的思考——前事不忘，后事之师。

然老百姓们明摆着都是弱势的，能从荒诞中汲取的，只不过是明哲保身的狡黠而已。人世间狡黠太多，它就没什么意思了。

倒是那强势的人们，该从依稀的烟气中看到禁忌，和黑色的不幽默……

此爱如钰

我在上大学时，曾听说过这样一件事。

上海市的郊区，一对男女青年自幼暗暗相爱，因其中一方的家庭出身是富农，而另一方的父亲是村党支部书记，他们的爱情当然不被现实所允许。于是他们双双留下遗嘱，服毒死于野外。当夜大雪，南方很少下那么大的雪。当年我的上海同学们，都言那是近三十年内不曾有过的南方冬景。大雪将那一对男女青年的尸体整整覆盖了九天，而据说按照当地的习俗，一对新人婚后的九天内是不应受到任何贺客滋扰的。这当然是巧合，但有一点人人都说千真万确——他们身上共盖着一张旧年画。年画上是梁山伯与祝英台。那是女青年从小喜欢的一张年画，“破四旧”时期私藏着保存了下来……

大约在九月份，朱时茂派他的下属将我接到他的公司，让我看一则报上剪下来的通讯报道——不是什么连载小说之类，而是实事。

“文革”前一年，一个农村少女，暗恋上了县剧团的一名男演员。一次看他演出，在他卸妆后偷走了他的戏靴。当然地引起了非议，也使他大为恼火。她父母问她为什么要那样做？她说她爱上他了，今后非他不嫁，而她才十六岁。

以后县剧团再到附近演戏，她父亲便捆了她的手脚，将她锁在仓房。她磨断绳子，撬断窗棂，又光着脚板跑出十几里去看他演戏。

她感动了她的一位婶婶。后者有次领着她去见他，央求他给她一张照片。

他没有照片给她，给了她一张毛笔画的拙劣的海报，签上了他的名字，海报上是似他非他的一个戏装男人。

他二十六七岁，是县剧团的“台柱子”。在他眼里，她不过是一个情感有点儿偏执的小女孩儿。

后来就“文革”了，他被游斗了。一次游斗到她那个村，她发了疯似的要救他，冲入人群，与游斗者们厮打，咬伤了他们许多人的手。她没救成他，反而加重了他的罪，使他从此被关进了牛棚。

一天夜里，她偷偷跑到县里去看他，没见着。看守的一个“造反派”头头当然不许他们见，但调戏她说，如果她肯把她的身子给他一次，他将想办法早点儿“解放”她所爱的人。她当夜给了。

不久她又去县里探望她爱的人，又没见着。为所爱之人，又将自己的身子给了“造反派”一次。

而这一切，她爱之人一无所知。

东窗事发，“丑闻”四播。她的父母比她更没脸见人了，于是将她跨省远嫁到安徽某农村，丈夫是个白痴。

十余年转眼过去，“文革”后，她所爱的人成了县剧团团长。一次又率团到那个村去演出，村中有人将她的遭遇告诉了他。他闻言震惊，追问她的下落，然而她父母已死，婶婶也死了。村中人只知她远嫁安徽，嫁给一个白痴。他当时正要结婚，于是解除婚约，剧团团长也不当了，十余次下安徽，足迹遍布安徽全省农村，终于在同情者们的帮助下，寻访到了她的下落。

他亲自开着一辆吉普车前去找她，要带走她，要给她后半生幸福。而她得到妇联方面的预先通知，从家中躲出去了，不肯见他。他只见着了她的傻丈夫，一个又老又傻的男人，和一对傻儿子，双胞胎。三个傻子靠她一个女人养活，家里穷得可以想象。他还看见一样东西——他当年签了名送她的那张海报，用塑料薄膜罩在自制的粗陋的相框里，挂在倾斜的土墙上。她一定希望有一个她认为配得上那海报的相框，却分明是买不起。

他怅然地离开了她的家。半路上，他的车陷在一个水坑里。正巧有一农妇背着柴从山上下来，他请她帮忙。那憔悴又黑瘦的农妇，便默默用自己的柴垫他的车轮。

那农妇便是当年爱他的少女。他当然是万万想不到也认不出她来的，而她却知道眼前正是自己永爱不泯的男人，但是她一句话都没说。她当时又能说什么呢？看着他的车轮碾着她的柴转出水坑，她只不过重新收集起弄得又是泥又是水的柴，重新背起罢了。他是那么地过意不去，给了她一百元钱作为酬谢。那一百元钱当然是她的生活所非常需要的，但她竟没接。她默默对他鞠了一躬，背着柴捆，压得腰弯下去，一步一蹒跚地走了……

他们之间这一段相见的情形，是记者分头采访了他们双方才使世人知道的。当地妇联有意成全他们，表示要代为她办理一切离婚事宜。

她说："那我的两个儿子怎么办？他们虽然傻，但还没傻到不认我这个娘的地步。我抛弃了他们，他们一定会终生悲伤的。"

他给她写信，表示愿意为她的两个儿子承担起一个父亲的责任和义务。她没给他回信，通过当地妇联转告他——他才五十来岁，重新组建一个幸福家庭还来得及。娶一个像她这样的女人，对于他已不可能有爱可享。再被两个并非他的血脉的傻儿子拖累，他的后半生也将苦不堪言，这对他太不公平。他不忘她，她已知足了……

他便无奈了。

不久他因悲郁而患了癌症，希望自己死后埋在她家对面的山坡上，希望单位能破例保留他的抚恤金并转在她名下……

朱时茂请我去打算将此事改编为电影剧本，当时我和他都极为那一篇报道所感动，但是后来电影局有关同志转告了一个意见——太悲伤了，涉及"文革"，不要搞了。

于是我们作罢。

双琴祭

那两棵树，最适合取其材而做琴，并且肯定能够做成两把音质优良的小提琴。

它们是生长得极慢的树，好的提琴之所以名贵，这也是原因之一。

那位七十余岁的老制琴师呢，一生已经做过无数把音质优良的小提琴了。他的经验是，一棵那样的树，只能锯取一段，做成一把音质优良的小提琴；若锯取另一段再做一把，音质将比第一把小提琴逊色得多。

老了老了，他就生出一个夙愿来，打算同时做两把小提琴，使它们在音质上不分轩轾，都成为名琴传于世。

琴取于材，材取于树。老制琴师当年亲手栽下两株小树苗，守望着它们的生长已经十余载了。两棵树在三千六百几十天里，不但各自增加着年轮，也像少年和少女渐渐长成健壮的青年和标致的女郎一样，深深地相爱着了。它们彼此欣赏，彼此赞美，通过叶片晃动时发出的沙沙声响，永不厌倦地诉说着缠绵的情话。当它们的枝条长了，它们是多么地盼望起风啊。借助风的吹拂，它们就可以彼此亲爱到对方的身体了。啊，那枝条和枝条的触绕呀，那叶片和叶片的摩擦呀，便体现着它们之间的一种柔情蜜意了呢！便是它们的销魂时刻了呢！它们是那么爱悦对方的新枝，它们是那么喜欢对方的每片新叶，宛如男人爱悦女人白润的肌肤，宛如女人喜欢男人的浓眉和硬发……倘风高四级以上，它们的树冠将会被整体吹弯，树冠依偎向树冠之际，它们便用所有的手臂趁机彼此拥抱，那时它们都会幸福地发出陶醉的呻吟，并都祈祷风更大……

但是老制琴师却病倒了。他知道自己将不久于人世，有一天唤儿子至床前，殷殷叮嘱道："儿子啊，世人对于任何事物，包括人的才能，总习惯于评论出个孰高孰低。我曾有位师兄，他是我最敬佩的制琴者，但他没能经得起世人在我们之间进行的孰高孰低的评论，他是怀着对我的嫉恨死去的，这一点我很清楚。所以我一直有个夙愿，想要制成两把音质同样优良的小提琴，以此向世人证明，世上有些不同事物的美好是同样的。在美好和美好之间为什么还要比来比去呢？这是由于人心的褊狭导致的愚蠢啊！儿子啊，我想做的事我是做不到了，你可一定要替我做到。我认为人是需要这种教育的……"

第二天，老制琴师就死了……

后来，他的儿子伐倒那两棵树，锯取了它们各自最好的一段，以同样的耐心和细心，制成了两把小提琴。

他请来了一流的小提琴演奏家试琴。小提琴演奏家拉了一支名曲后，置琴轻松片刻，复操琴演奏同一支名曲。

琴音终了，制琴师的儿子问："大师啊，您认为哪一把琴的音质更优良呢？"

小提琴演奏家奇怪地反问："小伙子，难道我刚才不是在用同一把琴演奏吗？"

"不是的大师，是两把琴呢。趁您分神，我调换了它们。"

大师惊叹地说："真不可思议，如果连我都不能区分，那么它们就是音质同样一流的两把小提琴了！"

大师恐自己的结论不够权威，又请来了他的朋友，一位执棒资历和声望极高的指挥家。我们都知道，一流指挥家的耳，乃是区分音调和音质的最敏感的"仪器"。

指挥家也没能区分开来。

经两位大师做出了权威性的结论，制琴师的儿子如释重负。

他把两把琴送到了琴店，郑重地交代："如果有谁在这两把琴中反复比较、挑选，自以为是地评优评劣，那么无论他最终选择了哪一把，无论出价多高，都不卖给他。如果有人说它们是同样好的琴，那么可以将两把琴都送给他。如果是两个人，那么一人一把。"

在很长的一段日子里，两把琴既没被卖出，也没被送出。

终于有一天，来了两位父亲，带着两名少年。两名少年是未来的小提琴演奏家，他们的父亲是好友，他们是陪儿子们来选琴的。两名少年的演奏水平，已经达到了配拥有名琴的程度了。他们的目光不约而同地落在两只朴素的琴盒上，琴盒里，是那两把音质同样优良的小提琴。

于是店主取出两把琴让他们试一试。

他们各拉一曲后，不约而同地对父亲说，那正是他们所期望拥有的琴。

店主问："琴的音质总是有优差之分的，你们不需要交换了再演奏一曲吗？如果你们出了门又因对方的琴比自己的琴好而后悔呢？”

他们的父亲也这么担心着。

但两名少年频频摇头，都说以他们的耳听来，两把琴的音质同样优良。为了使大人们相信他们不后悔，他们毫不犹豫地交换了琴。

“都不需要试试了吗？”店主又问。

“不。”两名少年异口同声。

于是他们幸运地接受了赠予……

后来，他们果然都成了“家”——高超的水平加优良的琴，他们声誉鹊起。

他们无论去何地，无论在什么场合，一直合奏着。

世人欣赏他们的合奏，赞美他们的合奏，用尽美好的词汇形容他们的合奏。

但世人的心理是有些古怪的，而且是易变的。人心喜睹分裂，有时甚于祈求和谐。

不久，开始了他们之间孰高孰低的纷纭众说。水平一样，琴还没有差别吗？没有优劣的差别，还没有好和更好的差别吗？即使两把琴没有差别，他们的演奏风度也没有差别吗？

明明有的呀！他们一个胖些，一个瘦些；一个潇洒些，一个在台上似乎有些腼腆；一个艺术家气质十足，而胖些的那个难道不更像面包师吗？……

人心一旦发现了美中不足，其实和最初欣赏美时是一样快意的。

那些日子里，正是传媒寂寞难耐的时候，没有某国发生政变，没有某国竞选爆出丑闻，没有瘟疫，没有自然灾害，没有飞机失事、轮船沉没、火车相撞，甚至，连一桩明星的桃色事件都没有……寂寞啊，寂寞。

人心寂寞，传媒也寂寞。

于是传媒一口咬住那纷纭众说，推波助澜，好比饥犬叼住了一块腔骨。

他们难免地不知所措了一个时期。再登台时，风度欠佳的那一个，自觉地礼让风度翩翩的那一个走在前面；风度翩翩的那一个，往往要挽着风度欠佳的那一个的手臂……

于是，世人和传媒，从风度翩翩的那一个身上看出了“作秀”，从风度欠佳的那一个身上看到“愧怯”。

于是，一部分世人，开始同情那个像面包师的，而另一部分世人则主张他们干脆分开算了！

媒体亢奋了，男女记者们经常出现在两部分人中，一个劲儿地追问：为什么？为什么？商人们及时利用两部分人的心理和媒体的亢奋，用钱钞支持在报刊、电台和电视节目中进行“焦点”讨论。

当他们再登台演出时，音乐厅的观众席上竟爆发了球迷在球场上那一种吼声：“我们不愿意看到一张像面包师的男人的脸！他把提琴拉得比猫叫还难听！”

“住口！你们那个帅哥儿的水平更差！不要以为他甩发的样子很迷人，其实讨厌！”

于是，媒体制造的焦点话题两军对垒，硝烟弥漫，广告俱增，报刊与商家各得其所……

他们不能再合奏下去了。

他们不得不分开了。

尽管分开使他们内心难过，但他们还是明智的，也是万不得已地分开了。

于是不同的商人赞助他们各自进行巡回演出。他们是演奏家，登台演出是他们生命内容的主项，既然不能再合奏了，那么只有独奏。虽然他们都是那么眷恋合奏，因为他们遗憾地觉得他们是两个与别的小提琴演奏家不一样的演奏家，合奏才能更发挥他们的演奏天赋。

比他们更眷恋合奏的是那两把小提琴呀！只有合奏的时候，它们才能有机会相见呀！当人的指尖轻柔在琴上，当琴弓和琴弦贴在一起，它们便回忆起了它们是两棵树的岁月，回忆起了它们幸福的爱的时光，回忆起了无数个早晨彼此脉脉含情的问好，回忆起了在落日余晖的照耀下那些缠绵又甜蜜的情话……于是，即使是一只感伤忧郁的曲子也能从中听出它们对命运的虔诚的感激——而这一点，正是它们的合奏，也是它们的合奏最赋感染魅力的原因。

世上只有他们两位提琴演奏家所操之琴是两把彼此深深相爱的琴。

是的，它们是多么感激命运将它们由两棵树变成了两把琴啊。始而为树，既而为琴，它们彼此的爱才得以由音乐表达啊。当他们在合奏时，它们未尝不也是在合奏呢。它们彼此间的欣赏、赞美和爱，统统表达在每一首曲子、每一段音节、每一个音符里。那时它们并不因暂时的分离而忧伤。当它们各自被归入琴盒之际，都心情愉快地互道“珍重”。因为也许明天，它们就又可以用音乐互诉爱情了呀……

但是自从他们分开了，它们再就没“见到”过对方，再就没“听到”过对方优美的声音。它们被彼此的思念折磨着，它们的琴音里开始注入了缕缕忧伤，正如苦苦相思着的情人们的信上有泪痕。

然而两位由合奏而独奏的演奏家，竟渐渐地相互心生出嫉恨来。这是比他们的分开尤其令人遗憾的，却也几乎是必然的。他们不知不觉就坠入了别人的“阴谋”，那“阴谋”又并非是在密室里经过策划的，只不过是在人心寂寞无聊的时候，油然而生成着的一种默契——其主要成分也不外乎是嫉恨。

是的，是他们曾经的珠联璧合，引起了别人的嫉恨。别人不但要离间他们，还要看他们如何成为仇敌。

这世界之所以有时显得太寂寞，除了因为此时没有灾难发生，也还因为没有仇敌对应。

果而没有，特别感到无聊，特别感到寂寞的人是会通过各种方式“制造”出几对来的。有了，他们便就有热闹看了。

他们的心就因此而活跃起来，世界也仿佛因此而生动起来……

结果事情变得这样子了——倘如他们中谁到某城市演出，那座城市的许多人，包括一切媒体，不仅用热情洋溢的方式和报道欢迎他的到来；而且还充满恶意地贬低另一个，以证明所欢迎之人备受欢迎；同时证明他们，只有他们对音乐的鉴赏才是一流的……

不消说，同样的情形几乎同时出现在另一座城市。

再后来事情变得这样子了——他们中谁到了某座城市，所受的已不是欢迎而是拒绝，而是嘲笑和耍弄。因为按照运算的定理，他们的第二轮巡回演出必定会是那样的局面。

音乐欣赏已变成了戏剧，或音乐剧。剧情煞有介事，也特别热闹。

终于，他们中的一个心理崩溃了。他摔毁了他心爱的小提琴，跃下阳台，一命呜呼。

那一时刻，另一个正在另一座城市的舞台上演出。他的提琴的几根弦，随弓皆断。皆断之际，小提琴发出类似哀号的最后一声颤音……

悲剧的发生使人心趋于冷静。

对死者的同情超过了人心对其他一切的表现。

有同情就有憎恨，有悲剧就有责任。另一个还没来得及从惊愕中悟到什么，已然懵里懵懂地成了罪魁祸首。憎恨他的不仅是另一个的拥戴者、支持者们，还有他自己的拥戴者和支持者们。

后者们都企图在良心上和他划清界限。

他疯了。

他想不明白，悲剧的线索，究竟是从何时起织入他和他的合奏者之间的。

他在疯人院里继续想，口中经常可怜地嘟囔着："为什么？为什么……"

记者们采访时也曾这么问过。

他那一把琴被换了弦，又摆在琴店里了。然而，无人问津。因为它已被视为不祥之物。事实上它也的确成了不祥之物。只要琴弓一搭在弦上，不容拉，便会发出号哭一般的声音。

是的，那真是一把小提琴在号哭——在为它不幸的爱人而号哭……

它从琴店被送到寄卖店。

一天，一个男人迈进寄卖店，他说明要买那一把琴。

他是已故的老制琴师的儿子。

他被店主引到了堆放破旧杂物的仓房。

“喏，在那儿……”

他发现了琴在墙角。他刚走过去两步，琴膛里蹿出了一条硕大的耗子——耗子已在琴膛里安了家，一窝小耗子刚刚出生……

那琴也被咬得面目全非。

当他离开寄卖店走在路上，听到路边一队放了学的小学生齐唱：世上只有妈妈好，没妈的孩子像……

他想起了父亲生前的夙愿，进而想，倘若世上真的“只有”妈妈好……

在秋季午后祥和而温暖的阳光里，这一个男人不禁地泪流满面……

第三辑

七彩茉莉

咪妮与巴特

我家所住的院子，临街有一处很大的门洞，终年被两扇对开的铁栅栏门封着。左边那一扇大门上，另有小门供人出入。但不论出者入者，须上下十来级台阶。小门旁，从早到晚有一名保安值勤，看去还是个半大孩子，一脸稚气未褪。

我第一次见到咪妮，是在去年夏天的一个中午。它“岿然不动”地蹲在小保安脚边，沐浴着阳光，漂亮得如同工艺品。它的脸是白色的，自额、眼以上，黄白相间的条纹布满全身。尾巴从后向前盘着，环住爪，看去只有两三个月大，一点儿也不怕人，显得挺孤傲的，大睁着一双仿佛永远宠辱不惊的眼，居高临下地、平静地望着街景。猫的平静，那才叫平静呢。

我问小保安：“你养的？”

他说：“我哪儿有心思养啊，是只小野猫。”

从楼里出来了一个背书包的女孩儿，她高兴地叫了声“咪妮！”——旋即俯身爱抚，边说：“咪妮呀，好几天没见到你了。昨天夜里下那么大雨，你躲在哪儿啊？没挨淋吧？”

小野猫仍一动不动，只眯了眯眼，表示它对人的爱抚其实蛮享受的。

那女孩儿我熟识，她家和我家住同一楼层，上五年级了。

我问："你给它起的名字？"

她"嗯"一声，从书包里取出小塑料袋，内装着些猫粮，接着将猫粮倒在咪妮跟前，看它斯文地吃。

我又问："既然这么喜欢，干吗不抱回家养着啊？"

她的表情顿时变得失意了，小声说："妈妈不许，怕影响我学习。"

"多漂亮的小猫呀，模样太可爱了！"——不经意间，有位女士也站住在台阶前了。

我和她也是认识的，她是某出版社的一位退休编辑，家住另一条街，常到这条街来买东西。

女孩儿立刻说："阿姨，那您把它抱回家养着吧！"

连小保安也忍不住说："您要是把它抱回家养着，我替它给您鞠一躬！这小猫可有良心了，谁喂过它一次，一叫，它就会过去。"

退休的女编辑为难地说："可我家已经有一只了呀，而且也是捡的小野猫。"他们三个的目光一齐望向我，我亦为难地说："几个月前，我家也收养了一只小野猫。"

于是我们四个的目光一齐望向咪妮，它吃饱了，又蹲在小保安脚边，不动声色，神态超然地继续望街景。给我的感觉是，作为一只猫，它似乎懂得自己应该是有尊严的。只要自己时时刻刻不失尊严，那么它和人的关系就接近着平等了。确乎的，它一点儿都不自卑，因为它没被抛弃过……

而和它相比，巴特分明是极其自卑的。巴特是一条流浪街头的小狐犬，大概一岁多一点儿。小狐犬是长不了太大的，它的体重估计也就七八斤，一只大公鸡也能长到那么重。它的双耳其实比狐耳大，却不如狐耳那么尖那么秀气。全身都是白色的，只有鼻子是褐色的。小狐犬的样子介于狐和犬之间，说不上是一种漂亮的狗。它招人喜欢的方面是它的聪明，它的善解人意。

我第一次见到它，是在离我们这个社区不太远的一条马路的天桥上。我过天桥时，它在天桥上蹿来蹿去，一忽儿从这一端奔下去，一忽儿从那一端奔上来，眼中充满慌恐，偶尔发出令人心疼的哀鸣。奔得精疲力竭了，才终于在天桥上卧下，浑身发抖地望着我和另一个男人。我俩已驻足看它多时了，那男人告诉我——他亲眼所见，一个女人也就是它的主人，趁它在前边撒欢儿时，坐入一辆小汽车溜了……

尽管我对它心生怜悯，但一想到家里已经养着一只小野猫了，遂打消了要将它抱回家去的闪念。我试图抚摸抚摸它，那起码足以平复一下它的惶恐心理，不料刚接近一步，它迅速站起，跑下了天桥……

从那一天起，它成了附近街上的流浪狗。有一个雨天，我撑伞去邮局寄信，又见到了它。它当时的情况太糟了，瘦得皮包骨，腹部完全凹下去，分明多日没吃过什么了。白色的毛快变成灰色的毛了，左肩胛还沾着一片泥巴，我猜或是被自行车轮撞了一下，或是被什么人踢了一脚。它摇摇晃晃地过街，不顾泥不顾水的。邮局对面有家包子铺，几名民工在塑料棚下吃包子，它分明想到棚下去寻找点儿吃的。如果不是饿极了，小狐犬断不会向陌生人聚拢的地方凑去的。然而它连走到那里的气力也没有了，四腿一软，倒在水洼中。我赶紧上前将它抱起，否则它会被过往车辆压死。在我怀里，那小狗的身子抖个不停，比我在天桥上见到它那次抖得还剧烈。但凡有一点儿挣动之力，它是绝不会允许我抱它的。它眼中满是绝望。我去棚下买了一屉小包子给它吃——有我在眼前看着，它竟不敢吃。我将它放在一处安全的、不湿的地方，将装包子的塑料袋摊开在它嘴边，它却将头一偏。

一名民工朝我喊："嗨，你守在那儿，它是不会吃的！"我起身离开数步，回头再看，它才狼吞虎咽地吃起来……以后，只要我在街上看见它，总是要买点儿什么东西喂它。渐渐的，它对我比较信任了。有次吃完，跟着我走，一直将我送到我们那个院子的台阶前。"巴特"是我对它的叫法，我小时候养过一只狗就叫"巴特"。

某日，我在台阶上喂咪妮，巴特出现了。它蹿上台阶，与咪妮争食猫粮，咪妮吓得躲开。我说："巴特，不许抢，一块儿吃。你看，有很多，够你吃的！"我的声音严厉了点儿，它居然退开，尽管很不情愿，并发出极低微的喉音，像小孩子委屈时的呢哝，扭头看我，眼神很困惑。当我将咪妮抱过来放在猫粮旁，巴特的头转向了一旁。那一时刻，这无家可归的可怜的流浪狗，表现出了一种令我肃然起敬的良好的教养，一种对于一条饥饿的小狗来说实在难能可贵的绅士风度。多好的小狗啊！我不禁想，这么听话这么乖的一条小狗，它的主人怎么就忍心将它抛弃了呢？我抚摸了它一下，又用温柔的语调说："不是不允许你吃，是希望你谦让点儿。吃吧吃吧，你也吃吧！”它这才又将嘴巴伸向了猫粮。两个小家伙吃饱以后，并没马上分开，而是互相端详，试探地接近对方。当彼此都接受了，咪妮卧在小保安脚边，一下一下舔自己的毛。巴特却不安分，绕着咪妮转，不停地嗅它，还不时用头拱它一下。而咪妮并不想和巴特闹，不理睬巴特的挑逗，闭上了眼睛。巴特倒也识趣，停止骚扰，也在咪妮身旁卧下。不一会儿，两个小家伙都睡着了，咪妮将下颏搁在巴特背上，睡相尤其可爱。小保安苦笑道：“看，我好像成了专在这儿保护它俩的人了！”

傍晚，我碰到了那个经常喂咪妮的女孩儿，她在门洞里玩滑板。她停住滑板，问我：“伯伯，你猜它俩躲到哪儿去了？”我反问：“谁俩呀？”她说：“咪妮和巴特呀，保安叔叔告诉我，你叫那条小流浪狗巴特，我喜欢你给它起的名字。”我说：“我也喜欢你给那只小野猫起的名字。”“你猜它俩躲哪儿去了？”我摇头。“我知道，您想不想去看？”我犹豫一下，点了点头。在我们那个院子最里边，有一处休闲之地。草坪上，曲折地架起尺许高的木板踏道。在两段木板的转角，女孩儿蹲了下去。她说：“它俩在木板底下呢。”仅仅蹲着并不能看到木板底下。女孩儿又说：“您得学我这样。”我便学她那样，将头偏向一旁，并低垂下去，于是看到——咪妮和巴特，正在一块纸板上嬉闹。女孩儿说：“纸板是我为它俩放在那儿的。”两个小家伙发现我和女孩儿在看它们，停止嬉闹，先后钻出，跟我和女孩儿亲热了一阵，复钻入木板底下，继续佯斗。

看着一条被抛弃的、心理创伤很深的流浪小狗与一只孤独然而高傲的小野猫成了一对好朋友，我心温暖。比之于人的社会，那一时刻，我忽然觉得，小猫小狗之间建立友爱，则要容易多了。

自那一天起，两个小家伙形影不离。它们有了一个共同的家，便是那木板踏道的底下。看着它们在一起高兴的人多了，喂它们东西吃的人也多了。小保安不知从哪儿捡了两个旧沙发垫塞到了木板下，还有人将一大块旧地板革铺在踏道上，防止雨漏下去。两个小家伙喜欢相依相偎地睡在“家”里了。据女孩儿说，咪妮睡时，仍将头枕在巴特背上，似乎那样它才睡得舒服，睡得安全……

偶尔，它俩也会跑下台阶，穿过街道，在对面的小铺子间蹓蹓逛逛的。大概它们以为，人都是善良的。而街对面那些开小铺面的外地人，以及他们的孩子，确实都挺善待它们。看到家养的小猫小狗在一起是一回事，看到一条小流浪狗和一只小野猫形影不离是另外一回事：咪妮和巴特，使那一条街上的许多大人和孩子的心，都因它们而变得柔软了。

我出差了数日，返京第二天中午，艳阳高照，然而暑热已过，天气好得令人心旷神怡。吃罢午饭，我带足猫粮狗粮，去到了门洞那儿，却不见咪妮和巴特。

小保安说：“都死了……”

我一愣。

他告诉我——一天下午，咪妮和巴特又跑到街对面去了，偏巧街对面停着一辆“宝马”，车窗摇下一边，内坐一妖艳女郎，怀抱一狮子狗。那狗一发现咪妮和巴特，凶吠不止。咪妮和巴特便迅速跑回台阶上，蹲在小保安脚边。那女郎没抱紧狮子狗，狮子狗从车窗蹿了出去，追到了台阶上。咪妮野性一发，挠了狮子狗一爪子。女郎赶到，见她的狮子狗鼻梁上有了道血痕，说是破了她那高贵的狗的狗相，非要打死咪妮不可。小保安及时抱起咪妮，说咪妮不过是一只小野猫，有身份的人何必跟一只小野猫计较？而这时，巴特和那狮子狗，已扑咬作一团。女郎尖叫锐喊，从花店中闯出一彪形大汉，奔上台阶，看准了，狠狠一脚，将小巴特踢得凌空飞起，重重地摔在水泥街面上。咪妮挣脱小保安的怀抱，转身逃入院中。那女郎踏下台阶，也对奄奄一息的巴特狠踢几脚。一切发生在不到一分钟内，等人们围向巴特，“宝马”已开走了……

我听得目瞪口呆，良久才问了一句话是：“那，那咪妮呢？”

“也死了……躲在木板底下，三天不出来，三天不吃东西……怎么叫它也不出来，喂它什么都不吃……活活渴饿死的……我和几个小朋友把它和巴特埋在一块儿了……”

我一转身，见说完话的女孩儿，无声地哭。

我，将手伸入了衣兜。无话可说之时，我便只有吸烟。

我三口五口就吸完了一支烟。

何以解恨？唯有香烟。

唯有香烟……

爱丽丝的自由

“爱丽丝！”

“这儿呢！”

“睡得好吗？”

“很好。”

“用早餐了吗？”

“吃着呢。”

“需要什么关照吗？”

“谢啦！”

这是女孩儿和爱丽丝每天早晨照例的对话。女孩儿其实已经二十六岁了。科学家说地球还很年轻，所以年轻的地球上的男人们，忽一日似乎就都有理由认为三十岁以下的女性还皆是女孩儿了。我们这位女孩儿尚未结婚，人也标致。她在一家外企公司供职，年薪颇丰。眼下住的房子是租的，几年后就必定买得起房子买得起车了……

而爱丽丝，是一只聪明的鹦鹉。女孩儿不清楚它的性别，我当然也不清楚。女孩儿是在鸟市上花高价买下它的，当时关着它的笼子很小、很旧，卖主说笼子白送给她了。女孩儿暗想，这么聪明可爱的鹦鹉，关在这么小这么旧的一只笼子里，真委屈死它了！几天以后，女孩儿为它换了一只大笼子，用镀铬铁丝编的那一种。编出了飞檐耸脊，笼门也编得非常美观，看上去像一座金灿灿的宫殿似的。

于是这鸟儿对它的新主人满怀感激。感激使它更聪明了。更聪明了的鹦鹉，学主人的话也就学得更快了，甚至连主人的语调都能模仿七分。新主人便更喜欢它了，觉得花高价买下它是值得的。

这鸟儿原先并没名字，它的旧主是鸟贩子，鸟贩子也是爱它的，但说到底是爱它所值的高价。鸟贩子教它说话，目的和旧中国的老鸨花心思教妓女学琴棋书画是一样的，它每学会了一句人话，身价就又在鸟市上抬高了些。这与女孩儿对它的喜欢是颇不同的。女孩儿刚刚改变了自己的命运不久，还未改变过任何别人的命运。能改变一只鹦鹉的命运，使女孩儿从心理上获得了一种优胜感。女孩儿教它说话时，每每将它视为孩子，而宁愿暂时从自己是女孩儿的时代角色中摆脱出来。因为二十六岁的女孩，已本能地有母性的情愫在内心里涌动着了。女孩儿也将它视为小弟弟小妹妹，因为女孩儿在她的家庭里是备受关爱的小妹妹，希望能有机会充当长姐。女孩儿也将那鸟儿视为男孩儿，也就是想象中的情人，想象中的白马王子、帅哥酷小伙儿。这是女孩儿们最为普遍的想象，实在不足为怪。

于是，那改变了命运的聪明的鸟儿，就学会了不少乖孩子的话语，学会了不少听起来善解人意的小弟弟小妹妹的话语。自然的，还学会了说一些多情种子常说的那类通俗诗句和一般的示爱昵语。其实呢，女孩儿若想听男人们对她说那类话，那么几乎她所认识的每一个男人，都早就在内心里储备好了，能连绵不断地对她说上几个钟头的那类话。事实上一有机会，他们无不见缝插针地对她说上几句那类话。不少男人或女人都患着一种病，据说叫“肌肤饥饿症”。又据说这原本应属于儿科病，而且主要体现为对母体肌肤的饥饿状态，不知怎么着后来就传染给了不少男人女人。由这一种病人又发现自己还患着一种类似的病，或可叫“情话缺失症”，好比身体里缺钙缺碘一样。这一种病比前一种病疗治起来简单多了，便当多了，只需互相动动嘴，病症就明显减轻，好比低血糖患者嚼块糖马上头就不那么晕了。但是女孩儿听男人们对她说那类话早就听腻了，产生抗“药”力了，听鹦鹉说那类话却极为愉悦。因为鹦鹉似乎尤其善于将那类话说得很纯洁，很真诚似的，因为鹦鹉说那类话时别无企图。鹦鹉饿了食钵里没食了，它一定大叫“添食！添食！”，而绝不会假惺惺地说什么“心肝儿宝贝儿”。男人们那么叫她时，眼里的内容往往挺复杂的。她也讨厌男人们看着她时眯起他们的眼睛。鹦鹉看着她时就从不眯眼睛。它歪着头，大瞪着一双无比坦白的眼睛看她。那时它如果说：“没有你我可怎么活？”她就高兴得心花怒放，恨不得将它抓在手里，举在面前，猛亲一阵……

宠物之所以是宠物，盖因其聪明。纵然是一条蛇成了某人宠物，那也必是一条专善解某人之意的蛇，否则人断不会宠它。而普遍的规律是，宠物一经被宠，原本超过于同类的聪明便往往“发扬光大”。对于低级的宠物，比如蜥蜴吧，它的更加聪明是由于条件反射。它知道它若怎样，便会获得什么。它本能地明白它与宠它的人之间的关系是一种相互承诺的契约关系。它明白只要它做出人喜欢的样子，人就会一直保障它在人的荫庇之下无忧无虑地生存。鹦鹉自然是高级于蜥蜴的宠物。鹦鹉善于学人说话这一点，又简直高级于一切的宠物。自从它的新主人使它领悟“爱丽丝”就是它以后，它对它的名字分外敏感。只要女孩儿一叫“爱丽丝”，那鸟儿就会对女孩儿说出一套套的甜言蜜语，直说得她眉开眼笑——尽管那都是她教它说的，半句也不是它自己天生就会说的。那鸟儿的聪明，不但使它住进了宫殿一般的宽敞的鸟笼，而且食钵水钵里一向是满的……那鸟儿的聪明确实是异乎寻常的，它能够根据主人的语调，听出自己应该扮演乖孩子、小弟弟小妹妹还是情人的角色。

一天，女孩儿突发奇想，打算试探那鸟儿对她的依恋有多深。她将鸟笼放在窗台上，开了笼门，怂恿地说：“飞吧！如果你觉得外边比笼子里好，那么我赐给你自由。”

这只鹦鹉是在笼中孵出的一代，它从没离开过笼子。它首先仅仅将头探出笼门，并且立刻就缩了回去，笼外的世界对它太陌生了。人对陌生的事物往往是缺乏信任的，在这一点上动物尤甚于人。我们人在陌生的自然环境里，特别是在深山老林里，往往会以为危险四伏。掬一捧溪水洗把脸，那动作也会比在家里洗脸快速得多，因为害怕前边不远处溪水积成的深潭里，会冷不丁地蹿出一匹狰狞的怪物；背靠大树吸支烟，会担心头顶上是不是正盘着一条蟒蛇；躺在平滑的石面上歇息，一阵风吹过，会联想到景阳冈那一只锦毛吊睛白额大虫……这只鹦鹉对笼外世界的胆怯也是如此。幸而笼外的世界当时天高云淡，阳光明媚，这使它终于有勇气站立在笼门上了。它歪头看它的主人，她也正任之由之地看它。人的泰然，使那鸟儿更加大胆了。终于，它扇翅飞去了。但它只在主人家窗前的天空盘旋了一小圈，之后赶紧落回窗台，蹦进笼子里去了……

从那一天起，女孩儿索性将笼子固定在窗台上了。

从那一天起，笼门一直是开着的。

从那一天起，“爱丽丝”不但享受着充足的饮食，而且得以享受着飞翔的自由……它胆子越来越大了，它飞离得越来越远了，它对自由的感觉越来越好了……但它自由够了的时候，还是要回到笼子里去吃食饮水。鱼与熊掌“爱丽丝”都要，而且都有了。它倍觉自己是一只既幸运又幸福的鹦鹉了，由是它说女孩儿爱听的话说得更来劲了。

“爱丽丝”交上了两位朋友—— 一只喜鹊和一只麻雀。它们经常栖在同一株树上聊天。“爱丽丝，你爱过吗？”“爱？当然的！”“那，它是一只怎样的鹦鹉呢？”“鹦鹉？嘻，我怎么会爱一只鹦鹉呢？我爱的是一个人，我的主人！她使我幸福，所以我爱她！”问它的是麻雀。麻雀困惑了，仰起头望上面树枝的喜鹊。那意思是—— 我们该如何理解鹦鹉的话呢？喜鹊于是也问：“爱丽丝，那么你究竟是一只雄鹦鹉呢，还是一只雌鹦鹉呢？”

“爱丽丝”回答：“这我可不知道。我想我的主人从不在乎这一点，那么我也不在乎。只要我永远是我主人的宠物，性别对我有什么重要呢？”

结果连见多识广的喜鹊听了它的话不但也困惑，而且大为愕异了。一只鸟儿连自己究竟是雄的还是雌的都不知道，它怎么竟那么自信自己在幸福着呢？

喜鹊和麻雀也有令“爱丽丝”吃惊的地方。

“爱丽丝”连续几天不见喜鹊的踪影，颇觉寂寞。终于见着后，奇怪地问为什么，喜鹊喜滋滋地说：“我和我的丈夫又有了一窝小宝宝了，我们不能让它们饿着呀！几张小嘴儿每天都等着喂东西呢。”

喜鹊刚一说完便匆匆地飞走了。“爱丽丝”望着喜鹊的空中身姿，同情地自言自语：“唉，活得可真累，活得这么累怎么还被叫作‘喜鹊’呢？”“爱丽丝”也困惑。

有一次“爱丽丝”看见麻雀在一个小水坑里扑腾，有些不安地从高枝上俯视它，问它在干什么。麻雀说在洗浴。

“哦，天呀，天呀，多脏的水啊，你还好意思说在洗浴！”

麻雀却说：“脏是脏了点儿，但附近的麻雀几乎都在这儿洗浴，我有什么资格例外呢？例外，也得在这儿洗浴啊！我爸爸妈妈都一辈子在这儿洗浴的……”

麻雀说完，抬头望天。麻雀告诉“爱丽丝”，它盼着快下一场大雨。再不下雨，水坑就要干了。那么它们麻雀不仅洗浴成了问题，连饮一口水也不得不飞到很远的地方去了……

听了麻雀忧虑的话，“爱丽丝”万分地庆幸自己不是一只其貌不扬的麻雀，而是一只羽毛鲜艳美丽的鹦鹉，还是一只比许许多多鹦鹉都更善于学人话的鹦鹉……

秋季的一个日子里，“爱丽丝”好说歹说，总算说服两位朋友跟随它参观参观高级的笼子了。它一直期待着向两位朋友炫耀幸福的机会，那机会使它得到炫耀者的大满足。

“难道不像是一座金灿灿的宫殿吗？”

喜鹊和麻雀都同意地说，那的确是一只美观的鸟笼子。

“瞧，我爱吃的小米是盛在这么高级的东西里的！”“爱丽丝”一边以优越感极强的语调说着，一边从敞开的笼门蹦入到它的“宫殿”中去了。它在笼中啄了几口食后，得意地又说：“我爱吃的小米也是今年收获的新小米，而且拌了鸡蛋黄儿！”

它蹦到“宫殿”另一端，饮了几口水接着说：“我和主人一样，一向饮的是纯净水。”

笼中的食钵水钵，乃是正宗景德镇的烧制品，小巧精致。细腻光洁的白瓷上，绘着蓝色的古典风格的图案。喜鹊和麻雀隔笼欣赏，啧啧赞叹那两个它们从没见过的高级东西。

笼的上方吊着一个亮晶晶的圆环。

“爱丽丝”轻轻一蹦，蹦到了环上，于是那环悠荡起来。

“这是我的秋千！定日为主人打扫房间的小时工，也负责为我清洁笼子，所以我的笼子永远如此干净。我的笼子底是可以抽开去的，下边是我专用的浴缸。我洗浴那是一定要用温水的，还要滴几滴洗浴液。我洗一次澡要换两次水，洗完后舒服极了！这就是我的羽毛为什么如此艳泽的原因，也是你们为什么觉得我身上散发香味儿的秘密……”

喜鹊和麻雀，便都飞落到别人家的下一层的阳台上，引颈仰视，以便能欣赏到“爱丽丝”的“浴缸”。那“浴缸”当然更是它们从没见过的高级的东西。其实呢，也只不过就是一个美观的月饼盒子。

“两位朋友，为什么不进来体验体验住宫殿的感觉呢？为什么不进来享受一番今年的新小米和纯净水呢？”

于是喜鹊和麻雀又飞了上来。那笼子虽然美观，那笼子的配制虽然都特别高级（在鸟儿们看来），却并不是喜鹊和麻雀特别渴望一概拥有的东西。而今年的新小米和纯净水，对它们产生了难以抗拒的诱惑力。别说拌了鸡蛋黄的小米了，就是一般的小米，隔了许多年的小米，这两只城市里的野鸟也没吃到过呀！什么又是纯净水呢？饮一口，一定像人喝琼浆玉液一样润肺沁腑吧？

然而笼门太小，喜鹊太大，它试了几次，钻不进去。麻雀蹦进笼中，啄了几口小米，连说："好香！好香！"饮了几口纯净水，不禁叹道："这才是水呀！"麻雀没忘笼外的喜鹊，隔着笼子，啄了满满一嘴小米哺吐给喜鹊。喜鹊吃了，由衷地承认，那不但是它自己，肯定也是所有的喜鹊从未享受过的美食。麻雀以同样的方法使喜鹊也享受到了几口纯净水，喜鹊又由衷地承认，那水对于它简直如同甘露。在笼中，还有一个专为"爱丽丝"睡觉用的同样美观的窝，那可算是"爱丽丝"的笼中"卧房"。"爱丽丝"趴在"卧房"里，只将头探在外，看着喜鹊和麻雀一个笼内一个笼外受用它的食水，陶醉于虚荣心和满足感之中。它慷慨大方是因为它从不为饮食而忧，反正它们吃光了饮光了，主人还会给它添满的。

但是麻雀一不小心碰了笼门，笼门就落下来了。结果麻雀也成了笼中鸟了。于是麻雀惊恐万状，它在笼中东扑西撞，恐惧地大叫："喜鹊救我！喜鹊救我！"

它竟搞得自己羽毛纷落。"爱丽丝"是在笼中"居"惯了的，麻雀那种仿佛大祸临头的样子使它看着很开心，它哈哈大笑起来。

喜鹊及时用它的爪子和尖嘴从外面将笼门打开了。麻雀扑撞而出，像一架被击中了的飞机，昏头晕脑地在空中倏上倏下了好一阵才掌握住平衡……

当三只鸟儿重新聚在小树林中的一棵树上，麻雀惊魂甫定，不无羞愧和自我懊恼地说：“上帝，上帝，我再也不会为了拌蛋黄儿的小米和纯净水而进入一只鸟笼中去了！如果没有喜鹊救我，我岂不是永无自由了吗？太可怕了！太可怕了！”

喜鹊说：“你的教训，也提醒我今后要远离一切的笼子。要么选择自由，要么选择笼子，对于一切的鸟儿，这两者是无法同时拥有的。”“爱丽丝”听了，不悦地反驳道：“那么我连一只鸟儿都不算了吗？”

喜鹊说：“你的幸运和幸福，根本不可能是一切别的鸟儿的追求。如果是，那么鸟儿们就太理想主义了，而理想主义对鸟儿们来说，也许是最迷幻也是最危险的陷阱啊！”

“爱丽丝”极其反感喜鹊的话，它哼了一声，忽地飞走了。

麻雀说：“它生气了。”喜鹊说：“那我也没必要追上它去请求原谅。我们和它是太不同的两类鸟儿了，而这一点决定了我们很难长久地成为朋友，我们和它的交往该结束了……”麻雀感伤地说：“是啊，我们不会像它一样学人说话，所以我们没资格用我们的活法和它的活法比。”喜鹊又说：“但它除了自我感觉未免太好，本质上还是一只可爱的鸟儿，让我们祝福它永远那么幸运那么幸福吧！”

女孩儿出差了。女孩儿出差的第二天，冬季提前来临的第一股寒流猝至。“爱丽丝！”三天后女孩儿回到家里，习惯地这么叫时，没听到鹦鹉的回应。她奇怪地走到阳台上，所见的情形令她大吃一惊——在狂风中，笼门落下了，“爱丽丝”被关在了笼外。饥渴和寒冷，以及对于季节骤变的惶悸，使它极欲往它安全的笼子里钻，但那是一件根本不可能的事，笼门不会因它的惶悸自行打开。笼中的鸟儿对于外面的世界最普遍的无知是——它们从没想到过自由是要经受季节骤变的严峻考验的。

那考验对于“爱丽丝”是严峻的，对于喜鹊和麻雀，却又实在不算什么，因为它们都曾经历过最凛冽的严寒。“爱丽丝”由于一心想钻到它安全的笼中，它温暖的“卧室”里去，结果头被两根笼条夹住在笼内了。这聪明的、可怜的，曾经幸运而又幸福的鹦鹉，两只翅膀伸展在笼外，两条腿朝后僵直着，就那么死去了。食钵里拌了蛋黄儿的小米还剩不少，水钵里的纯净水也几乎仍满着……

女孩儿用手指轻轻触了它一下，看出它有一只翅骨折断了，它曾多么痛苦无助地挣扎可想而知……喜欢女孩儿的某一个男人，又为女孩儿买了一只鹦鹉。那也是一只灵舌巧嘴特别聪明的鹦鹉，女孩儿仍叫它“爱丽丝”。当然的，它拥有了前一只“爱丽丝”所拥有的高级的一切，只是自从它入笼那一天起，就决定了它没有自由。女孩儿总结经验了，那经验就是——成为宠物的一只鸟儿，是不必再多此一举地赐给它什么自由的……

“爱丽丝！”

“这儿呢！”

女孩儿与鹦鹉每天早晨的对话一如既往……

蛾眉

半截燃烧着的烛在哭。它不是那种在婚礼上、在生日或在祭坛上被点亮的红烛，而是白色的，烛中最普通的，纯粹为了照明才被生产出来的烛。

天黑以后，一户人家的女孩儿要到地下室去寻找她的旧玩具，她说："爸爸，地下室的灯坏了，我有点儿害怕去，你陪我去吧！"她的爸爸正在看报，他头也不抬地说："让你妈妈陪你去。"于是她请求妈妈陪她去。她的妈妈说："你没看见我正在往脸上敷面膜呀？"女孩儿无奈，只得鼓起勇气，点亮了一支蜡烛擎着自己去。

那支蜡烛已经被用过几次了，在断电的时候。但是每次只被点亮片刻，所以并不比一支崭新的蜡烛短太多。女孩儿来到地下室，将蜡烛用蜡滴粘在一张破桌子的桌角上，很快地找到了她要找的旧玩具……她离开地下室时，忘了带走蜡烛。于是，蜡烛就在桌角寂寞地、没有任何意义地燃烧着。到了半夜时分，烛已经消耗得只剩半截了。烛便忍不住哭起来，因自己没有任何意义的燃烧……

事实上烛始终在流泪不止，然而对于烛，一边燃烧一边缓缓地流着泪，并不就等于它在悲伤，更不等于它是哭了，那只不过是本能，像人在劳动的时候出汗一样。当烛燃烧到一半以后，烛的泪有一会儿会停止流淌。斯际火苗根部开始凹下去，这是烛想要哭还没有哭的状态。烛的泪那会儿不再向下淌了，溶化了的烛体，如纯净水似的，积储在火苗根部，越积越满……

极品的酒往杯里斟，酒往往可以满得高出杯沿而不溢。烛欲哭未哭之际，它的泪也是可以在火苗根部积储得那么高的。那时烛捻是一定烧得特别长了。烛捻的上端完全烧黑了，已经不能起捻的作用了，像烧黑的谷穗那般倒弯下来，也像烧黑的钩子或镰刀头。于是火苗那时会晃动，烛光忽明忽暗的。于是烛呈现一种极度忍悲，“泪盈满眶”的状态。此时如果不剪烛捻，则它不得不向下燃烧，便舔着积储火苗根部的烛泪了，便时而一下地发出细微的响声。那就是烛哭出声了。积高不溢的烛泪，便再也聚不住，顷刻流淌下来，像人的泪水夺眶而出……

此时烛是真的哭了，出声地哭了。

刚刚点燃的烛是只流泪不哭泣的。因为那时烛往往觉着一种燃烧的快乐，并因自己的光照而觉着一种情调，觉着有意思和好玩儿。即使它的光照毫无意义，它也不会觉得在白耗生命……

但燃烧到一半的烛是确乎会伤感起来的。烛是有生命的物质，它的伤感是由它对自己生命的无限眷恋而引发的，就像年过五旬之人每对生命的短促感伤起来。烛燃烧到一半以后，便处于最佳的燃烧状态了，自身消耗得也更快了……我们这一支烛意识到了这一点，它甚至有些恓惶了。“朋友，你为什么忧伤？”它听到有一个声音在问它，那声音羞怯而婉约。烛借着自己的光照四望，在地下室的上角，发现有几点小小的光亮飘舞着。那是一种橙色的光亮，比萤火虫尾部的光亮要大些，但是没有萤火虫尾部的光亮那么清楚。烛想，那大约是地下室唯一有生命的东西了。那究竟是什么呢？“我在问你呢，朋友。看着你泪水流淌的样子真使我心碎啊！”声音果然是那几点橙色的光亮发出的。烛悲哀地说：“不错，我是在哭着啊，可你是谁呢？”“我吗？我是蛾呀。一只小小的，丑陋的，刚出生三天的蛾啊！难道你没听说过我们蛾吗？”蛾说着，向烛飞了过去……烛立刻警告地叫道：“别靠近我！千万别靠近我！快飞开去，快飞开去！……”蛾四片翅膀上的四点磷光在空中划出四道橙色的优美的弧，改变了飞行的方向，但蛾是不能像青鸟那样靠不停地扇动翅膀悬在空中的。

所以它听了烛的话后，只得在烛光未及处上下盘旋。蛾诧异地问烛：“朋友，你竟如此的讨厌我吗？”烛并不讨厌它。一个有生命的东西在烛的生命结束之前与烛交谈，正是烛求之不得的。然而这一支烛知道“飞蛾扑火”的常识，那常识每使这一支烛感到罪过。它不愿自己的烛火毁灭另一种生命，它认为蛾也是一种挺可爱的生命。别的烛曾告诉它，假如某一只蛾被它的烛火烧死了，那么它是大可不必感到罪过的。因为那意味着是蛾的咎由自取，何况蛾大抵都是使人讨厌，对人有害的东西……

烛沉默片刻，反问：“你这只缺乏常识的蛾啊，难道你不知道靠近我是多么的危险吗？”

不料蛾说：“我当然知道的呀。人认为那是我们蛾很活该的事。而你们烛，我想象的到，你们中善良的会觉得对不起我们蛾，你们中冷酷的会因我们的悲惨下场而自鸣得意，对吗？”

烛没想到这只蛾对它们的心理是有很准确的判断的，它一时不知该再说什么好。“如果我说对了，那么你是属于哪一种烛呢？”蛾继续翩翩飞舞着。它的口吻很天真，似乎，还有那么点儿顽皮。烛光发红了，那是因为白烛很窘的缘故。蛾的出现，使它不再感到孤独，也使它悲哀的心情被冲淡了。它低声嘟哝：“倘我是一支冷酷的烛，我还会警告你千万别靠近我吗？”蛾高兴地说：“那么你是一支善良的烛了？但是你知道我们蛾对‘飞蛾扑火’这种事的看法吗？”烛诚实地回答它不知道。蛾说：“我们是为了爱慕你们烛才那样的呀！”“是为了爱慕我们？”烛大惑不解。“对，是为了爱慕你们。在这个世界上，对我们蛾来说，最美的、最值得我们爱的，不是我们同类中的俊男靓女，恰恰是你们烛呀！真的，你们烛是多么令我们爱慕啊！你们的身材都是那么的挺直，都是典型的、年轻的、帅气的绅士的身材。你们发出的光照那么柔和，你们的沉默，上帝啊，那是多么高贵的沉默啊！还有你们的泪，它使我们心碎又心醉，使我们的心房里一阵阵涌起抚爱你们的冲动，没有一只蛾能在你们烛前遏制自己的冲动……”

烛光更红了，烛害羞了。作为烛，从别的烛的口中，它是很了解一些人对烛的赞美之词的，但却第一次听到坦率又热烈的爱慕的表白，而且表白者是一只蛾。它腼腆地说：“想不到真相会是这样，会是这样……”蛾飞得有点儿累了，它降落在桌子的另一角，匍匐在那儿，又问：“你就不想知道我是一只对人有害还是无害的蛾吗？”——声音更加羞怯更加婉约，口吻更加天真，只不过那种似乎顽皮的意味，被庄重的意味取代了。

烛犹豫片刻，嗫嚅地问：“那么，你究竟是一只对人有害，还是一只对人无害的蛾呢？”

蛾说：“其实我自己也不知道。我不是告诉过你了吗，我才出生三天呀，而且我很少与别的蛾交谈。我只知道，我们蛾的生命虽然比一支燃烧着的烛要长许多，但却是极其平庸的，概念化的。具体对于我这一只小雌蛾是这样的——如果我不是在这间地下室里，而是在外面，那么我会被雄蛾纠缠和追求，或反过来我主动纠缠和追求它们。然后我们做爱，一生唯一的一次。接着我受孕，产卵。再接着，我的卵在农田里孵出肉虫。丑陋的肉虫——于是我的生命结束。我的死相也很丑陋，往往是翅膀朝下仰翻着，我们连优美地死去都是梦想……”

蛾的语调也不禁伤感了。烛于是明白，它是一只对人有害的蛾，但它却不愿告诉蛾这一点。“烛啊，你肯定知道我究竟属于哪一种蛾了吧，那么请坦率告诉我。我想活个明白，也想死个明白。”烛说：“不，我不知道，人的评判尺度并不完全是我们烛的评判尺度。而在我看来，你是一只漂亮的小雌蛾……”“你胡乱说什么呀！我……我哪里会是漂亮的呢！”蛾声音小小的，但是烛听出来了，它的赞美，使这只蛾很惊喜。

它竟对这只羞怯，说起话来语调婉约又顽皮，情绪忽而乐观忽而感伤的蛾有点喜欢了。也许是由于自己的处境吧？总之这是连它自己也不明白的。它借着自己发出的光照开始仔细地端详蛾，继续说："你这只小蛾啊，我并非在违心而言，你的确很漂亮呢！"烛这么说时，确乎觉得伏在斜对面的桌角上的蛾，是一只少见的漂亮的小蛾了，那是它仔细端详的结果。于是它又说："你的双眉真美。现在我终于明白，人为什么用'蛾眉'来形容美女之眉了。"蛾说："这话我爱听。""你的翅膀也很美，虽小，却精致，闭起来，像披着斗篷……""可是与蝶的翅膀比起来，我就会无地自容了。""可是蝶的翅膀却没有发光的磷点呀！一只在黑暗中飞舞的蝶，与蝙蝠有何不同呢？你刚才飞舞时，翅膀上的四点磷光闪烁，如人任舞'火流星'一样……""你真的欣赏吗？那我再飞给你看！"蛾说罢，立即飞起。它又顽皮起来了，越飞离烛火越近，并且冒险地低掠着烛的火苗盘旋，使烛一次次提心吊胆，不断惊呼："别胡闹！别胡闹！……"于是死寂的地下室，产生了近乎热闹的气氛。在那一种气氛中，一支烛和一只蛾，各自心里的感伤荡然无存了。

快乐之后是又一番交谈，它们的交谈变得倾心起来。烛告诉蛾它是怎么被带到地下室的，而蛾告诉烛，它则完全是被烛引到地下室的——它本来在楼口的灯下自由自在地飞舞着，忽然一阵风，将它刮入了楼道。楼道里很黑，它正觉得不安，那秉烛的女孩儿走出了家门，结果它就怀着无限的爱慕之情，伴着烛光飞到地下室了……

烛听了蛾的话，感到自己害了蛾，又流淌下了一串泪。蛾却显得特别的欣慰，它说能有幸和烛独处同一空间，便死而无憾了。烛又忧伤起来，它说："你这只漂亮的可爱的小蛾啊，你的话使我听起来，觉得我们是在谈情说爱似的。”蛾问：“那有什么不好？”

烛反问：“在这样水泥墓穴似的地方？”蛾说：“正因为是在这样的地方，我们除了彼此相爱，还有什么更值得做的事情？”烛心事重重地自言自语：“我，和你？”蛾说：“又有什么不可以？”于是，它们由倾心交谈而心心相印了，由心心相印而情意绵绵了……

午夜时分，烛燃得只剩半寸高了。烛恋恋不舍地说：“漂亮的小雌蛾啊，我的生命就要结束了，让我以一支烛无可怀疑的诚实告诉你吧，你使我的生命不算白过。”

蛾以情深似海的语调说：“我挚爱的伟大的烛啊，你以你的生命之光为我这一只小小的蛾驱除着黑暗，实在是我的幸福啊！你知道人间有一部戏叫《霸王别姬》吗？”

烛说：“我知道的。”蛾说：“那好，让我学那戏中的虞美人，为我的烛做诀别之舞。”于是蛾再次飞起，亢奋而舞。烛在痴情的欣赏中，渐渐接近着它的熄灭。舞着的蛾在空中忽然热烈地说：“爱人，现在，我要飞向你！”烛意识到了蛾将要怎样，大叫：“别做傻事！”蛾却说：“我要吻你！拥抱你！我要死得优美，并且陪你同死！”“不，你给予我精神之爱，对我已经足够了！”“但我仍觉爱得不彻底！”蛾的话热烈、情炽，坚定不移。“你为什么一定要自蹈悲惨？！”烛光剧晃，烛又哭了，急的，它再次泪如泉涌。“像我这么一只不起眼的，令人鄙视的，被人认为对他们有害，想方设法欲加以灭绝的小小蛾子，能有机会为爱死，是上帝成全我啊！我无私的、光明的、一心舍己为人的爱人呀，快准备好接受我吧！我来啦！”

蛾在空中做了最后几圈盘旋，高飞起来，接着猛扇四翼，专执一念地朝烛的火苗扑了过去……转瞬间，蛾用它的双翅紧紧抱住了烛的火……

烛清楚地看到蛾的双眉向上一扬，呈现出一种泰然快慰的表情……烛清楚地听到蛾“啊”了一声，那声音中一半是痛楚，一半是幸福……烛的火苗随即灭了……烛泪在黑暗中将蛾“浇铸”……

第二天，女孩儿想起了烛……她将残烛捧给妈妈看，奇怪地问：“妈妈，怎么会发生这么悲惨的事？”她的妈妈没有正面回答，只是说：“飞蛾扑火嘛，常有的事儿，快扔了，多脏！”她又捧着去问爸爸，爸爸说：“由飞蛾扑火，应该想到自取灭亡一词对不？蛾不但讨厌，而且有害，死有余辜，死不足惜！”女孩儿并不满足于爸爸妈妈的话，她独自久久地捧着残烛看，心中对蛾油然生出一缕悲悯……女孩儿将残烛和蛾郑重其事地埋葬了，如同合葬了两条死去的鱼，或一对鸟，一双蝶……女孩儿对“飞蛾扑火”的现象，显然有着与爸爸妈妈相反的看法和联想。

后来，女孩儿上中学了，她在她的作文中写到了这件事。老师给予她的是她作文中最低的一次分数，还命她将她的作文在语文课上读了一遍……

老师评论道：“蛾是有害的昆虫，怎么可以对有害的昆虫表达惋惜呢？这是作文的主题发生理念性错误的一例……”她对老师的评论很不以为然。

再后来，她上大学了，工作了，恋爱了……她的恋人是她中学的男生。有一次她问他；“你常说我美，告诉我，我究竟美在哪儿？”他立即便说：“美在双眉！你知道你有一双怎样的眉吗？你的眉使我联想到‘蛾眉’一词。而且认为，在我见过的所有女性中，只有你的双眉，才配用蛾眉二字形容。你的眉使你的脸儿显得那么清秀，衬托得你的眼睛那么沉静，使你有了一种婉约又妩媚的女性气质……”

确乎的，在一百个女人中，也挑不出一个女人生有比她更美的眉；确乎的，她的双眉，使她的脸儿平添清秀……“那么，告诉我，你从什么时候开始爱上我的？”“在我们是初中同学时，你还记得你写过一篇关于蛾的作文吗？”“当然记得。”“你作文中有一段话是——与‘自取灭亡’一词恰恰相反，‘飞蛾扑火’使我联想到凄美的童话、忧伤的诗，以及爱能够达到的无怨无悔。当时我就对自己说——这个女孩儿我爱定了！”她哭了，偎在他怀里说：“谢谢你爱我，谢谢你懂我。我是那种为爱而来到这世上的女孩儿，我期待着爱已经很久了。我知道像我这样的女孩儿如今已经不多了，可我天生这样不是我的错，谢谢你用你的爱庇护我这样的傻女孩儿……”

而他说：“你不傻。我寻找像你这样的女孩儿，也找了很久了。找来找去，终于明白要找的正是你啊！”于是他俯下头深吻她……

“十姐妹”出走

那一天我在家对面的小树林散步，遇见了几个年轻的民工。其中一个拎着纸盒箱，箱四周扎了许多透气孔，见着我，拎纸盒箱的自言自语：“这么大一个北京，竟没识货的人！”仿佛自言自语，其实说给我听。那模样，那口吻，使我联想到那个受高衙内指使，诱林冲中计的卖刀人……

我问：“什么？”

他们中有人答：“鸟儿……”

“什么鸟儿？”

“十姐妹……”

好悦心的鸟名——我不禁掀开纸箱盖儿一角往里瞅，但见十位“小姐”挤缩一处，十双黑晶晶的小眼睛瞪着我，胆怯而又乞怜。黄嘴边儿还没褪哪，羽毛还没长全哪，毛根间暴露着粉红的肉色，如同一群只扎肚兜儿的光身子小孩儿……

并不雅的些个小东西！

“卖？”

“卖！”

“多少钱？”

“二十元！”

“太小哇。”

“这您就外行啦，养鸟儿都得从小养起。”

“不好看呀，跟麻雀似的！”

“毛长全就好看了，不好看能叫‘十姐妹’吗？”

于是我一念顿生，成了“十姐妹”的“家长”。

最初养在一个极小的笼子里，用两个瓶盖儿喂它们水和小米。后来妻买回了一个漂亮的够大的笼子，于是它们“迁”入了新居，好比住在小破房里的中国老百姓，一步登天搬进了花园洋房。那一天“她们”显得好高兴噢，叽叽喳喳叫个不停。我们一家三口看着“她们”高兴，各自心里也高兴……

自从阳台上有了“十姐妹”，便热闹起来。“小姐”们一会儿“说”，一会儿“唱”。“说”时其音细碎一片，吴侬软语似的，使我联想到一群上海姑娘聚在一起聊悄悄话儿。“唱”时反倒不那么动听了，类乎“喳”的一个单音，此长彼短，自我陶醉，没一个嗓子强点儿或可出息为歌唱家的。于“她们”正应了那句话——说的比唱的好听。

那时我正写作，便不免地会有些烦，常到阳台上去冲“她们”喝唬一句。喝唬一句大概能消停五分钟。于是最后只有关上几扇门，隔断“她们”的噪音，将自己关在最里边的小屋。

安定且无忧无虑的生活，使“她们”长大得明显，羽毛日渐丰满了，一个个都出落得非麻雀可比了。秀小的头，鱼形的身，颌下和喙根两侧，以及翅膀和尾翼之间，是洁白的绒羽和翅子。若补充些想象看它们，也还算漂亮。

有天我发现“她们”争争吵吵拥拥挤挤地围住饮水罐儿，衔了水梳理羽毛。我想——哦，“小姐”们是该洗次澡了。便将一个饼干盒盖注满清水，将笼底抽下，将笼子置于盒盖上，伫立一旁静观。“她们”不争不吵不拥不挤了，一只只侧着头，矜持地瞪我。我刚一转身离去，阳台上便溅水声大作，水珠竟透过纱门溅入室内。偷窥之，见“她们”洗得那个欢呢！而且相互梳洗……

于是便宠出了“她们”的娇惯毛病。每至中午，倘不为“她们”提供此项服务，阳台上一片抗议之声，不予理睬简直就不可能。“她们”是很讲“三大纪律八项注意”的，或者可以说很培养我的文明意识——只要我在看着，绝不下水。

原先，鸟笼放在一把椅子上的。阳台下半部是砌严的，小时候它们则只能看到一片天空，倒也都甘于做井底之蛙。有一天“她们”就以“她们”的噪音，提出了开阔视野、高瞻远瞩的要求。于是中午洗过澡后，我将鸟笼挂在晾衣竿上。第一次透过阳台窗望到外面的广大世界，“她们”真是显得惊奇极了。“说”了一中午，“唱”了一中午。反反复复“唱”的，在我听来，仿佛始终是那么一句——外面的世界很精彩。

我听不得“她们”向我传达的那份儿幽怨，干脆启开笼门，将“她们”放飞在阳台上。不消说，从此我更得勤于打扫阳台了……

我常想起买下“她们”时的情形。不知命运如何，“她们”的那份儿胆怯好可怜的。不愁冷暖不愁饥渴了，就产生了对“居住”条件的高要求。“居住”条件大大改善了，就渐渐滋长了“贵族”习惯，每天还得洗次澡。一旦“贵族”起来了，则又开始向往自由了。给予了“她们”一个阳台的自由范围，最初的喜悦和兴奋过后，又分明向往起“外面的世界”来……

有天它们一溜儿蹲栖在窗格上，静悄悄的，都很忧伤的样子，仿佛些个囚徒似的。我几经犹豫，开了一扇阳台窗。轻风和爽气扑人，“她们”都扇动起翅膀来……

我说：“小姐们，请吧，我还你们自由……”

“她们”一只只从敞开的窗子跳进跃出着，不停地扇翅，一会儿侧头看我，一会儿仰望天空，若有依恋之意……

我又说：“想回来时就回来，这扇窗将随时为你们打开……”

我也满怀着对“她们”的依恋，离开了阳台。

半小时后，十只鸟儿剩下五只了。

一个小时后，阳台上一只鸟儿都不见了，顿时寂静得使人悒郁……

有几只鸟儿飞回来过——吃点儿食，饮点儿水，洗次澡，又飞走……

从此，我在早晚散步时，总能听到“她们”的声音，传出自小树林里。

我的“丫头”们的声音，我是听得出来的……

有天我发现一只鹞鹰，在附近的树林上空盘旋。我想，说不定它是被我的“丫头”们的叫声引来的，伺机加害于“她们”。于是我赶快回到家里，找了一根长长的竹竿，挂上彩布，在树林中奔来奔去，挥舞着，大叫着，直至将那残害弱小的枭禽驱逐遁去……

有天我发现别人家养着两只鹦鹉的笼子里，也有一只“十姐妹”。两只鹦鹉都啄“她”，啄得“她”没处藏没处躲。紧缩一隅，尾巴挤出在笼外。见了我，便在笼子里“炸”飞起来，叫个不停，其音哀婉。我想，那一定是我的“丫头”中的一只，想吃食，想饮水，或想洗澡，误入了别人家的阳台……

于是我将“她”讨回，养了几日，又放飞了……

有天早晨，在公园里，我见到一个张网人，一次用网粘住了三只“十姐妹”。

我想那也肯定是我放飞的鸟儿，我将“她们”再次买下，养了几日，也又放飞……

“外面的世界很精彩，外面的世界很无奈”——在人的城市里，对鸟儿们也是这样的……

自由，在本质上，其实也是人对他人的责任感最完善的摆脱，正如我不可能也不打算每见到别人笼子里的一只“十姐妹”都买下放飞一样。在这么一种社会形态下，若同时没有法的威慑，没有宗教对心灵的影响，大多数人，就只有像我养过的“十姐妹”一样，提高防范的能力，并靠运气活着了……

有天夜里，我做了一个梦，梦见老了的自己，被十个女儿围绕着，还有十个女婿侍守一旁——尽管这有悖计划生育法，而且“十姐妹”也并非就全是“丫头”，但仍没妨碍我做了那么一个很幸福的梦……

鸳鸯劫

冯先生是我的一位画家朋友，擅画鸳鸯，在工笔画家中颇有名气。近三五年，他的画作与拍卖市场结合得很好，于是阔绰，在京郊置了一幢大别墅，还营造了几亩地的庭院。

冯先生那庭院里，蓄了一塘水，塘中养着些水鸟。无非野鸭、鹭鸶什么的，居然还有一对天鹅。自然，鸳鸯也是少不了一对的。

冯先生搬到别墅去住不久，有次亲自驾车将我接了去，让我分享他的快乐。我二人坐在庭院里的葡萄架下，吸着烟，饮着茶，一边观赏着塘中水鸟们悠哉悠哉地游动，一边东一句西一句地闲聊。

我问："它们不会飞走吗？"

冯先生说："不会的。是从动物园托人买来的，买来之前已被养熟了。没有人迹的地方，它们反而不愿去了。"

又问："在天鹅与鸳鸯之间，你更喜欢哪一种？"

答曰："都喜欢。天鹅有贵族气，鸳鸯之美则属小家碧玉，各有其美。"

又说："我也不能一辈子总画鸳鸯啊！我卖画的渠道挺多，不仅在拍卖行里卖，有时也有人亲自登门购画，每是新婚夫妻。倘属成功人士，要求为他们画天鹅的多。但也有普通人前来购画，那么能购到一幅鸳鸯戏荷图往往就心满意足了。画鸳鸯是我的品牌，技熟于心，画起来快，所以对普通人价格也就相对便宜些。普通人的眼大抵习惯于被色彩吸引，你看那雄鸳鸯的羽毛多么鲜丽，那正是他们的眼所好嘛！我卖画给他们，也不仅仅是为了钱。他们是揣着钱到我这儿来寻求对爱情的祈祝的，我满足他们那份心理需要，自己也高兴。"

我虚心求教："听别人讲，鸳鸯鸳鸯，雄者为鸳，雌者为鸯，鸳不离鸯，鸯不离鸳，一时分离，岂叫鸳鸯，不知道这其中有没有什么传说故事？"冯先生却说，他也不太清楚。说他只对线条、色彩，以及构图技巧感兴趣，至于什么故事不故事，从来不想多知道。

三个月以后，季节已是炎夏。某日，我正睡午觉，突然被电话铃扰醒，抓起一听，对方是冯先生。他说："惊心动魄！惊心动魄呀！哎，我刚刚亲眼看见了一场惊心动魄的事件！这会儿我的心还怦怦乱跳呢，不对个什么人讲讲，我受的那种刺激肯定平息不过去！"

我问："光天化日，难道你那保安尽职的高档别墅区里发生溅血凶案不成？"

他说："那倒不是那倒不是，但我的庭院里，刚刚发生一场生死存亡的大搏斗！"

我说："你别制造悬念了，快讲。"

于是，冯先生语调激动地讲述起来。

冯先生中午也是要休息上一个多钟点的，但他有一个习惯，睡前，总是要坐在他那大别墅的二层的落地窗前，俯视着私家庭院里的花花草草，静静地吸一锅烟斗。那天，他正要磕尽烟斗站起身来的时候，忽见一道暗影自天而降，斜坠向他庭院里的水塘。定睛细看，竟是一只苍鹰企图从水塘里攫捉水鸟。水鸟们受此大惊吓，四面游逃。两只天鹅，猝临险况，反应疾迅，扇着翅膀跃到了岸上。苍鹰一袭未成，不肯善罢甘休，旋身飞上天空，第二次俯冲下来，目标盯准的是那只雌鸳鸯。而水塘里，除了生长着几株荷，再没什么可供水鸟们藏身的地方。偏那些水鸟们，包括鸳鸯，久不起飞，飞的本能意识已经大大退化。

冯先生隔窗看呆了。正在那雌鸳鸯命系一发之际，雄鸳鸯不逃窜了。它一下子游到雌鸳鸯前面，张开双翅，勇敢地扇打俯冲下来的苍鹰，结果苍鹰的第二次袭击也没成功。那苍鹰似乎急眼了，也似乎饿急了，飞上空中，又进行第三次攫捉。而雄鸳鸯，那美丽的，除了被人观赏再就几乎毫无可取之处的水鸟，也又一次飞离水面，用显然弱势的双翅扇打苍鹰的利爪，拼死保卫雌鸳鸯。力量悬殊的战斗，就这么接二连三地展开。

令冯先生更加看呆了的是——塘岸上的一对天鹅，仿佛产生正义的冲动。它们一齐伸展开双翅，扑入塘中，同时加入了保卫战。在它们的带动之下，那些野鸭呀、鹭鸶呀，便都不再恐惧，先后参战。水塘里一时间情况大乱……待冯先生不再发呆，冲出别墅，战斗已经结束。苍鹰一无所获，不知去向。而水面上羽毛零落一片，有鹰的，也有那些水鸟的……

我听得也有几分发呆。待冯先生讲完，忍不住关心地问：

“那只雄鸳鸯怎么样了？”

他说：“惨！惨！差不多可以用遍体鳞伤来形容，两只眼睛也瞎了。”

他说他已电话请来一位宠物医院的医生，为那只雄鸳鸯处理过伤痕了，如果侥幸的话，它还能活下去，他说已将一对鸳鸯暂时养在别墅里了。

到了秋季，我带着几位朋友到冯先生那里去玩儿，发现他的水塘里增添了一道使人好奇的“风景”：雌鸳鸯将它的一只翅膀，轻轻搭在雄鸳鸯的身上，在塘中缓缓地游来游去，使人联想到一对臂挽着臂散步的恋人。而那只雄鸳鸯，往日的漂亮不再，它的背上、翅根，有几处地方裸着褐色的呈现创疤的皮。肯定的，那几处地方是永远也不会长出鲜丽的羽毛了……

更令人心怦然一动的是，塘中的其他水鸟，包括两只雪白的气质高贵的天鹅，都自觉地给那对鸳鸯让路，仿佛那是不言而喻之事，仿佛那意味着塘中的文明准则。尤其那一对天鹅，当它们让路时，每每曲颈，将头低低地俯下，一副崇敬的姿态。

我心中自然清楚那是为什么的，悄悄对冯先生说：“在我看来，它们每一只都是高贵的。”

冯先生默默点了一下头，表示完全同意我的看法。然而别人是不清楚为什么的，纷纷向冯先生发问。冯先生略述前事，皆肃默。

不久前某日，忽又接到冯先生电话，寒暄一句，随即便道：“它们死了！”我一愣，低问：“谁们？”

答：“我那一对鸳鸯……”

于是想到，已与冯先生中断往来两年之久了。先是，他婚变，后妻是一京漂女郎，芳龄二十一，小冯先生三十五岁。新婚正燕尔，祸事不妨来——他某次驾车回别墅区时，撞在区内水泥电线杆上，脑震荡严重，久医才轻，然落下手臂挛颤之症，无法再作画矣。后妻便闹离婚。不堪其尖言刻语之扰，同意。

后妻去前，将其画作一概暗中转移。给我打电话时的冯先生，除了他那大别墅和早年间积攒的一笔存款，也就再没另外的什么了。坐吃山空，前景堪忧。我不知该对他说什么好。而冯先生呜呜咽咽地告诉我——那塘中的其他水鸟，因为无人饲喂，都飞光了。

我又一愣，经久才问出一句话："不是都养熟了的吗？"

又是一阵呜咽。冯先生没有回答我的疑问，他把电话挂了。

我呆呆地陷入了沉思，猛然想到了一句话"万物互为师学，天道也"，却怎么也回忆不起来，究竟是哪一位古人说的了……

七彩茉莉

老友A君，将七十翁也，退休前任某出版社副总编，该社不大，在业内口碑颇佳，赖其慧眼识珠，推出过不少好书。

君乃善良长者，向以仁心处世待人，虽属无神论者，对特蕾莎修女则敬若女神。他的儿女都在国外成家立业了，老伴也去世了，唯他一人留在北京，住出版社分给他的一幢建于二十世纪八十年代初的三居室内，九十几平方米，住得极满足。

几年前，他的家曾是我们共同的二三好友聚在一起谈天说地之处。在他书房，正面墙上悬挂特蕾莎修女大幅油画像，他请一位画家朋友为他画的，以一方精美古朴的老砚谢之，所谓各得其所。画像左右配挂条幅，乃君亲笔所书特蕾莎修女生前常说的话：

○

人们经常是不讲道理的，反逻辑的和自以为是的。不管怎样，都要原谅他们。

即使你将你最好的留给世界了，对世界可能也是微不足道的，但你还是要将最好的留下。

○

他的书法在京城小有名气，若别人求字，每以特蕾莎语录相赠。曾有人执意要其写孔子语录——多为官场中人。所谓“国学”在官场大热后，执该意者尤多。他却每次都教导他们：“孔子是中国的也是世界的。特蕾莎修女是世界的，但也应是中国的。二者的思想都是可敬的，比起来，孔子家族从王权那儿所获得好处太多太大了，简直也可以用‘罄竹难书’来形容。而特蕾莎修女没从任何利益集团那儿沽钓过任何好处，她是一位纯粹地为世界上穷困的人们服务的人，她的一生更是不为任何个人利益竭诚努力的——还是写她的话吧。”

倘对方坚持己见，他竟会放下笔，正色道：“要么算了，只能请你原谅我驳了你的面子。”

有几次我也在场，眼见他将对方搞得怪难堪的，待对方走后，忍不住劝他何必那么认真，他却说：“我太讨厌奉迎之风了，俗不可耐。”他对自己的人生如此评价：“一件害人的事也没做过，给人世间留下了几本好书而已。”

A君称得上是难得的好邻居。那幢六层老楼没电梯，一星期一次，他定期搞楼道卫生，二十几年从未间断，四季如常。他家住三楼，既不但每次从六楼认真扫到一楼，还用拖布拖。拖一遍，至少换三桶水，有时竟拖两遍。他所住的那个单元，楼道总是干干净净的，楼梯扶手更是一尘不染。而另外四个单元的楼道，则脏得近乎垃圾楼的楼道了。那幢楼原本住着两个事业单位的人家，老住户或将房子卖了，或租出了，后搬入的人家都拒绝交每月一二十元的清扫费(从前每月十元，后来也不过每月二十元)。没专人清扫，也不是每个单元都有一位他那样的义务清扫工，自然就脏。脏得实在让人看不下眼去的时候，由街道干部强迫着，才一家出一个人来次大扫除。也不是每家都肯出人，租房住的外地户尤其不肯出人，在那种时候每锁上门，全家大小遛弯儿去了，等大扫除过后再回家。反正都不是老户，即使住对门同时开门见着了也不说一句话，便根本都不在乎给对方留下怎样的印象。或许，还都想给对方留下这么一种印象——别惹我啊，我不是好惹的！几次大扫除后，出人的人家就很生不出人的人家的气，见着了不拿好眼色瞪对方。对方也还以冷眼，意思是——我家门槛以外的卫生关我什么事？下次我家还没人，你管得着吗？！结果便是互相嫌恶。这使街道干部们很头疼、很无奈，因为有关方面经常检查社区卫生，怕受批评。后来干脆由街道出一笔钱，每两个月雇人打扫一次那幢楼的楼道。虽然如此，A君仍充当着义务清扫工，他难以忍受两个月才打扫一次的楼道的卫生状况。

某日我去他家，恰见他在拖楼道，也恰见一对青年男女自上层楼下来，都往楼梯上吐瓜子皮。

我说："年轻人，怜悯一点儿老同志行不行？快七十岁的人了，拖一次楼道不容易……"

不待我说完，男青年顶了一句："有人逼他做了吗？"

我再说不出话来，一对年轻人冷面而过。

A君却责备我："你多余说那么几句，他们是租房住的，房租又涨了，他们压力大，应该像特蕾莎修女说的，原谅他们。"

进了他家，各自坐下，他又说："单元门一关，我就当我们这个单元的人家都属于一个大家庭。不管买下了房子的、租住的，主要家庭成员都是忙人、累人、有压力的人。就我是闲人，也没什么压力，搞搞楼道公共卫生这种事由我来做，责无旁贷，全当健身了。"

我说："你可以写份告知书贴楼道里，要求别人起码能尽量保持一下楼道卫生。"

他说："不是没那么想过，转而一想，觉得不好。"

问："为什么觉得不好？"

他说："确实也没人逼我做啊，何况街道上还雇人每两个月打扫一次。我心甘情愿地做是一回事，可如果以为自己因而就有权要求别人怎样怎样的话，那就是另一回事了。"

我又无话可说了。

去年年初，我们的一位共同的朋友在电话中告诉我——A君摊上官司了，成了被告了，而且基本上是原告胜诉了。

愕问详情，方知：住他楼上的一户人家七十六岁的老太太，在自家门外跌了一跤，大腿骨折。那老太太的五十来岁的儿子，认为是由于A君刚刚拖过楼道，使水泥地面太湿，才导致自己的老娘滑倒了。人家说有自家小阿姨可做证，给了他两种选择——或一次性赔偿十万元彻底私了，或等着上法庭。

A君的常识提醒他，私了往往后患无穷，只得选择了当被告。法官认为楼道没有探头，故无铁证足以证明老太太之跌倒确与A君拖湿了地面有关，但也没有铁证足以证明A君拖过的地面并非多么湿滑。所以，从逻辑上不能排除有其可能性。又所以，此案只能依据逻辑关系进行判决，小阿姨的证言作为参考。结果是，A 君须为老太太支付一半也就是两万三千余元的人道主义住院医疗费。老太太没参加过工作，她儿子也没为她缴纳过医保，故本案不能不本着同情弱者的司法精神进行判决。

A 君没上诉，他预料上诉也肯定还是那么一种结果，认了。

我说 ："我见过他拖楼道啊，他每涮一次拖布，都会用戴胶皮手套随手将拖布拧得很干呀。"

那位朋友在电话里说 ："可这一点是无法证明的嘛！"

发生了那件事后，A 君再也不敢拖楼道了，也完全丧失了以前住在那里的好心情。他根本无法对那老太太和她的儿子以及那小阿姨硬装出若无其事、友好如常的样子，而老太太那秃头大脸、一副刁民形象的儿子，每次见到 A 君也总像 A 君仍欠他一大笔钱要赖不还似的。此种关系已非谁原谅不原谅谁的问题，特蕾莎修女的精神帮不上 A 君任何忙，孔子也帮不上。毕竟，A 君达不到特蕾莎修女那种崇高的心灵境界，也算不上孔子所谓的君子，他只不过是一个好人而已。

春节后，好人 A 君与我们几位朋友相聚时告知，他做出了人生中破釜沉舟的决定——也将房子卖了，大部分钱存上了，用八十几万在一处环境优美的郊区买了所漂亮的小农家院。不久，他搬去那里住了。

包括我在内的他的三位朋友，都打算去看望他。约来约去的，拖到七月初才终于成行。

A 君胖了，气色佳。

那地方依山傍水，果是好去处。离某处部队医院颇近，只消半个多小时的车程。他的新家不再仅仅是"家"，而可以说是“家园”了，因为有了不小的院子。他是喜欢养花的人，斯时院子里的树花已开过了，一花圃草花却开得烂漫，散紫翻红，美不胜收。

我们都叫不出那是什么花。

A 君说是七彩茉莉，虽属草本，气温若不低于零下十摄氏度，则可挨过冬季，其根不死，来年春夏仍可奉献红花绿叶。

A 君的心情分明地又好了，其言其行显得更加热爱生活了。我们都看得出来，与他的生活中出现了一个女人有关。

那女人五十来岁，衣着得体，快手快脚，做事麻利，当年定有几分姿色，如今还是挺经得住端详的。

A 君称她“玉华”，说她是风景区的临时勤杂工，他搬过来后需要一个照顾自己的人，在风景区偶然认识了她，问她愿不愿成为照顾自己的人，而她表示愿意，于是从风景区的集体宿舍搬到这个小院里来住了。还说她是个离了婚的女人，女儿特出息，在北京一家外企做翻译。她愿有自己的一份自由生活，所以不进城去投靠女儿。

“这院里原本只有树，没有那些七彩茉莉，她知道我喜欢花以后，用风景区的花籽在院子里种出来的。我喜欢花，她会种花，我俩缘分不浅吧？”

我们也都听得出来，他俩不只缘分不浅，关系也已不浅。

我们三个在 A 君那里住了一夜。

晚饭是玉华做的，她厨艺不错，却不就座，像服务员似的，将我们每一个照顾得都很周到。

第二天上午我们告辞时，A 君搂着玉华，站在院门口目送我们的车开走。

一个朋友在车上说："也忘了问玉华是哪个省的人了。"

开车的朋友说："操心太多了吧？"

我说："他有一天肯定会请咱们喝他俩的喜酒。"

两个月后，我收到一份从某国寄来的邮包，自忖并不认识彼国的什么人，甚怪。拆开，竟是A君所书特蕾莎修女之语录，曾挂在他家那两幅中的一幅，还有一瓶治萎缩性胃炎的药和一封信。

信是A君在那一国家定居的儿子代他写给我的，而他因精神受了大刺激，正在那一国家接受心理治疗。

读罢信，方知A君经历的官司，竟有起伏跌宕的下文：

先是那老太太的两个女儿，因家产分配不均，求助于电视台的调解节目，希望她们的弟弟能回心转意，与她们重新分配家产——两个姐姐的说辞是，父母老宅的动迁补偿款，几乎被她们的弟弟独吞。一部分买了城里的房子（因而曾与A君成了同一幢老楼的同一个单元的邻居），另一部分不知去向。两个姐姐指斥弟弟，不但挟持母亲与己同住，而且拒绝为老母用动迁补偿款补交医疗保险……那当弟弟的于现场勃然大怒。调停失败，闹上了法庭。

既闹上了法庭，便干脆都撕破了脸，亲情殆尽，变为互憎，都恶语攻讦。两个姐姐怒斥她们的弟弟是一个不讲道理的、反逻辑的、以自我为中心的、一向善于搅浑水、恶人先告状的人——为了表明她们的话是有根据的，她们揭发了他如何收买小阿姨做伪证讹诈A君的劣迹。由于涉及前案判决的公正与否，法庭传唤了那小阿姨。慑于法庭的威严，小阿姨供认不讳。那老太太的儿子又勃然大怒，反咬一口，咒言小阿姨被自己的两个姐姐收买了。小阿姨大呼其冤，亦声泪俱下地控诉他多次奸淫过自己……

总之是你咬我来我咬他，当庭打起了连环口架，便不得不休庭了。

小阿姨无处栖身了，亦怕因做伪证被追究法律责任，潜回到她母亲也就是A君后来的住处去了。

A君一见到那小阿姨，自是骇然万分，而玉华对他说过的种种谎言，不攻自破。

那母女俩跪地乞求原谅。

A君虽不忍当即驱逐，亦不敢与她们在那小院里共度一夜，只得住到附近的宾馆去了。经彻夜思考，决定予以原谅。但回到小院后，那母女俩已不知去向。她们盗走了他的存折以及某些她们认为值钱的东西，连特蕾莎修女的油画像也只剩被破坏了的框子了。

这是必须报案的。

第二天那对母女就被抓捕到了。

第三天法院的同志也找到了A君，告知他，他有要求结案重审的权利。

他放弃了那权利。

他也不愿继续在那小院住下去了，尽管那正是七彩茉莉盛开怒放、小院芬芳四溢的时候。

他已没了又一个住处，好在有护照，于是锁了院门，在宾馆住了下去，出国申请一经批准，便到某国投奔儿子去也。

另外两位朋友也收到了邮包，内有另一条幅或特蕾莎修女的油画像。我们三个用短信互发了一通感慨，以后各忙各的，渐渐的，似乎都将远在他国的A君给忘了。

今年七月，A君又开始联系我们。

他说他不会在别国常住下去，还是要落叶归根的，但也不愿一回国就住进养老院，请我们替他去看看，他那第二处家怎么样了。

我们某日清早驱车前往，到时八点多钟。那日蓝天白云，阳光灿灿。

一位老友掏出他寄来的钥匙开院门，锁心已完全锈死，哪里还扭得动呢！驾车的朋友取来车上的救生锤，将锁砸落。门的合页也几乎锈住了，我们差不多是撞门而入。

但见满院七彩茉莉开得葳蕤，一片连一片，一丛傍一丛。除了一条铺砖窄道，凡有土壤的地方全被花占领了。铺砖窄道也只能容人侧身，而今也开满花朵的花枝，从左右两侧将其遮掩了。几棵树的树干，皆被五彩云霞般的花朵“埋”住了半截。一院落鲜花开得令人目眩，浓馥香气使人沉醉。竟难见杂草野蒿的踪影，真是太奇怪了！

一个朋友困惑地说：“怎么会这样？”

我说：“去年是暖冬啊。”

另一个朋友说：“它们原本就是这院落里的多数，种子集中于此，院外又以水泥地面为主，杂草野蒿的种子不太容易被风刮进来，即使刮进来了也是少数。多数排挤少数，当然便会如此啦！”

我一时陷入沉思，觉得自己的头脑之中太应该产生出来一点儿比“去年是暖冬”更值得一说的感想了，却又一时产生不出来，便只有呆住着。

第四辑

永久的悔

“巴顿”的荣耀

“就是这一只？”

“对！就是它。您瞧它多漂亮多威风啊！我能替您找到这样一只公鸡可真费尽了心思，先是通过我的一位表妹认识了她在农村的一位堂兄……”

“得啦得啦，别啰唆了，也别炫功了！……”电影导演打断了剧务的话，围着公鸡走了一圈儿，又走了一圈儿。

的确，那是一只既漂亮且威风的公鸡，正如童谣唱的——大红冠子绿尾巴，两只眼睛亮晶晶的，透着一股高傲的、凛然的神气。从颈至背的羽毛是黄色的，每一枚都是完美的，每一枚都镶着清晰的黑色的边，仿佛紧裹着一件黄绸滚绣黑色鳞状图案的披风。双腿笔直，对于鸡而言，尤其对于一只公鸡而言，那意味着身体素质的健康。两只爪子像鹰爪一般擒物而起，还很干净。从腿到爪尖的角质纹不疏不密，一环环排列均匀，如同雕塑家细致地刻出来的。五十多岁的老剧务请导演来对它进行“面试”之前，为它洗了一次澡。比之于为小孩儿或为猫为狗洗澡，那可不是一件容易的事，因为即使高贵如它这样的一只公鸡，一被浸到水里，那也还是会惊慌失措、乱扑双翅的。老剧务几次都没能给它洗成，最后逼出了一个主意，将一片安眠药捣碎，拌在食里喂它吃了，趁它“不省鸡事”才洗成的。它的腿和爪子，是用牙刷刷过的。在鸡和人的悠久的历史关系中，很少有鸡享受过来自于人的那么煞费苦心的服务。现在，它不但漂亮，不但威风，还简直也可以说是一只“崭新”的公鸡。现在它的药劲儿还没彻底过去，它还觉得有些晕眩。世界在它眼前还微微有些晃动不止，包括是电影导演和剧务的两个人，因而它有些愤怒。本能告诉它，一定是人对它搞了什么鬼。它也非常之恐惧，经验告诉它，倘若人端详一只鸡，那么鸡的末日就来临了。它却只能一动不动地站立着，防范地转动着它的头，随时准备以嘴当武器，顽强自卫直至最后一刻，因为它的两只爪子被一段尼龙绳绊着。由于愤怒，由于恐惧，还由于晕眩，使它的样子看上去敏感多疑，而且凶……导演对它挺觉满意地点点头。老剧务不失时机地掏出一叠票据，笑容可掬地说：“导演，那这些……”导演皱眉道：“别找我签字，我只对艺术负责，其他的一概不管。报销的事儿归制片主任。”老剧务愣了愣，只得讪讪地将票据揣起。导演问：“它嘴怎么回事儿？”老剧务装糊涂：“嘴？嘴嘛……那是很正常的鸡的嘴呀！”“我问它的嘴怎么那么红？！”导演瞪着老剧务。“这……为它涂唇膏了……也就是，刷了遍红漆……”老剧务惴惴不安，他怕导演冷不丁再来一句不满意的话，将这只公鸡的“演员”资格给否定了！导演对公鸡不满意，影片就明摆着不能开拍啊！公鸡在影片中的戏份儿甭提有多重了，不是主角，胜似主角啊！倘要求他另找一只比这只公鸡更出色的公鸡，那他就只有离开剧组了。中国电影不景气，对于他，上任何一部片子的机会都是难得的，他所在的电影厂已名存实亡了。他每年须交超过自己工资一倍的劳务费呀！倘交不成，下一年的工资就停发了。连续两年交不成，他退休后的养老金就不知该到哪儿领了。“改革”是冷漠无情的事，也是一般人们没处讲理去的事。他今年的劳务费，就指望这一只公鸡了……

导演没好气地训斥他：“唇膏？鸡有唇吗？你指给我看，哪儿是鸡的唇？”“导演，导演，您千万别生气，您听我解释……”他赶紧又赔笑脸，话也说得格外赔着小心。“你甭解释！我没工夫听你解释。鸡嘴太红了，弄巧成拙！想法子恢复原色，就是它了！……”“一定，一定恢复原色！”老剧务如释重负，咧嘴笑了。导演转身一走，他就将公鸡抱在怀里了，如当爸的抱起自己心爱的儿女。导演扭回头望着他又说：“该怎么调教，不必我交代了吧？给你三天时间。三天后这只公鸡如果还进入不了角色，要么你走人，要么我走人！”

那话的意思太明白了。导演若要走，全剧组的人一定苦苦挽留，皆说“老九不能走”。而他一名剧务惭愧地离开剧组，谁会挽留他呢？他心里十分清楚这一点。

那一刻，五十多岁的这一名电影厂的老剧务，怀抱着“众里寻‘它’千百度”的这一只公鸡，鼻子一酸，想哭。三十年间，他经历了中国电影由“样板戏”一枝独秀到再度繁荣到今天的夕阳境况，感受多多，亦感慨多多。承受改革的压力，对于普通的人们，起码需要年龄的资本。因为年轻，毕竟还有预支希望的前提，而他已经五十多岁了。双腿间绊了一段尼龙绳的公鸡，将他的手啄破了……

恢复公鸡的嘴的原色，已超过了他个人的能力。那是一桩接近于“仿旧”的活儿，有一定的专业技术要求。幸而制景师挺同情他的，帮他用汽油将鸡嘴“洗”了一番。未能恢复原色，反而红迹斑驳了。于是再用砂纸细细地打磨一番。于是再由制景师反复调色，亲自替他勾描鸡嘴。不消说，公鸡也着实被摆布得够受……

以后的三天里，对那只公鸡严格得近于残酷的训练，每天都在不懈地进行着。按照剧情的要求，那只公鸡是一个农村孩子的宠物，正如城市里的孩子有小猫、小狗、小鸟做宠物。片中要求那只公鸡做三次非鸡所能的飞翔，高度一次比一次高，最后一次是从城市的摩天大楼顶上起飞，飞过一片片楼群，飞翔着的剪影，定格在彤红的旭日的中央。在片中，农村的孩子叫那只公鸡“喔喔”，而城市的孩子叫它“巴顿”……

此前已有三“位”以身殉职的“巴顿”被剧组的男人们佐酒了。

那确乎是近于残酷的训练，以身殉职的“巴顿”们无不是百里挑一择优“录取”的。训练者也就是那五十多岁的老剧务，曾企图使第一位“巴顿”站在一幢楼顶的护栏上，然后用长棍捅它起飞。但那“巴顿”又哪里肯乖乖地容他将它往护栏上放呢？它吓得紧紧勾起腿爪，双翅也像粘在身体两边了似的，而且吓得拉了剧务一襟稀屎。他请别人帮着硬抻那“巴顿”的双翅，结果情急之下将它的一只翅弄折了，而那幢楼却只不过才六层，低于剧情要求的高度的一半。“巴顿”第二刚一被带到楼顶上就似乎预感到了大事不妙，从人怀里扑啦啦挣飞开去。于是还没开始训练，几乎全剧组的人便都听命奔上楼顶，乱乱哄哄地演了一幕集体捉鸡的现代舞。那种兴师动众的情形，比样板芭蕾舞剧《沂蒙颂》的场面可大多了，当然不足以审美。导演一怒，一道令下，悻悻然的众人用乱砖将那只歇斯底里大发作的公鸡活活砸死。吸取了前两番训练失败的教训，“巴顿”第三在楼顶被罩上了眼睛。这一招倒真的使公鸡变得特别的乖，然而乖是够乖的了，放鸽子似的朝空中一抛，那公鸡乖得连翅膀都不张开了，死鸡似的掉下去，结果就真的死了。招招失败，全剧组被动员了，人人开动脑筋，苦思冥想。最终由有智慧的人献计献策，在两幢楼之间拉了一道钢丝，特制了一个有可遥控机关的木盒，将“巴顿”第四关在盒里，靠滑轮送到钢丝中间，好比武打片里动辄使用的“威亚”技巧。木盒子设计得很好，一按遥控器，盒底分开，公鸡凌空现形，并且也着实地奋飞了一阵。正当人们在楼顶上跳跃着欢呼成功时，那公鸡没劲儿飞了，往一幢楼的阳台上落下去。那人家的女主人受惊，大呼小叫。男主人拎着拖把赶到阳台上，只一下便将“巴顿”第四结果了性命，白白供给那人家做着吃了。剧组方面自知理亏，无人敢去讨个说法……

这一只公鸡，算来已是“巴顿”第五了。它有着从前相当著名的血统，中国民间将它们那一品种的鸡叫“九斤黄”，它们中最大的公鸡可长到九斤。“巴顿”第五只不过是一只两岁多点儿的公鸡，却也快长到六斤重了。鸡之对于人，吃起来还是母鸡肉嫩而香。当今之时代，“成年”的公鸡是极少见的了，竟长到两岁以上，可算是特别的侥幸了。它们大抵在是“童子鸡”的年龄，就被变着法儿吃掉了。这一只公鸡之所以能成为“巴顿”第五，乃因养大它的那位农村小学校的校长，是一位业余的摄影爱好者。他希望拍下一张“雄鸡报晓”参加省教育系统的摄影大赛，他拍了一组，并且获得了三等奖。他觉他获得的荣誉也有他养大的公鸡的一半，故总不忍杀，一直庇护着它的生存。直至老剧务拐弯抹角地寻找到他家，说明要高价买下的诚意，遂爽快地达成了交易。在他想来，能出现在一部电影里，对他的公鸡不啻是“鸡生”中的一次辉煌记载啊……

按说物色演员是副导演的职责，但副导演说，她只从人中选过演员，没从鸡中选过。副导演是导演的妻妹，谁都拿她没奈何。任务又指派给道具员。道具员火了，说一只活公鸡算的哪门子道具！他是制片主任带入剧组的人，也是惹不起的主儿。最后任务落在了我们这位老剧务身上。他是托人情才进入剧组的，岂有拒不执行的道理？何况他也想证明自己的能力给全剧组看，所以做了定能胜任愉快的保证。真的完成起来才感到是那么不容易，前四次得而复失的过程，于这一个男人好比四次经历婚姻的夭折，已是身心疲惫了。“巴顿”第五对于他何等的重要，其实是不言自明之事。

他不敢再在城市里调教“巴顿”第五，带着它去往郊区“单兵散练”。一次次登上废弃的水塔，一番番失败且执着地放飞。“巴顿”第五也不过只是一只公鸡，畏高惧险和前四只公鸡没什么两样。起初它本能地在空中急转身，企图落回到水塔上。落不成，两只爪子便往塔体上抓，而双翅又不能停止扑扇。那情形像悬飞的蜂鸟，看了使人感到触目惊心。爪子将风雨蚀酥了的塔体抓出一道道爪沟，它的爪子第一天训练下来便已鲜血淋淋。剧务很是心疼它，然而再心疼也得狠下心来……

到了开拍那一天，导演问：“行了吗？”五十余岁的老剧务默默点头。他暗自祈祷上帝保佑“巴顿”第五，也保佑他自己——那时他忽然相信上帝肯定是存在着的。“预备！……开拍！……”“巴顿”第五被从一幢摩天大厦的顶层放飞了，它是世界上迄今为止唯一在那么高的空中飞过的鸡，斯时一轮光辉灿烂的旭日冉冉东升。“巴顿”第五奋击双翅，飞得如雄鹰一般矫健和自信。它直朝着旭日飞去，它的影子终于叠在旭日当中了，也被摄在胶片上了……摄影师大叫：“好！”导演竖起了拇指。“巴顿”第五竟落在了电视塔上！它抖抖羽毛，突然地，朝着旭日引颈长啼——喔喔喔！……

导演一指摄影师，“不许停机！……”摄影师当然不会错过那么难得的画面……谁都没注意到，五十余岁的老剧务蹲在一个角落，双手捂脸，无声地哭了……影片获奖了。评委们都说，片中的公鸡为影片增添了许多艺术光彩。老剧务也获了一项“评委会特别奖”，那是他获得的唯一一次奖，也是中国诸电影奖向剧务这一行颁发的唯一一次奖。此前，剧务在任何电影奖中都决然没有获奖的先例……

如今，老剧务退休了，他累了，干不动剧务了。倘中国电影业仍繁荣着，那么他其实还想干几年的，可是……

他获得的奖项，使他具有了提前退休的资格，也使他有可能缴纳当年的劳务和预交下一年的劳务。最重要的是——使他有资格领取退休金了……

在电影厂附近的小树林里，倘天气晴好，人们常见一个瘦小的男人，牵着一只漂亮且高傲的大公鸡散步。他叫那公鸡“将军”，叫时，语调流露着敬意……

他们便是老剧务和“巴顿”第五……

那里

高墙内，集中错乱的意识形态；外，是正常的，普识如是。

三排旧红砖房，分隔成若干房间。一对扇铁门，仿佛从没开过。上有小门，一天也开不了几次。院中央有一棵树，塔松，栽不久。铁门左右的墙根，喇叭花在夏季里散紫翻红，是美的看点……

我父母去世后，我将自二十一岁就患了精神病的哥哥，从哈尔滨市的一所精神病院接到北京，他起初两年就在那里住院。

哥的病房，算他五名病人。二人与哥友好，一是丘师傅，比哥的年龄还大，七十几岁了；一是最年轻的病人邹良，绰号“周郎”。丘师傅曾是某饭店大厨，据老哥讲，他患病是儿女气的，而“周郎”原是汽车修配工，因失恋而精神受伤，他整天闹着要出院，像小孩盼父母接自己回家。

某日傍晚，大雨滂沱。坐在窗前发呆的丘师傅，忽然站起，神情焦虑，显然有不安的发现，于是引起其他病友注意，都向那窗口聚集过去。斯时雨鞭夹杂冰雹，积满院子的雨水已深可没踝。指甲大的冰雹，砸得水面如同沸鼎。而一只小野猫，无处可躲，境况可怜。它四爪分开，紧紧挠住塔松树干，膏药似的贴着，雷电间歇，一声比一声凄厉地叫。才是不大点儿的一只小猫，估计也就出生两个多月。它那种恐惧而绝望的叫声，带足了求救意味。塔松叶密，它已无法爬得再高；全身的毛被淋透，分明是坚持不了多久了……

丘师傅毫无先兆地胃疼起来，扑在床上翻滚。病友们就拉开窗，齐声叫喊医护人员。一名穿水靴的护士撑伞而至，刚将门打开，丘师傅一跃而起，冲出——他从树上解救下了那只小野猫，抱在怀里跑回病房。待护士恍然大悟，小野猫已在丘师傅被里，而他成了落汤鸡。护士训斥他不该那么做，命立刻将小野猫丢出去。丘师傅反斥道："这是你天使该说的话吗？"护士很无奈，嘟哝而去。从此，那一只小野猫成了那一病房里五名精神病患者集体的宠物。每当医护人员干涉，必遭一致而又强烈的抗议。女院长倒是颇以病人为本，认为有利于他们的康复，破例允许。丘师傅贡献洗脚盆当小猫砂盆，于是以后洗脸盆一盆二用，而"周郎"则主动承担起了清理砂盆的任务。院长怕院子里有难闻气味，要求必须将猫砂深埋。都是来自底层人家的病人，谁又出得起钱为小猫买什么真正的猫砂呢？每日在院子里做过集体操后，同病房的五人，这里那里铲起土，用扇破纱窗筛细，再用塑料袋带回病房。他们并没给小野猫起名，都叫它"咪咪"而已。当明白了它是一只瞎眼的小野猫，更怜爱之。

"咪咪"肯定是一只长毛野猫和短毛野猫的后代，一身金黄色长毛，背有松鼠那种漂亮的黑色条纹。而脸，却是短毛猫的脸，秀气，极有立体感。倘蹲踞着，令人联想到刚走下T

台的模特，裹裘皮大衣小憩，准备随时起身再次亮相。“咪咪”特文静，丘师傅枕旁的一角，是它最常卧着的地方，而且一向紧靠床边。似乎它能意识到，一只侥幸被人收养的流浪猫，有一处最安全的地方卧着，已是福分。

它很快就对病房里五个人的声音都很熟悉了，不管谁唤它，便循声过去，伏在那人旁边，且“喵喵”叫几声，表达娇怯的取悦和感恩。它极胆小，一听到医护人员开门锁的响动，就迅速溜回丘师傅的床，穿山甲似的，拱起褥子，钻入褥子底下。有次中午，另一病房的一名病人闯来，一见“咪咪”，大呼小叫，扑之逮之，使“咪咪”受到空前惊吓。“周郎”生气，厉色宣布对方为“不受欢迎的人”。“咪咪”的惊恐却未随之清除，还是经常往褥子底下钻。五名精神病人困惑，留意观察，终于晓得了原因——由于他们在病房走动时，脚下塑料拖鞋发出的“咯吱”声。拖鞋是医院统一发的，“咪咪”难以从声音判断是不是那个“不受欢迎的人”又来了。他们便将五双拖鞋退了，凑钱让护士给买了五双胶底的软拖鞋，此事在医护人员中传为精神病患者们的逸事……

那是一家民办的康复型精神病院，享受政府优惠政策，住院费较低，每月一千余元。亲人拿患者实在没办法了，只得送这里来接受一时的“托管”，病情稍一好转，便接回家去。每月一千余元，对百姓人家那也是不小的经济负担啊！所以，病员流动性大。两个月后，同病房的病友已换二人，两名新病人不喜欢猫……

丘师傅对“周郎”比以往更友好了，有时甚至显出巴结的意思。他将自己的东西，一次一两件慷慨地给予“周郎”。当他连挺高级的电动剃须刀也给予时，他最年轻的病友惴惴不安了。

当着我老哥的面，“周郎”问：“你对我也太好了吧？”

丘师傅却说：“近来，我夜里总喘不上气儿。”

“你对我也太好了吧？”

“我觉得，我活不长了。”

“我的东西，有你看得上眼的吗？”

“你说，我要是死了，咪咪怎么办？”

“还有我和老梁爱护它呀。”

“老梁是指望不上的，他弟弟不是每次来都说，正替他联系别的医院吗？”

“就是老梁转院了，那还剩我呢！”

“你要是出院了呢？”

“那我就不出院。不行，我家穷，我也不能总住院啊！”

“我要是真死了，会留给医院一笔钱，作为你的住院费。为了咪咪，你可要能住多久住多久，行不？”

“这行。哎，你还有什么东西给我？”

“我死了，我的一切东西，凡你想要的都归你……”

我去探视哥哥时，哥哥将他的两名病友的话讲给我听，显出嫉妒友情的样子。我笑笑，当耳旁风。

翌年中秋节前，我买了几箱水果又去，听一名护士告诉我，丘师傅死了。

患者来去，物是人非，认得我并且我也认得的，寥寥无几了。

在探视室，我意外地见到了“周郎”，他膝上安静地卧着咪咪。那猫长大了，出落得越发漂亮，他老父母坐他对面。

“儿呀，你就跟我们回家吧！”

他老母亲劝他。看来，已劝很久。

“周郎”说：“爸，妈，我的病还没轻，我不回家。”

他老父亲急了，训道：“你就是因为这只猫！”

“还因为丘师傅，他活着的时候对我那么好。”

“我们对你就不好了吗？”

“爸，妈，我不是这个意思，可……我得说话算话啊！”

那个精神病人青年，轻抚了几下咪咪，突然长啸：“啊哈！我乃周瑜是也……”

接着，东一句西一句，乱七八糟地唱京剧。而咪咪动一动，更加舒服地卧他膝上，习以为常。

两位老人，眼中就都流泪。

我的哥哥患病四十余年中，我无数次出入各类精神病院，见过各种表现的许许多多的精神病人，却第一次听到精神病人不肯出院的话，为一只瞎猫，一份承诺和对友情的感激……

我心怦然。

我心愀然。

“周郎”终于不唱，指着我对老父母说：“你们问问这个是作家的人，我一走了之，那对吗？”

两位老人也都泪眼模糊地看我，意思是——我们的儿子，他究竟说的是明白话还是糊涂话啊？

我将两位老人请到探视室外，安慰他们：既然他们的儿子不肯出院，又何必非接他出院不可呢？随他，不是少操心吗？

两位老人说，一想到住院费是别人预付的，过意不去。

这时院长走来，说丘师傅根本没留下什么钱，说丘师傅自己的住院费还欠着一个多月的，儿女们拖赖着不肯来交。又说小周是几进几出的老患者了，医院也需要有一定比例的轻患者、老患者，利于带动其他患者配合治疗。民政部门对院方有要求，照顾某些贫困家庭是要求之一。并大大夸奖了“周郎”一番，说他守纪律，爱劳动，善于团结病友。

我扭头向病室看时，见“周郎”在室内侧耳聆听……

如今，六七年过去了，我的哥哥早就转到现在这一所医院了。

几天前我去探视他，陪他坐在院子里的长椅上吃水果，聊天。

老哥忽然问我：“你还记得小周吗？就是我在前一所医院的病友……”

我说记得。

哥哥又说：“他总算熬到出院的一天了。”

我惊讶：“他刚出院？你怎么知道？”

“我们一直通信来着。”

“你和他……一直通信？……”

“咪咪病死了，小周把它埋在了那一棵松树下。他在写给我的信中说，做了一回说话算话的人，感觉极好……”

“怎么好法？”

“那他没说。”

六月的夕阳，将温暖的阳光无偿地照在我和我的老哥哥的身上，四周静谧，有丁香的香气。

我说：“把小周写给你的信，给我看看。”

哥说："不给你看，小周嘱咐，不给任何人看。"

老哥哥缓缓地享受地吸烟，微蹙眉头，想着一个老精神病患者头脑中的某些错乱的问题。四十余年来，他居然从不觉得思想着是累的。

我默默地看他，想着我们精神正常的人的问题。有些问题，已使我们思想得厌倦。

忽然他问："哪天接我出院？"

那是世上一切精神病人的经典话语。

他眼中闪耀渴望的光……

永久的悔

一九七一年，我到北大荒的第三个年头，连队已有二百多名知识青年了，我是一排一班的班长。我们被认为或自认为是知识青年，其实并没有多少知识可言。我的班里，年龄最小的上海知青，才十七岁，还是些中学生而已。

那一年全都在“割资本主义的尾巴”。团里规定：老职工、老战士家，不得养母鸡。母鸡会下蛋，当归于“生产资料”一类。至于猪，公的母的，都是不许私养的。母猪会下崽，私人一旦养了，必然形成“资本的原始积累”。公猪呐，一旦养到既肥且重，在少肉吃的年代，岂非等于“囤稀居奇”？违反了规定者，便是长出“资本主义的尾巴”了。倘自己不主动“割”，则须别人帮助“割”了。用当年的话说，主张“割得狠、割得疼、割得彻底、割出血来”。有一年，有一名老职工和我们班在山上开创“新点”。五月里的一天，我忽听到了小鸡的吱吱叫声，发出在一纸板箱里，纸板箱摆在火炕的最里角。

我奇怪地问：“老杨，那里是什么叫？”

他笑笑，说是小鸟儿叫。

我说："我怎么听着像是小鸡叫？"

他一本正经地说："深山老林，哪儿来的小鸡啊？是小鸟儿叫，我发现了一个鸟窝，大概老鸟儿死了，小鸟儿们全饿得快不行了。我一时动了菩萨心肠，就连窝捧回来了，养大就放生……"他说得煞有介事，而且有全班人为他作证，我也就懒得爬上炕去看一眼，只当就是他说的那么回事儿……

不久后的一天，我见他在喂他的"鸟儿"们。它们一个个已长得毛茸茸的，比拳头大了。我指着问："这是些什么？"

他嘿嘿一笑，反问："你看呢？"

我说："我看是些小鸡，不是小鸟儿。"

他说："我当它们是些小鸟儿养着，它们不就算是些小鸟儿了吗？"

这时全班人便都七言八语起来，有的公然"指鹿为马"，说明明是些小鸟儿，偏我自己当成是些小鸡，以其昏昏，使人昏昏。有的知道骗不过我，索性替老杨讲情儿，说在山上，养几只小鸡也算不了什么，何必认真？再说，也是"丰富业余生活"内容嘛……

我也觉得大家的生活太寂寞了，不再反对。你没法儿想象，那些"小鸟儿"，不，那些小鸡，是老杨每晚猫在被窝里，用双手轮番地焐，焐了半个多月，一只只焐出来的……一日三餐，全班总是有剩饭剩菜的，它们吃得饱，长得快，又有老杨的精心护养，到了八九月份，全长成些半大鸡了。

"新点"建还是不建，团里始终犹豫，所以我们全班也就始终驻扎在山上。

"十一"那一天，老杨杀了两只最大的公鸡，我们美美地喝了一顿鸡汤。

春节前，连里通知，“新点”不建了，要全班撤下山。这是大家早就盼望着的事，可几只鸡怎么办呢？大家都犯起愁来。最后一致决定，全杀了吃，其中四只是母鸡。

杀鸡的老杨几次操刀，几次放下，对它们下不了手。他恳求地望着我说：“班长，已经开始下蛋了啊！”

我说：“那又怎样？”

他说：“杀了太可惜呀！”

我说：“依你怎么办？”

他进一步恳求：“班长，让我偷偷带回连队吧！我家住在村尽头，养着也没人发现，发现了我自己承担后果。我家孩子多，又都在长身体的时候……”而我，当时实在说不出断然不许的话……

我却不曾料到，这件事被我们班里一个极迫切要求入团的知青揭发了，于是召开了全连批判会，于是这件事上了全团的“运动简报”。批判稿是我写的，我代表全班读的。尽管我按照连里和团里的指令做了，我这个班长还是被撤了职……老杨一向为人老实，平时对我们也极好。他感到了被出卖的愤怒，也觉得当众受批判乃是他终生的奇耻大辱。一天夜里，他吊死在知青宿舍后的一棵树上……

我们被吩咐料理他的后事，他死后我才第一次到他家去。那是怎样的一个家啊，一领破炕席，三个衣衫褴褛、营养不良的孩子，一个面黄肌瘦、病怏怏的女人……那一种穷困情形咄咄逼人，在他死后，尤其令人心情沉重而又内疚不已……

我们将埋他的坑挖得很深很深……埋了他，我们都哭了，在他的坟头……

后来每一个星期日的夜里，都会有一爬犁烧柴送到他家门前……后来我当了小学教师，教他的三个孩子。我极端地偏爱他们、偏袒他们，替他们买书包、买作业本。然而他们怕我、疏远我……

后来他们的母亲生病了，我们全班步行了二三十公里，赶到团部医院去要求献血。我住到了他们家里，每天替他们做饭，辅导他们功课，给他们讲故事听……可他们依然怕我、疏远我，甚至在他们瞪着三双大眼睛听我讲故事的时刻……

后来我调到团宣传股去了。离开连队那一天，许多人围着马车送我。我发现我的三个学生的母亲，默默地闪在人墙后，似在看着我，又不似……老板子发出赶马的吆喝声后，我见她双手将三个孩子往前一推，于是我听到他们齐声说出的一句话是“老师再见！”顿时我泪如泉涌……当年，我们连自己都不会保护自己，更遑论善于保护他人。这样想，虽然能使我心中的悔不再像难愈的伤口仍时时渗血，却不能使当年发生的事像根本没发生过一样……

如今二十多载过去了，心上的悔如牛痘结了痂，其下生长出了一层新嫩的思想——人对人的爱心应是高于一切的，是社会起码的也必要的原则。当这一原则遭到歪曲时，人不应驯服为时代的奴隶。获得这一种很平凡的思想，我们当年付出了怎样的代价啊！……

“老兵”和军马

老兵其实并不老，才二十六岁。

八年前，老兵自然是新入伍的小兵。个子不高，刚刚达到体检的身高要求。国字脸，浓眉，厚唇。浓眉下一双单睑眼，目光忧郁而倔强。那种眼睛是最不善于传达心语的，忧郁而倔强乃是它们的“本色”。的确，那是一双很“本色”的眼睛。似乎除了公开它的“本色”，再就没有任何别的内容可流露了。老兵肩宽胸阔，体格看上去相当壮，是干累活儿练出来的。

他结束了身高和体重那一关，问填体检表的医生：“合格吧？”

医生头也不抬地边填边说：“体重倒是没问题，身高将够格。”

他说：“够格就是合格呗！”

医生放下笔，望着他摇摇头，“不一定吧？你和他们比比！”

别的小伙子都比他个子高。

他怔了片刻，嘟哝：“选兵又不是选跳舞的！”

医生不再说什么，低头填下一张表。

“雷锋个子也不高！”

“……”

“医生，求求你，替我增高几厘米行不？”

医生笑了，“我有什么办法替你增高哇？”

“这简单嘛！”他抽出了自己那张表，指着说，“这儿，你把‘3’改成‘8’，我不是就增高五厘米了吗？”

医生说：“不行。那是弄虚作假！”便将他的表又压在其他表下了。

“为了当上兵，革命的弄虚作假那也是可以原谅的嘛！求求你了医生，求求你了！”

医生不愿再理睬他。

他竟不去下一关体检，大声发起牢骚来：“够格还不算合格，哪有这个理！部队也不来个当官的。来了，我起码还可以当面申诉申诉愿望！”

这时，另一位穿白大褂的向他转过身——他发现对方白大褂的敞领内，显露着军上衣和红领章。

他又怔了。

“为什么想当兵？”

“奔出息。”

“难道只有当兵才有出息？”

“对我，差不多就是这样。”

“当不成兵，还可以考高中、考大学嘛！”

“考上了，家里也供不起。”

“离开过家乡吗？”

“到城里打过三年短工。”

“三年？三年前你才十五岁！”

“对。”

“喜爱马吗？”

“马？喜爱！我家一匹马就是我从小养到大的，我对它像对我兄弟！”

那位招兵的连长凝视他良久，将他扯到一旁，悄悄对他耳语：“我给你吃颗定心丸，二十三还蹿一蹿呢！我看你到了部队上个子还能长！……”

就这样，他如愿以偿地穿上了军装，被分到了东北大地上的一处军马场。那军马场位于黑龙江与内蒙古的交界之域，广袤而苍凉。

像所有的农村新兵一样，他怀揣着一个秘密，也可以说是一个心思。那心思倘对所有人公开坦白了，所有人都会予以理解——入党、提干，留在部队，逐级晋升军阶，熬成位校官。一生尽忠于部队，既出息了自己，又荣耀了家门。但是他从没对任何人公开坦白过，人人都有的心思，就不值得谁对谁坦白了。他默默地、吃苦耐劳地、执着不移地接近着他的人生憧憬。军马场的兵也是兵，军训是照例的军营生活的内容，而驯养军马意味着“专业”，好比炮兵和坦克兵对炮和坦克的性能必须了如指掌一样。多亏他在家里养过马，了解马，爱马，所以很快就成了“专业”最出色的新兵。他知道驯养军马仅凭自己养过一匹马那点儿粗浅的经验是不行的，便托人四处买来了有关的书籍，并且天天坚持记录驯养心得。他的军训成绩也很优秀，倘爆发了战争，他随便跨上任何一匹军马，都可以立刻成为一名骁勇善战的骑兵。入伍第二年他在新兵中第一个当上了副班长，第三年入了党，第四年当上了班长。他爱军马，更爱他那一班天天为军马的健壮早起晚睡的战士。第五年他被所在部队授予“模范班长”的称号。

他那一班战士中曾有人说：“班长爱咱们像一位母亲爱儿子！”

却立即有人反对：“他爱军马才爱到那样！对咱们的感情呀，比对军马差一大截哪！哎，你自己承认不，班长？”

正在替战士补鞋的他，笑了笑，没吱声儿。

众战士逼他做出回答。

无奈之下，他真挚地说：“其实呢，我是这么想的，我们为谁驯养军马？为骑兵部队嘛。军马是骑兵不会说话的战友，我们今天多爱军马一分，军马明天就会以忠诚多回报我们的骑兵兄弟一分，爱马也等于爱人啊！……”

于是战士们都肃然了。

有一天，他一个人躲在一处僻静的地方大哭了一场——家信中说，他家那匹马病死了。那匹马是他用在城里打工的钱买的，买时才是个小马驹子。他想，如果自己没参军，那匹马是不会病死的……

从此以后，他更爱一匹枣红军马了。它端秀的额头上，有像扑克牌中的方块似的一处白毛，他给它取了个名字叫“白头心儿”。他家那匹马的额头正中也有“白头心儿”，只不过不是枣红色，而是菊花青色的……

那时他就已经开始被视为“老兵”，尊称为“老班长”了。尽管才二十三岁多点儿，已经欢送过一批战友退伍了，可不是老兵怎么的呢！当年那一批兵中，只留下他一个，对于后来的一批新兵而言，可不是“老班长”嘛！退伍的战友们与他分别之际，许多人哭了。和他一样来自农村的战友，对他依依不舍而又羡慕。他明白他们的心里：“班长，就看你的了！”他对他们也同样依依不舍而又颇觉不安，仿佛自己侵占了别人的利益似的。同时，当然还感到了几分欣慰，几分自信。毕竟已经是班长了，被留下超期服役了，兴许部队将来真的能栽培自己为军官吧？

“白头心儿”救了他一命。那一次军马受惊“炸群”，他从另一匹马的背上一头掼了下去。恰巧“白头心儿”随着受惊的马群冲过来，它一口将他叼起，否则他将毙命于万蹄之下无疑。当马群安静下来，他搂着“白头心儿”的脖子，感激地涌出了热泪。由于在奔驰中还紧紧叼住他不放，“白头心儿”的嘴唇被撕豁了……

他入伍的第八年，裁军，军马场接到了解散的命令。骑兵这一兵种，因军事装备越来越现代化，已经不太可能发挥其在以往战争中的迅猛威慑力了。大部分军马卖给了“外蒙”，一小部分优秀的选送给各边防部队，剩下几十匹略有残疾的，被处理给形形色色的人了。有的从此做了普普通通的劳役马；有的做了什么风景区的观娱马，供游人骑着逛景致，照相；有的被什么特技马术队买走了，“白头心儿”便在其中。

“白头心儿”被买走时他在场。那马眼望着他，四蹄后撑，任买主鞭打叱喝，岿然不动。他不忍眼见它受虐，轻轻拍着它脖子，对它耳语般地说：“‘白头心儿’啊，何苦的呢？乖乖跟人家走吧，啊？我不会忘了你的，有一天我会把你买回来，使你成为我的马的！”——分明，马听懂了他的话，马头在他肩上磨蹭了几番，生了根似的马蹄才终于迈动起来……

望着“白头心儿”被牵走，不知不觉的，泪水已淌在二十六岁的“老兵”的脸颊上。

军马场虽然解散了，但仍有诸多的后事需人料理。二十六岁的“老兵”，怀揣着一份退伍通知书，滞留了两个月。他又获得了部队授予的“模范班长”的荣誉，那是对他八年服役的最后的嘉奖。他参军后的种种的希冀，全部休止在那又宝贵又朴素的荣誉上，成了“光荣的梦想”。

他是最后离开军马场的官兵中的一个。那是一个冬日的黄昏，他们列队肃立在已然空荡无物的营房前，而营房后不远处，是一排排寂静的马厩。连长命令他以“老兵”的身份降下八一军旗，他明白，那也意味着是给予了他一种特殊的资格。仰望着在风中飘荡的军旗徐徐而降，他仿佛听到营房中传出了笑声和歌声，仿佛闻到了从马厩发出的草料混杂着马粪那种带着一股温热似的芳香。是的，对于他这名军马场的“老兵”来说，那种特殊的气味儿的确是芳香的……

当他捧着军旗交给连长时，连长未接。

连长说：“老兵，收下这面军旗做个纪念吧！”

上级批准他们可以鸣枪告别军马场。

连长允许他们每人鸣枪的次数可以和自己入伍的年限一样。除了连长和指导员，再就是他入伍的年限长了。

但他只鸣放了七枪。

指导员说：“老兵，我替你数着呢，你还差一枪。”

他双眼噙泪回答：“指导员，我不满八年军龄，差四个月……"

他话音未落，有人哭了。

如血的夕阳沉到地平线以下了，当广袤而苍凉的大草原夜幕降临时分，他们乘军车离开了军马场。回望着在视野中越来越远越来越模糊的营房和马厩，他想——它们也将成为这大草原上光荣与梦想的遗址了。他想——他保存他"模范班长"的证书，一定要比大草原保存那遗迹更长久，更长久……

他突然拍着军车驾驶室的篷盖大喊："停车！"

车停下了。

他喃喃地说："我……我好像听到了'白头心儿'的嘶叫……"

然而其实只有风声。

这提前四个月退役的"老兵"，在归乡的途中，在一个地界毗连大草原的小县城里，竟然发现了"白头心儿"，更确切地说，是那马首先发现了他。也许它并没能立刻认出他，而仅仅因为他的一身绿军装，唤起了那军马求救的本能。他循着马嘶声望去，见"白头心儿"也正望着他，卧在一幢砖房前。马旁，一根高木杆上挂着一块牌子，牌子上写着四个醒目的大字——吕记马肉，"白头心儿"就拴在那木桩上。他走近它，见它那晶亮的大眼睛里分明地汪着泪，那军马以一种类人的哀怨忧伤的目光瞪视着他。

马肉店的老板告诉他，那军马在为某电影摄制组效劳过程中弄断了一条腿，看来废了，只有杀死卖肉了。

他蹲下查看了一番马腿，请求老板将"白头心儿"转卖给他。

老板出了一个数。那笔钱超过他的复员费，而老板却不肯让价。

“我白替你打工行不行？”

“多久？”

“直到这匹马能站起来了为止。”

老板认为他傻，认为那马永远也站不起来了，便爽快地答应了。

于是他从此一边打工，一边精心照料“白头心儿”。

一个月后，“白头心儿”奇迹般地站起来了。

老板被他感动了，没再收他一分钱，允许他将“白头心儿”牵走，并且白赠了他一副马鞍。

由于“白头心儿”，他自然没法乘火车。于是这“老兵”和曾救过他命的那一匹军马，朝行暮宿，向着他的家乡，开始了他们的“长征”……

途中，他度过了二十六岁生日。

两个月后，他老母亲看见一个胡子拉碴、风尘仆仆、穿一身军装的男人，牵着一匹瘦骨嶙峋的有“白头心儿”的长鬃枣红马蹒跚地来到家门前。

他激动地叫了一声：“妈！”

老母亲惊喜地认出他是她那参军八年一次也没探过家的儿子！

不是老母亲将儿子搂抱在怀里，而是儿子将瘦小的老母亲搂抱在怀里……

他惭愧地说：“妈，我的复员费几乎都花光在路上了……”

他又说：“妈，你看，咱们又有一匹‘白头心儿’了！”

第二天清晨，他牵着“白头心儿”登上了家乡的山头，俯瞰着几处穷困得近乎败落的村子，他对“白头心儿”发誓般地说：“‘白头心儿’，帮我把咱们的家乡彻底变个样吧！”

那一时刻，二十六岁的“老兵”似乎顿悟——军队给予他的，还有比“模范班长”之荣誉重要得多的东西……

马儿安闲地吃着青草……

老驼的喘息

我这个出生在哈尔滨市的人，下乡之前没见到过真的骆驼，当年哈尔滨的动物园里没有。据说也是有过一头的，三年困难时期饿死了。我下乡之前没去过几次动物园，总之是没见到过真的骆驼。当年中国人家也没电视，便是骆驼的活动影像也没见过。

然而骆驼之于我，却并非陌生动物。当年不少男孩子喜欢收集烟盒，我也是。一名小学同学曾向我炫耀过“骆驼”牌卷烟的烟盒，实际上不是什么烟盒，而是外层的包装纸。划开胶缝，压平了的包装纸，其上印着英文。当年的我们不识得什么英文不英文的，只说成是“外国字”。当年的烟不时兴“硬包装”，再高级的烟，也无例外的是“软包装”。故严格讲，不管什么人，在中国境内能收集到的都是烟纸，烟盒是我按“硬包装时代”的现在来说的。

那“骆驼”牌卷烟的烟纸上，自然是印着一头骆驼的。但那烟纸令我们一些孩子大开眼界的其实倒还不是骆驼，而是“外国字”。那是我第一次见到外国的东西，竟有种被震撼的感觉。当年的孩子是没什么崇洋意识的，但依我们想来，那肯定是在中国极为稀少的烟纸，物以稀为贵。

对于喜欢收集烟纸的我们，是珍品啊！有的孩子愿用数张“中华”“牡丹”“凤凰”等当年也特高级的卷烟的烟纸来换，遭断然拒绝。于是在我们看来，那烟纸更加宝贵。

“文革”中，那男孩的父亲自杀了，正是由于“骆驼”牌的烟纸祸起萧墙。他的一位堂兄在国外，还算是较富的人。逢年过节，每给他寄点儿东西，包裹里常有几盒“骆驼”烟，“造反派”据此认定他里通外国无疑……而那男孩的母亲为了表明与他父亲划清界限，连他也抛了，将他送到了奶奶家，自己不久改嫁。

故我当年一看到“骆驼”二字，或一联想到骆驼，心底便生出替我那少年朋友的悲哀来。

“文革”中我还从大字报汇编中得知——有人通过画骆驼对党对社会主义进行“丑化”，并且偌大的画曾悬于人民大会堂。当年的大字报汇编，好比现在的文摘类报刊，将全国各地的大字报内容选编在一起，内容很广泛，也相当耸动。我拥有过的，是挺讲究印刷水平的一册，配有那幅获罪的画。画上的三匹骆驼，看去有些瘦，也有些疲惫，却正因为是那样的骆驼，我觉得恰恰画出了骆驼的精神——毅忍。但批判者们似乎偏爱肥的且毛色光鲜的那一类骆驼，他们莫须有地指出，将骆驼画得那般瘦，那般疲惫，还要命名为《任重道远》，不是居心“丑化”党和社会主义才怪了呢！

故在当年，我一看到“骆驼”二字或联想到它，心底便也生出几分不祥之感来。

后来我下乡，上大学，在十年左右的时间里，竟再没见到“骆驼”二字，也没再联想到它。

落户北京的第一年，带同事的孩子去了一次动物园，我才见到了真的骆驼，数匹，有卧着的，有站着的，极安静极闲适的样子，像是有骆峰的巨大的羊。肥倒是挺肥的，却分明被养懒了，未必仍具有在烈日炎炎之下不饮不食还能够长途跋涉的毅忍精神和耐力了。那一见之下，我对“沙漠之舟”残余的敬意和神秘感荡然无存。

后来我到新疆出差，乘吉普车行于荒野时，又见到了骆驼。秋末冬初时节，当地气候已冷，吉普车从戈壁地带驶近沙漠地带。夕阳西下，大如轮，红似血，特圆特圆地浮在地平线上。

陪行者忽然指着窗外大声说：“看，看，野骆驼！”

于是吉普车停住，包括我在内的车上的每一个人都朝窗外望。外边风势猛，没人推开窗。三匹骆驼屹立风中，也从十几米外望着我们。它们颈下的毛很长，如美髯，在风中飘扬。峰也很挺，不像我在动物园里见到的同类，峰向一边软塌塌地歪着。但皆瘦，都昂着头，姿态镇定，使我觉得眼神里有种高傲劲儿，介于牛马和狮虎之间的一种眼神。事实上人是很难从骆眼中捕捉到眼神的，我竟有那种自以为是的感觉，大约是由于它们镇定自若的姿势给予我那么一种印象罢了。

我问：“它们为什么不怕车？”

有人回答：“这条公路上运输车辆不断，它们见惯了。”

我又问：“这儿骆驼草都没一棵，它们为什么会出现在离公路这么近的地方呢？”

有人说：“它们是在寻找道班房，如果寻找到了，养路工会给它们水喝。”

我说：“骆驼也不能只喝水呀，它们还需要吃东西啊！新疆的冬天非常寒冷，肚子里不缺食的牛羊都往往会被冻死，它们找到几丛骆驼草实属不易，岂不是也会冻死吗？”

有人说：“当然啦！”

有人说：“骆驼天生是苦命的，野骆驼比家骆驼的命还苦，被家养反倒是它们的福分，起码有吃有喝。”

还有人说：“这三头骆驼也未必便是名副其实的野骆驼，很可能曾是家骆驼。主人养它们，原本是靠它们驮运货物来谋生的。自从汽车运输普及了，骆驼的用途渐渐过时，主人继续养它们就赔钱了，得不偿失，反而成负担了。可又不忍干脆杀了它们吃肉，于是骑到离家远的地方，趁它们不注意，搭上汽车走了，将它们遗弃，使它们由家骆驼变成了野骆驼。而骆驼的记忆力是很强的，是完全可以回到主人家的。但骆驼又像人一样，是有自尊心的。它们能意识到自己被抛弃了，所以宁肯渴死饿死冻死，也不会重返主人的家园。但它们对人毕竟养成了一种信任心，即使成了野骆驼，见了人还是挺亲的……”

果然，三头骆驼向吉普车走来。

最终有人说：“咱们车上没水没吃的，别让它们空欢喜一场！”

我们的车便开走了。

那一次在野外近距离见到了骆驼以后，我才真的对它们心怀敬意了，主要因它们的自尊心。动物而有自尊心，虽为动物，在人看来，便也担得起“高贵”二字了。

后来我从一本书中读到一小段关于骆驼的文字——有时它

们的脾气竟也大得很，往往是由于倍感屈辱，那时它们的脾气比所谓“牛脾气”大多了，连主人也会十分害怕。有经验的主人便赶紧脱下一件衣服扔给它们，任它们践踏任它们咬。待它们发泄够了，主人拍拍它们，抚摸它们，给它们喝的吃的，它们便又服服帖帖的了。

毕竟，在它们的意识中，习惯于主人是它们自身不可分割的一部分。

不久前，我在内蒙古的一处景点骑到了一头骆驼背上。那景点养有一百几十头骆驼，专供游人骑着过把瘾，但须一头连一头，连成一长串，集体行动。我觉有东西拱我的肩，勉强侧身一看，见是我后边的骆驼翻着肥唇，张大着嘴，它的牙比马的牙大多了。我怕它咬我，可又无奈。我骑的骆驼夹在前后两匹骆驼之间，拴在一起，想躲也躲不开它。倘它一口咬住我的肩或后颈，那我的下场就惨啦。我只得尽量向前俯身，但却无济于事，骆驼的脖子那么长，它的嘴仍能轻而易举地拱到我。有几次，我感觉到它柔软的唇贴在了我的脖梗上，甚至感觉到它那排坚硬的大牙也碰着我的脖梗了。倏忽间我于害怕中明白——它是渴了，它要喝水。而我，一手扶鞍，另一只手举着一瓶还没拧开盖的饮料。既明白了，我当然是乐意给它喝的。可骆队正行进在波浪般起伏的沙地间，我不敢放开扶鞍的手，如果掉下去会被后边的骆驼踩着的。就算我能拧开瓶盖，也还是没法将饮料倒进它嘴里啊，那我得有好骑手在马背上扭身的本领，我没那种本领。我也不敢将饮料瓶扔在沙地上由它自己叼起来，倘它连塑料瓶也嚼碎了咽下去，我怕锐利的塑料片会划伤它的胃肠。真是怕极了，也无奈到家了。

它却不拱我了，我背后竟响起了喘息之声。那骆驼的喘息，类人的喘息，如同负重的老汉紧跟在我身后，又累又渴，希望我给“他”喝一口水。而我明明手拿一瓶水，却偏不给“他”喝上一口。

我做不到的呀！

我盼着驼队转眼走到终点，那我就可以拧开瓶盖，恭恭敬敬地将一瓶饮料全倒入它口中了。可驼队刚行走不久，离终点还远呢！我一向以为，牛啦、马啦、骡啦、驴啦，包括驼和象，它们不论干多么劳累的活都是不会喘息的，那一天那一时刻我才终于知道我以前是大错特错了。

既然骆驼累了是会喘息的，那么一切受我们人所役使的牲畜或动物肯定也会的，只不过我以前从未听到过罢了。

举着一瓶饮料的我，心里又内疚又难受。

那骆驼不但喘息，而且还咳嗽了，一种类人的咳嗽，又渴又累的一个老汉似的咳嗽。

我生平第一次听到骆驼的咳嗽声……

一到终点，我双脚刚一着地，立刻拧开瓶盖要使那头骆驼喝到饮料。偏巧这时管骆驼队的小伙子走来，阻止了我。

因为我手中拿的不是一瓶矿泉水，而是一瓶葡萄汁。

我急躁地问：“为什么非得是矿泉水？葡萄汁怎么了？怎么啦？！”

小伙子讷讷地说，他也不太清楚为什么，总之饲养骆驼的人强调过不许给骆驼喝果汁型饮料。

我问他这头骆驼为什么又喘又咳嗽的。

他说它老了，说是旅游点买一整群骆驼时白“搭给”的。

我说它既然老了，那就让它养老吧，还非指望这么一头老骆驼每天挣一份钱啊！

小伙子说你不懂，骆驼它是恋群的。如果驼群每天集体行动，单将它关在圈里，不让它跟随，它会自卑，它会郁闷的，而它一旦那样了，不久就容易病倒的……

我无话可说，无话可问了。

老驼尚未卧下，一动不动地站在原处，瞪着双眼睇视我，说不清望的究竟是我，还是我手中的饮料。

我经不住它那种望，转身便走。

我们几个人中，还有著名编剧王兴东，我将自己听到那老驼的喘息和咳嗽的感受，以及那小伙子的话讲给他听，他说他骑的骆驼就在那头老驼后边，他也听到了。

不料他还说："梁晓声，那会儿我恨死你了！"

我惊诧。

他谴责道："不就一瓶饮料吗？你怎么就舍不得给它喝？"

我便解释那是因为我当时根本做不到的，何况我有严重的颈椎病，扭身对我是件困难的事。

他愣了愣，又自责道："是我骑在它身上就好了，是我骑在它身上就好了！我多次骑过马，你当时做不到的，我能做到……"

我顿时觉他可爱起来，暗想，这个王兴东，我今后当引为朋友。

几个月过去了，我耳畔仍每每听到那头老驼的喘息和咳嗽，眼前也每每浮现它睇视我的样子。

由那老驼，我竟还每每联想到中国许许多多被"啃老"的老父亲老母亲们。他们之被“啃老”，通常也是儿女们的无奈。但，儿女们手中那瓶“亲情饮料”，儿女们是否也想到了那正是老父老母们巴望饮上一口的呢？而在日常生活中，那是比在驼背上扭身容易做到的啊！

中国许许多多的底层民众，他们之巴望被关怀的诉求，也往往像一瓶“责任饮料”，握在各级官员手中，他们是否很乐于为民众解渴呢？那其实往往比在驼背上扭身难不到哪儿去。即使难，做不到，他们会因而内心里不好受吗？

天地间，倘没有一概的动物，自远古时代便唯有人类。我想，那么人类在情感和思维方面肯定还蒙昧着呢？万物皆可开悟于人啊！

母亲养蜗牛

母亲是住惯了大杂院的。

大杂院自有大杂院的温馨，邻里处得好，仿佛一个大家庭，故母亲初住在北京我这里时，被寂寞所囿的情形简直令我感到凄楚。单位只有一幢宿舍楼，大部分职工是中青年，当然不是母亲聊天的对象。由于年龄、经历、所关注事物之不同，除了工作方面的话题，甚至也不是我的聊天对象。我是早已习惯了寂寞的人，视清静为一天的好运气，一种特殊享受，而且我也早已习惯了自己和自己诉说，习惯了心灵的独白。那最佳方式便是写作，稿债多多，默默地落笔自语，成了我无法改变的生活定律了。

我们住的这幢楼，大多数日子，几乎是一幢空楼，白天是，晚上仿佛也是。人们在更多的时候不属于家，而属于摄制组，于是母亲几乎便是一位被“软禁”的老人了……

为了排遣母亲的寂寞，我向北影借了一只鹦鹉，就是电影《红楼梦》中黛玉养在“潇湘馆”的那一只。一个时期内，它成了母亲的伴友，常与母亲对望着，听母亲诉说不休，偶尔发一声叫，或嘎唔一阵，似乎就是“对话”了。但它有“工作”，是“明星”，不久又被“请”去拍电影了，母亲便又陷入寂寞和孤独的苦闷之中……

幸而住在我们楼上的人家“雪中送炭”，赠予母亲几只小蜗牛，并传授饲养方法，交代注意事项。那几个小东西，只有小指甲的一半儿那么大，呈粉红色，半透明，隐约可见内中居住着不轻易外出的胎儿似的小生命。其壳看上去极薄极脆，似乎不小心用指头一碰，便会碎了。

母亲非常喜欢它们，视若宝贝，将它们安置在一个漂亮的装过茶叶的铁盒儿里，还预先垫了潮湿的细沙。有了那么几个小生命，母亲似乎又有了需精心照料和养育的儿女了。七十多岁的老太太，仿佛又变成一位责任感很强的年轻的母亲。她经常将那小铁盒儿放在窗台上，盒盖儿敞开一半，使那些小东西能够晒晒太阳，并且要很久很久地守着、看着，怕它们爬到盒子外边，爬丢了。就好比一位母亲守在床边儿，看着婴儿在床上爬，满面洋溢母爱，一步不敢离开，唯恐一转身之际，婴儿会摔在地下似的。连雨天，母亲担心那些小生命着凉，就将茶叶盒儿放在温水中，使沙子能被温水焐暖些。它们爱吃的是白菜心儿、苦瓜、冬瓜之类，母亲便将这些蔬菜最好的部分细细剁了，撒在盒儿内。一次不能撒多，多了，它们吃不完，腐烂在盒儿内，必会影响“环境卫生”，有损它们健康。它们是些很胆怯的小生命，盒子微微一动，立即缩回壳里。它们又是些天生的“居士”，更多的时候，足不出“户”，深钻在沙子里，如同专执一念打算成仙得道之人，早已将红尘看破，排除一切凡间滋扰，“猫”在深山古洞内苦苦修行。它们又是那么羞涩，宛如大门不出二门不迈的名门闺秀。正应了那句话，真人不露相，露相非真人。偶尔潜出“闺阁”，总是缓移“莲步”，像提防好色之徒攀墙缘树偷窥芳容玉貌似的。觉得安全，则便与它们的“总角之好”在小小的“后花园”比肩而行。或一对对，隐于一隅，用细微微的触角互相爱抚、表达亲昵……

母亲日渐一日地对它们有了特殊的感情，那种感情是与小生命的一种无言的心灵之倾诉和心灵之交流。而那些甘于寂寞、与世无争、与同类无争的小生命，也向母亲奉献了愉悦的观赏的乐趣。有时，我为了讨母亲的欢心，常停止写作，与母亲共同观赏……

八岁的儿子也对它们产生了浓厚的兴趣，也开始经常捧着那漂亮的小蜗牛们的“城堡”观赏。那一种观赏的眼神儿，闪烁着希望之光。都是希望之光，但与母亲观赏时的眼神儿，有着质的区别……

“奶奶，它们怎么还不长大啊？”

“快了，不是已经长大一些了吗？”

“奶奶，它们能长多大呀？”

“能长到你的拳头那么大呢！”

“奶奶，你吃过蜗牛吗？”

“吃？……”

“我们同学就吃过，说可好吃了！”

“哦……兴许吧……”

“奶奶，我也要吃蜗牛！我要吃辣味儿蜗牛！我还要喝蜗牛汤！我同学的妈妈说，可有营养了！小孩儿常喝蜗牛汤聪明……”

"这……"

"奶奶，你答应我嘛！"

"它们现在还小哇……"

"我有耐性等它们长大了再吃它们。不，我要等它们生出小蜗牛以后再吃它们，这样我不就永远可以吃下去了吗？奶奶你说是不是？……"

母亲愕然。

我阻止他："不许你存这份念头！不许你再跟奶奶说这种话！难道缺你肉吃了吗？馋鬼，你是一头食肉动物哇？"儿子眨巴眨巴眼睛，受了天大委屈似的，一副要哭的模样。

母亲便哄："好，好，等它们长大了，奶奶一定做了给你吃。"

我说："不能什么事儿都依他！由我替奶奶保护它们，看谁敢再提要吃它们！"

儿子理直气壮地说："吃猪肉、羊肉、牛肉可以，吃鸡肉可以，吃烤鸭可以，为什么吃蜗牛就不行？"

我晓之以理："我们吃的是肉……"

儿子说："我想吃的也是蜗牛肉呀，我说吃它们的壳了吗？"

我说："你得明白，人自己养的东西，是舍不得弄死了吃的。这个道理，是尊重生命的道理……"

儿子顶撞我："你骗小孩儿！你尊重生命了吗？上次别人送给你的蚕茧儿，活着的，还在动呢，你就给用油炸了！奶奶不吃，妈妈不吃，我也不吃，全被你一个人吃了！我看你吃得可香呢！……"

我无言以对。

从此，儿子似乎更认为，首先在理论上，有极其充分的、天经地义的、无可辩驳的吃蜗牛的根据了……

从此，母亲观看那些小生命的时候，儿子肯定也凑过去观看……

先是儿子问它们为什么还没长大，而母亲肯定地回答——它们已经长大了。后来是儿子确定地说，它们已经长大了，不是长大了些，是长大了许多，而母亲总是摇头——根本就没长……

然而，不管母亲怎么想、怎么说，也不管儿子怎么想、怎么说，那些小小的生命，的的确确是天天长大着。在母亲的精心饲养下，长得很迅速。壳儿开始变黑了，变硬了，不再是些仿佛不经意地用指头轻轻一碰就易破碎的小东西了。它们的头和它们的柔软的身躯，从它们背着的"房屋"内探出时，也有形有状了，憨态可掬，很有妙趣了。它们的触角也变粗变长了，俩俩一对儿，在盒之一隅卿卿我我，"耳鬓厮磨"之际，更显得情意缱绻，斯文百种了……

那漂亮的茶叶盒儿，对它们来说未免显得小了。

于是母亲将它们移入另一个盒子里，一个装过饼干的更漂亮的盒子。

"奶奶，它们就是长大了吧？"

"嗯，就是长大了呢……"

"奶奶，它们再长大一倍，就该吃它们了吧？"

"不行，得长到和你拳头一般儿大。你不是说要等它们生出小蜗牛之后再吃它们吗？"

“奶奶，我不想等到那时候，我只吃一次，尝尝什么味儿就行了……”

母亲默不作答。

我认为有必要和儿子进行一次更郑重更严肃些的谈话。一天，趁母亲不在家，我将儿子扯至跟前，言衷词切，对他讲奶奶抚养爸爸、叔叔和姑姑成人，一生含辛茹苦，忍辱负重，是多么的不容易。自爷爷去世后，奶奶的一半，其实也已随着爷爷而去了。爸爸的活法又是写作，有心挤出更多的时间陪奶奶，也往往心恳而做不到。爸爸的时间，常被某些不相干的人不相干的事侵占了去，这是爸爸对奶奶十分内疚而无奈的。奶奶内心的孤独和寂寞，是爸爸虽理解也难以帮助排遣的。为此爸爸曾买过花，买过鱼。可养花养鱼，需要些专门的常识。奶奶养不好，花死了，鱼也死了。那些小小的蜗牛，奶奶倒是养得不错，而你还天天盼着吃了它们，你对吗？……

儿子低下头说：“爸爸，我明白了……”

我问：“你明白什么了？”

儿子说：“如果我吃了蜗牛，便是吃了奶奶的那一点儿欢悦……”

我说：“既然你明白了，以后再也不许对奶奶说吃不吃蜗牛的话了！”

儿子一副信誓旦旦的模样，诺诺连声，果然再不盼着吃辣味儿蜗牛、喝蜗牛汤了，甚至再不关注那更漂亮的蜗牛们的新居了……

一天，我下班回到了家里，母亲已做好晚饭，一一摆上桌子。母亲最后端的是一盆儿汤，对儿子说：“你不是要喝蜗牛汤吗？我给你做了，可够喝吧！”

我愕然。

儿子也愕然。

我狠狠瞪儿子。

儿子辩白：“不是我让奶奶做的！……”

母亲也说：“是我自己想做给我孙子喝的……”

母亲说着，朝我使眼色……我困惑，首先拿起小勺，舀了一勺，慢呷一口，鲜极了！但我品出，那绝不是什么蜗牛汤，而是蛤蜊汤。

我对儿子说：“奶奶是为你做的，你就喝喝吧！”

儿子迟疑地拿起小勺，喝了起来。

我问：“好喝吗？”

儿子说：“好喝。”

又问：“奶奶对你好不好？”

儿子说：“好……奶奶，等我长大了，能挣钱了，挣的钱都给你花！……”

八岁的儿子动了小孩儿的感情，眼泪吧嗒吧嗒落入汤里，母亲欣慰地笑了……

其实，母亲将那些长大了的，她认为完全能够独立生活了的蜗牛放了，放于楼下花园里的一棵老树下。那儿土质松软、潮湿，很适于它们生存，而且老树还有一深深的树洞，大概是可供它们避寒的……

母亲依然每日将蜗牛们爱吃的菜蔬之最鲜嫩的部分，细细剁碎，撒于那棵树下……

一天，母亲喜笑颜开地对我说：“我又看到它们了！”我问："谁们呀？"母亲说："那些蜗牛呗。都好像认识我似的，往我手上爬……"

我望着母亲，见母亲满面异彩。那一时刻，我觉得老人们心灵深处情感交流的渴望，真真的令我肃然，令我震颤，令我沉思……

而长大成人的儿子们和女儿们，做了父母的儿子们和女儿们，四十多岁五十多岁的儿子们和女儿们，我们还能够细致地经常洞察到这一点吗？

冬天来了。

树叶落光了。

大地冻硬了。

母亲孑然一身地走了。

我给母亲的信中写道："妈，来年春天。我会像您一样，天天剁了细碎的蔬菜，去撒在那一棵老树下……"

那些甘于寂寞的，惯于离群索居的，羞涩的，斯文的，与世无争、与同类无争的蜗牛们啊，谁知它们是否会挨过寒冷的冬天呢？谁知它们明年春天是否会出现在那一棵老树之下呢？它们真的会认识饲养过它们的我的老母亲吗？居然也会认识那样一位老母亲的儿子吗？……愿上帝保佑它们！

我养鱼，我养花

我也爱鱼，我也爱花。人长一双眼睛，总希望看到些悦目的颜色，总希望看到些美丽的东西，否则岂非辜负了自己的一双眼睛吗？“赏心悦目”这个词，其实很应该反过来说的。首先目悦之，而后心赏之，难道不是吗？

如今的生活，已经变得相当丰富多彩了。可我几乎是个足不出户的人。终日伏案写作，抬头是墙，扭头是窗。窗的对面仍是墙——别的一幢楼的墙。目所见的颜色是极其单调的，心所赏的景物是极其局限的。久而久之，便觉得自己仿佛是一只小小盒子里的蜥蜴，于是对悦目的颜色和美丽的东西油然而生强烈的渴望……

我愿窗台上常有花儿开着，我愿桌上常有鱼儿在鱼缸里游着，使我在凝神思考之际有什么值得睹视的东西看着。为了满足自己这心愿，我便买了花盆和花，买了鱼缸和鱼。

先说花。我喜欢那些好看的草花，也就是老百姓说的“家常花”。不敢青睐那些名贵的花，它们太娇气，侍弄不得法便会无可救药地死去，而我又不可能像一位专宠专爱的郎君，太分心在它们身上。“家常花”则耐活多了，每天别忘了浇水，晒晒阳光，大抵就会慷慨地开放。即或几天内忘了浇水，忘了晒阳光，发现它们枯了萎了，“将功补过”一般也是来得及的。我曾从外地千里迢迢地带回家几盆花，但因易地之故，水土不服，都死了。当然，也有我的责任——照料不够。在我和花的关系中，坦率地说，我承认我一向较自私。花儿一厢情愿为我开，我为花儿服务却不够。一本书上讲，从这种现象似可判断一个男人对女性的态度。像我这样的男人，在对待女性的态度方面，又似该列入那么一种类型——也企盼着女性钟情于己，却不怎么能为人家做出牺牲。我扪心自问，觉得并不尽然，颇怀疑那本书的分析的科学性。但转而一想，也完全可能那本书的分析并不错，是我自己不能勇于正视自己的本来面目。不过呢，纵然那本书的分析千真万确是对的，我拿不可救药的自己也没什么好办法了。无非时时告诫自己，疏远女性，只拈花惹草而已。花草，吾所欲也。女性，亦吾所欲也。但花草较之女性，毕竟有似是而非的不同。于前者，缺乏责任感，不过是粗心罢了。于后者，则是男人的德行问题了。

现在的我，对花已培养起了几分责任感。虽谈不上“只恐夜深花睡去，故烧高烛照红妆”，该浇点水的时候浇水，该沐浴阳光的时候搬到阳光底下去，这些起码的责任还是能尽到的。我尽到了起码的责任，我养的那些“家常花”，也就为我无私地示翠绿，吐嫣红。我本对它们也没太高的期待，并不想获得李清照那种“知否，知否，应是绿肥红瘦”的寂雅闲情，也不想获得秦观那种“有情芍药含春泪，无力蔷薇卧晓枝”的感怀怅心，倒是有几分曹组那种“着意闻时不肯香，香在无心处”

的意外欣喜……

我望着我养的一些“家常花”开了，总会联想到胡适的几句话——花儿开了／我笑了／我觉花儿是为我开的了／我心里也像有花儿开了／花儿觉我是为它笑了／花儿开得也像笑了……记不很清了，大概就是这么个意思。我欣赏的不是胡适先生的诗句本身，而是他这几句诗话的意思，意思比他的诗句本身有意思。一个人能在细微处生愉悦，是怪难得的。我从养些“家常花”获得了这一点，便觉自己怪难得的，比以前的自己怪难得的……

再说鱼。我养的都是金鱼，品种最一般的金鱼。逛早市的时候买的，最贵的一元五一条，便宜的一元钱两条。一元钱在今天居然能买两条有生命的小东西，有时甚至可以买到四条，你不能不认为这是一元钱所能买到的最美丽的东西了。我买的鱼儿们，在品种上被归为“草鱼”一类。在我看来，鱼儿能像它们那样美丽，也就够美丽的了。而且，它们的可贵处，像我养的“家常花”，都是很耐活的。我最先只买了两条，养在一个圆形的小鱼缸里。后来又买了两条，养在一个较大的方形鱼缸里。再后来索性又买了几条，共同养在一个更大的鱼缸里。鱼缸大，桌上是不能摆了，只好摆在阳台上。坐在窗前写小说，抬头可见金鱼在鱼缸里悠然自得地游，便觉得自己改善了自己寂寂甘苦的创作生涯，心中别是一种自慰。我对鱼儿们比对花儿们更有责任感些，每天按时喂食，隔几日换一次水，尽量使它们在清洁的水中活着。它们游得不生动了，我便会细细地透过鱼缸观察，怕它们病了。因为和花儿相比，鱼儿更是生命啊！死了一条鱼儿，也更比死了一株花儿感到内疚。最初的十几条鱼儿，本是养得很好的，鳞光闪耀，鳍尾透亮，在颇大的鱼缸里生活得相当“幸福”。后来妻说，鱼缸够大，理应多养些——大片游过来，一大片游过去，那多好看。我一想象，也觉那将是很壮观的情形，于是又买了十几条。结果，就开始不停地死。可能新买来的鱼儿，在卖鱼人的鱼盆里饿着的，所以到了我这儿，必然抢食吃，有的便撑死了。也可能是鱼儿增多了，水中的氧不够了，有的闷死了。当然，也不排除新买的鱼儿有传染病的原因。总之，几乎“全军覆灭”。有一天从早到晚竟死了七条……

那几天我什么事儿也顾不上了，长时间地守在鱼缸前。有鱼蔫了，便捞出，放另一缸里单养，往水中兑药，抢救了几条鱼儿的生命……

养鱼使我对小生命培养起了尊重，以及更大的责任感。我想，既然我把它们买回家了，那么，也就意味着，上帝将它们交由我来照料了。对它们的生死，我岂能麻木不仁呢？为了养好它们，我特意买了一册北京出版社出的书《金鱼》。当然，也为它们置备了充氧器、滤水器……现在，在我的“关照”下，鱼儿们又“幸福”起来……

归根结底，虽然我为花儿和鱼儿付了点儿精力和时间，但它们也给我带来了生活的情趣儿，尽管我养的不过是一些“家常花”和最普通最便宜的鱼儿……

第五辑

一只风筝的一生

狡猾是一种冒险

从前，在印度，有些穷苦的人为了挣点儿钱，不得不冒险去猎蟒。

那是一种巨大的蟒，一种以潮湿的岩洞为穴的蟒，背有黄褐色的斑纹，腹白色，喜吞尸体，尤喜吞人的尸体。于是被某些部族的印度人视为神明，认定它们是受更高级的神明的派遣，承担着消化掉人的尸体之使命。故人死了，往往抬到有蟒占据的岩洞口去，祈祷尽快被蟒吞掉。为使蟒吞起来更容易，且要在尸体上涂了油膏。油膏散发出特别的香味儿，蟒一闻到，就爬出洞了……

为生活所迫的穷苦人呢，企图猎到这一种巨大的蟒，就佯装成一具尸体，往自己身上遍涂油膏，潜往蟒的洞穴，直挺挺地躺在洞口。当然，赤身裸体，一丝不挂，最主要的一点是一脚朝向洞口。蟒就在洞中从人的双脚开始吞。人渐渐被吞入，蟒躯也就渐渐从洞中蜓出了。如果不懂得这一点，头朝向洞口，那么顷刻便没命了，猎蟒的企图也就成了痴心妄想了……

究竟因为蟒尤喜吞人的尸体，才被人迷信地图腾化了，还是因为蟒先被迷信地图腾化了，才养成了“吃白食”的习性，没谁解释得清楚。

我少年时曾读过一篇印度小说，详细地描绘了人猎蟒的过程。那人不是一个大人，而是一个十三岁的孩子，他和他的父亲相依为命。他的父亲患了重病，奄奄待毙，无钱医治，只要有钱医治，医生保证病是完全可以治好的。钱也不多，那少年家里却拿不起，于是那少年萌生了猎蟒的念头。他明白，只要能猎得一条蟒，卖了蟒皮，父亲就不至眼睁睁地死去了……

某天夜里，他就真的用行动去实现他的念头了。他在有蟒出没的山下脱光衣服，往自己身上涂遍了那一种油膏。他涂得非常之仔细，连一个脚趾都没忽略。一个少年如果一心要干成一件非干成不可的大事，那时他的认真态度往往超过了大人们。当年我读到此处，内心里既为那少年的勇敢所震撼，又替他感到极大的恐惧。我觉得世界上顶残酷的事情，莫过于生活逼迫着一个孩子去冒死的危险了。这一种冒险的义务性，绝非“视死如归”四个字所能包含的。“视死如归”，有时只要不怕死就足够了，有时甚至“但求一死”罢了，而猎蟒者的冒险，目的不在于死得无畏，而在于活得侥幸，活是最终目的。与活下来的重要性和难度相比，死倒显得非常简单，不足论道了……

那少年手握一柄锋利的尖刀，趁夜仰躺在蟒的洞穴口。天亮之时，蟒发现了他，就从他并拢的双脚开始吞他。他屏住呼吸，不管蟒吞得快还是吞得慢，猎蟒者都必须屏住呼吸。蟒那时是极其敏感的，稍微明显的呼吸，蟒都会察觉到。通常它吞一个涂了油膏的大人，需要二十多分钟。猎蟒者在它将自己吞了一半的时候，也就是吞到自己腰际，猝不及防地坐起来——

以瞬间的神速，一手掀起蟒的上腭，另一手将刀用全力横向一削，于是蟒的半个头，连同双眼，就会被削下来。自家的生死，完全取决于那一瞬间的速度和力度，削下来便远远地一抛。速度达到而力度稍欠，猎蟒者也休想活命了。蟒突然间受到强烈疼痛的强刺激，便会将已经吞下去的半截人体一下子呕出来。人就地一滚躲开，蟒失去了上腭连同双眼，想咬，咬不成，想缠，看不见。愤怒到极点，用身躯盲目地抽打岩石，最终力竭而亡。但如果未能将蟒的上半个头削下，蟒眼仍能看到，那么它就会带着受骗上当的大愤怒，蹿过去将人缠住，直到将人缠死，与人同归于尽……

不幸就发生在那少年的身体快被蟒吞进了一半之际——有一只小蚂蚁钻入了少年的鼻孔，那是靠意志力所无法忍耐的。少年终于打了个喷嚏，结果可想而知……

数天后，少年的父亲也死了，尸体涂了油，也被赤裸裸地抬到那一个蟒洞口……

三十多年过去了，我却怎么也忘不了读过的这一篇小说。其他方面的读后感想，随着岁月渐渐地淡化了，如今只在头脑中留存下了一个固执的疑问——猎蟒的方式和经验，可以很多，人为什么偏偏要选择最最冒险的一种呢？将自己先置之死地而后生，这无疑是大智大勇的选择。但这一种“智”，是否也可以认为是一种狡猾呢？难道不是吗？蟒喜吞人尸，人便投其所好，从蟒决然料想不到的方面设计谋，将自身作为诱饵，送到蟒口边上，任由蟒先吞下一半，再猝不及防地“后发制人”，多么狡猾的一招！但是问题又来了——狡猾也真的可以算是一种“智”吗？勉强可以算之，却能算是什么“大智”吗？我一向以为，“狡猾”是“狡猾”，“智”是“智”，二者是有些区别的。诸葛亮以“空城计”而退压城大军，是谓“智”。曹操将徐庶的老母亲掳了去，当作“人质”，逼徐庶为自己效力，似乎就只能说是狡猾了罢，而且其狡其猾又是多么的卑劣呢！

那么在人与兽的较量中，人为什么又偏偏要选择最最狡猾的方式去冒险呢？如果说从前的印度人猎蟒的方式还不足以证明这一点，那么非洲安可尔地区的猎人猎获野牛的方式，也是同样狡猾、同样冒险的。非洲安可尔地区的野牛身高体壮，狂暴异常，当地土人祖祖辈辈采用一种与众不同的方式猎杀之，他们利用的是野牛不践踏、不抵触人尸的习性。

当野牛成群结队来吃草时，埋伏着的猎手便暗暗物色自己的谋杀目标，然后小心翼翼地匍匐逼近。趁目标低头嚼草之际，早已瞄准它的猎手霍然站起放箭，随即又卧倒下去，动作之疾跟那离弦的箭一样。

箭在野牛粗壮的颈上颤动，庞然大物低哼一声，甩着脑袋，好像在驱赶讨厌的牛蝇。一会儿，它开始警觉地扬头凝视，那是怀疑附近埋伏着狡猾的敌人了。烦躁不安的几分钟过去后，野牛回望离远的牛群，想要去追赶伙伴们了，而正在这时，第二支箭又射中了它。野牛虽然目光敏锐，却未能发现潜伏在草丛中的敌人，但它听到了弓弦的声响。颈上的第二支箭使它加倍地狂躁，鼻子翘得高高的，朝弓弦响处急奔过去。它并不感到恐惧，只不过感到很愤怒。突然间它停了下来，因为它嗅到了可疑的气味儿，边闻，边向前搜索……

人被看到了！野牛低俯下头，挺着两支锐不可当的角，笔直地冲上前去，对那猎手来说，情况十分危险。如果他沉不住气，起身逃跑，那么他死定了！但他却躺在原地纹丝不动。野牛在猎手跟前不停地踩蹄，刨地，摇头晃脑，喷着粗重的鼻息，大瞪着因愤怒而充血的眼睛……最后它却并没攻击那具“人尸”，轻蔑地转身走开了……

但这只是一种“战术”而已，野牛的“战术”。这“战术”也许是从它的许多同类的可悲下场本能地总结出来的。它又猛地掉转身躯，冲回到人跟前，围绕着人兜圈子、踩蹄、刨地，眼睛更加充血，瞪得更大，同时一阵阵喷着更加粗重的鼻息，鼻液直喷在人脸上。而那猎手确有非凡的镇定力，他居然能始终屏住呼吸，眼不眨，心不跳，仰躺在原地，与野牛眼对眼地彼此注视着，比真的死人还像死人。野牛一次次杀了五番“回马枪”，仍对“死人”看不出任何破绽。于是野牛反倒认为自己太多疑了，决定停止对那“死人”的试探，放开四蹄飞奔着去追赶它的群体，而这一次次的疲于奔命，加速了箭镞上的毒性发作，使它在飞奔中四腿一软，轰然倒地。这体重一千多斤的庞然大物，就如此这般地送命在狡猾的小小的人手里了……

现代的动物学家们经过分析得出结论：动物们不但有习性，而且有种类性格。野牛是种类性格非常高傲的动物，用形容人的词比喻它们可以说是“刚愎自用”，进攻死了的东西是违反它的种类性格的。人常常可以做违反自己性格的事，而动物却不能。动物的种类性格，决定了它们的行为模式，或曰“行为原则”也未尝不可。改变之，起码需要百代以上的过程，在它们的种类性格尚未改变前，它们是死也不会违反“行为原则”的，而人正是狡猾地利用了它们呆板的种类性格。现代的动物学家们认为，野牛之所以绝不践踏或抵触死尸，还因为它们的

"心理卫生"习惯。它们极其厌恶死了的东西，视死了的东西为肮脏透顶的东西，唯恐那肮脏玷污了它们的蹄和角。只有在两种情况下才发挥武器的威力——发情期与同类争夺配偶的时候以及与狮子遭遇的时候。它的"回马枪"也可算作一种狡猾，但它再狡猾，也料想不到，狡猾的人为了谋杀它，宁肯佯装成它视为肮脏透顶的"死尸"……

比非洲土人猎取安可尔野牛更狡猾的，是吉尔伯特岛人猎捕大章鱼的方式。吉尔伯特岛是太平洋上的一个古岛，周围海域的章鱼之大，是足以令世人震惊的，它们的触角能轻而易举地弄翻一条载着人的小船。

猎捕大章鱼的吉尔伯特岛人，双双合作，一个充当"诱饵"，一个充当"杀手"。为了对"诱饵"表示应有的敬意，岛上的人们也称他们为"牺牲者"。

"牺牲者"先潜入水中，在有大章鱼出没的礁洞附近缓游，以引起潜伏的大章鱼的注意，然后突然转身，勇敢地直冲洞口，无畏地闯入大章鱼八条触角的打击范围。

充当"杀手"的人，埋伏在不远处，期待着进攻的机会。当他看到"诱饵"已被章鱼拖到洞口，大章鱼已用它那坚硬的角质喙贪婪地在"诱饵"的肉体上试探着，寻找一个最柔软的部位下口。

于是，"杀手"迅速游过去，将伙伴和大章鱼一起拉离洞穴。大章鱼被激怒了，更凶狠地缠紧了"牺牲者"，而"牺牲者"也紧紧抱住大章鱼，防止它意识到危险抛弃自己溜掉。于是"杀手"飞快地擒住大章鱼的头，使劲儿把它向自己的脸扭过来，然后对准它的双眼之间——此处是章鱼的致命部位，套用一个武侠小说中常见的词可叫“死穴”——拼命啃咬起来。一口、两口、三口……不一会儿，张牙舞爪的大章鱼渐渐放松了吸盘，触角也像条条死蛇一样垂了下去，就这样一命呜呼了……

我们可以得出结论，狡猾往往是弱类被生存环境逼迫生出来的心计。我们的祖先，没有利牙和锐爪，甚至连自卫的角、蹄、较厚些的皮也没有，连逃命之时足够快的速度都没有。在亘古的纪元，人这种动物，无疑是地球上最弱的动物之一，不群居简直就没有办法活下去，于是被生存的环境生存的本能逼生出了狡猾，狡猾成了人对付动物的特殊能力。其次我们可以得出结论，人将狡猾的能力用以对付自己的同类，显然是在人比一切动物都强大了之后。当一切动物都不再可以严重地威胁人类生存的时候，一部分人类便直接构成了另一部分人类的敌人。主要矛盾缓解了，消弭了，次要矛盾上升了，转化了，比如分配的矛盾、占有的矛盾、划分势力范围的矛盾。因为人最了解人，所以人对付人比人对付动物有难度多了，尤其是在一部分人对付另一部分人，成千上万的人对付成千上万的人的情况下。于是人类的狡猾就更狡猾了，于是心计变成了诡计。卧底者、特务、间谍，其角色很像吉尔伯特岛人猎捕大章鱼时的“牺牲者”。“置之死地而后生”这一军事上的战术，正可以用古印度人猎蟒时的冒险来生动形象地加以解说。那么，军事上的佯败，也就好比非洲土人猎杀安可尔野牛时装死的方法了。

我以为狡猾并非智慧，恰如调侃不等于幽默。狡猾往往是冒险，是通过冒险达到目的之心计。大的狡猾是大的冒险，小的狡猾是小的冒险。比如“二战”时期日军偷袭珍珠港的军事行径，所冒之险便是彻底激怒一个强敌，使这一个强敌坚定了必予报复的军事意志。而后来美国投在广岛和长崎的两颗原子弹，对日本军国主义来说，无疑是自己的狡猾的代价。德国法西斯在“二战”时对苏联不宣而战，也是一种军事上的狡猾，代价是使一个战胜过拿破仑所统率的侵略大军的民族，同仇敌忾，与国共存亡。柏林终于被攻陷，并且在几十年内一分为二，是德意志民族为希特勒这一个民族罪人付出的代价。

而智慧，乃是人类克服狡猾劣习的良方，是人类后天自我教育的成果。智慧是一种力求避免冒险的思想方法，它往往绕过狡猾的冒险的冲动，寻求更佳的达到目的之途径。狡猾的行径，最易激起人类之间的仇恨，因而是卑劣的行径，智慧则缓解、消弭和转化人类之间的矛盾与仇恨。也可以说，智慧是针对狡猾而言的。至于诸葛亮的“空城计”，尽管是冒险得不能再冒险的选择，但那几乎是唯一的选择，是没有选择的选择，并且目的在于防卫，不在于进攻，所以没有卑劣性，恰恰体现出了智慧的魅力。

一个人过于狡猾，在人际关系中，同样是一种冒险。其代价是，倘被公认为一个狡猾的人了，那么也就等于被公认为是一个卑劣的人一样了。谁要是被公认为是一个卑劣的人了，几乎一辈子都难以扭转人们对他或她的普遍看法，而且，只怕是没谁再愿与之交往了。这对一个人来说，可是多么大的一种冒险多么大的一种代价啊！

一个人过于狡猾，就怎么样也不能成为可爱可敬的人。对于处在同一人文环境中的人，将注定是危险的。对于有他或她存在的那一人文环境，将注定是有害的，因为狡猾是一种无形的武器。因其无形，拥有这一武器的人，总是会为了达到这样或那样的目的，一而再、再而三地使用之，直到为自己的狡猾付出惨重的代价。但那时，他人，周边的人文环境，也就同样被伤害得很严重了。

一个人过于狡猾，无论他或她多么有学识，受过多么高的教育，身上总难免留有土著人的痕迹，也就是我们的祖先们未开化时的那些行为痕迹。现代人类即使对付动物们，也大抵不采取我们祖先们那种种又狡猾又冒险的古老方式方法。狡猾实在是人种类的性格的退化，使人类降低到仅仅比动物的智商高级一点点的阶段，比如吉尔伯特岛人用啃咬的方式猎杀章鱼，谁能说不狡猾得带有了动物性呢？

人啊，为了我们自己不承担狡猾的后果不为过分的狡猾付出代价，还是不要冒狡猾这一种险吧。试着做一个不那么狡猾的人，也许会感到活得并不差劲儿。

当然，若能做一个智慧之人，常以智慧之人的眼光看待生活、看待他人、看待名利纷争、看待人际摩擦，就更值得学习了。

倘我为马

马的一生像人的一生，也有着命运的区别。

军马的一生豪迈光荣，赛马的一生争强好胜，野马的一生自由奔放，而役马一生如牛，注定了辛劳到死。

法国启蒙运动时期的卓越作家布封，写过大量动物素描的散文，其中著名的一篇就是《马》。

布封这篇散文简直可以说精美得空前绝后，因为对于马，我想，不可能有第二个人比布封写得更好。

布封认为："在所有动物中，马是身材高大而身体各部分又都配合得最匀称、最优美的。"

我也这么认为。

我觉得马堪称一切动物中的模特。

布封是那么热情地赞美野马。

他写道："它们行走着，它们奔驰着，它们腾跃着，既不受拘束，又没有节制；它们因不受羁勒而感觉自豪，它们避免和人打照面；它们不屑于受人照料，在无垠的草原上自由地生存……所以它们远比大多数家马强壮、轻捷和有劲；它们有大自然赋予的美质，也就是说，有充沛的精力和高贵的精神……”

是的，如果在对生命形式进行选择时，我竟不幸没了做人的资格，那么我将恳求造物主赐我为一匹野马。

成了作家，我在自己智力所及的前提之下，多少领略到了一些自由想象的快乐。

但我对于自由思想权利的渴望，尤其是对公开表达我的思想权利的渴望，也是何等之强烈啊！

想象的自由和思想的自由是不一样的。

美国电影《侏罗纪公园》是自由想象的成果，苏联小说《日瓦戈医生》是自由思想的作品，前者赚取着金钱，后者付出了代价。

如果我的渴望真的是奢侈的，那么——就让我变一匹野马，在行动上去追求更大的自由吧！

我知道是野马就难免会被狮子捕食了。

在我享受了野马那一种自由之后，我认野马不幸落入狮口那一种命。

做不成野马，做战马也行。

因为在战场上，战马和战士的关系，使人和动物的关系上升到了一种几乎完全平等的程度。一切动物中，只有战马能做到这一点。它和人一样出生入死，表现出丝毫也不逊于人的勇敢无畏的牺牲精神。“不会说话的战友”——除了战马，没有另外的任何动物，能使人以“战友”相视。人对动物，再也没有如此之高的评价。当然，军犬也被人视为“战友”，猎人对猎犬也很依赖，但军犬何曾经历过战马所经历的那种枪林弹雨、炮火硝烟？再大的狩猎场面，又岂能与大战役那一种排山倒海般的悲壮相提并论？

不能如野马般自由地生，何妨像战马似的豪迈地死！

大战前，几乎每一名战士都会情不自禁地对他的战马喃喃自语，述说些彼此肝胆相照的话。战马那时昂头而立的姿态是那么高贵，它和人面对面地注视着，眼睛闪烁，目光激动又坦率。

它仿佛在用它的目光说：人，你完全可以信任我，并应该像信任你自己一样。

在古今中外的战场上，战马舍生救战士的事多多。战士落难，往往还要杀了战马，饮它的血，食它的肉。

人善于分析人的心理，但目前还没有一篇文字，记录过战马将要被无奈的战士所杀前的心理。

连布封也没写到过。

倘我为战马，倘我也落此下场，倘我后来又有幸轮回为人，我一定将这一点当成我的文学使命写出来……

我相信战马那时是无怨无悔的，虽然，我同时相信，战马也会像人一样感到命运安排的无限悲怆。

倘我为战马，我也会凝视着战士向我举起的枪口，或刺向我颈脉的尖刀，宽宏又镇定。

因为战斗或战役的胜利，最后要靠战士，而不能指望战马。因为那胜利，乃战士和战马共同的任务。因为既是战马，它的眼一定见惯了战士的前仆后继，肝脑涂地，惨伤壮死。

战士已然如此，战马何惧死哉？

在内蒙古电影制片厂优秀导演赛夫的一部电影中，有一段三四分钟之久的长镜头，将几名骑者策马驰骋在草原上的身姿拍摄得令人赞叹不已——

夕阳如血，草原广袤而静谧，斯时人马浑然一体。马在草原上鹰似的飞翔，人在鞍上蝶似的翻转。人仿佛是马的一部分，马也仿佛是人的一部分。人马合二为一，协调着无比优美的律动，仿佛天生便是两种搭配在一起的生命。

我觉得那堪称中国电影史上关于人和马的最经典的镜头。

战马的生命与战士的生命，既达到过那么密不可分的境界，既相互地完全属于过，战马倘为战士而死，死得其所也！死无憾也！

○

车辚辚，马萧萧，行人弓箭各在腰。

爷娘妻子走相送，尘埃不见咸阳桥。

……

○

无论何时，吟杜工部的《兵车行》，常不禁悲泪潸潸，既为男儿，亦为战马。

战斗结束，若战士荣归，战马生还，战士总会对战马表示一番友爱。

战马此时的神态是相当矜持的，它不会因而得意忘形，不会犬似的摇尾巴，它对夸奖历来能保持高贵的淡然。

这是我尤敬战马的一点。

倘做不成战马，做役马也行。

布封对役马颇多同情的贬义。

他在文中写道："它的教育以丧失自由而开始，以接受束缚告终；它被奴役和驯养得已太普遍、太悠久，以至于我们看见它们时，很少是处在自由状态中，它们在劳动中经常是披着鞍辔的；它们总是带着奴役的标志，并且还带着劳动与痛苦所给予的残酷痕迹——嘴巴被衔铁勒出的皱纹使嘴变了形，腹部留下着被马腹带磨光了毛的深痕，蹄子也都被铁钉洞穿了……"

但某些人身上，不是也曾留下了劳动者的标志吗？手上的老茧，肩上的死肉疙瘩，等等。只要那劳动对世界是有益无害的，我不拒绝劳动；只要我力所能及，我愿承担起繁重的劳动；只要我劳动时人不在我头顶上挥鞭子，我不会觉得劳动对一匹役马来说是什么惩罚……

正如我不情愿做宠犬，我绝不做那样的一类马——"就是那些在奴役状况之下看似自我感觉最良好的马，那些只为着人摆阔绰、壮观瞻，而喂养的马、供奉着的马，那些为着满足主人的虚荣而戴上金银饰物的马。它们额上复着妍丽的一撮毛，颈鬃编成了细辫，满身盖着丝绸和锦毡。这一切之侮辱马性，较之它们脚下的铁蹄还有过之无不及。"

是的，纵然我为马，我也还是要求一些马性的尊严的。故我宁肯充当役马，也绝不做以上那一种似乎很神气的马。因为我知道，役马还起码可以部分地保留自己的一点儿脾气。以上那一种马，却连一点儿脾气都不敢有，人宠它，是以它应绝对地没有脾气为前提的……

我也不做赛马。

我不喜欢参与竞争，不喜欢对抗式的活动，这也许正是我几乎不看任何体育赛事的主要原因……

马是从不互相攻击、互相伤害的动物，它们从来不发生追踏一只小兽或向同类劫夺一点儿东西的事件。

马群是最和平相处的动物群体，即使在发情期，两匹公马之间，也不至于为争夺配偶而势不两立、你死我活。我们都知道，那样的恶斗，甚至在似乎气质高贵的公鹿之间和似乎温良恭让的公野羊之间，也是司空见惯的。

倘我为马，我愿模范地遵守马作为马的种种原则。

我将恪守马性的尊严。

而我最不愿变成的，是希腊神话传说中的人马——要么是人，要么是马，要么什么也不是，请上帝干脆没收了我轮回的资格！……

虎年随想

我做知青的时候，曾伐过木。在深山老林中，在三角帐篷里，在月隐星疏的夜晚，坐大铁炉旁，口嚼香酥的烤馒头片，听伐木工们讲过这么一件关于虎的“逸事”——清晨，一名伐木工刚推开“木格楞”的门，骇叫一声，慌缩迈出的脚，急将门插上，且用木杠顶住。

众人惊问他看见什么怪物了，何以吓得面无人色。他抖抖地说可不得了，门外趴着一只虎。都不信，纷纷凑窗往外看。果然！那虎比他们想象的要大得多，估计站起来有一头三四岁的牛那么高，趴在门外两米远处，虎视眈眈地瞪着门。有人惴惴地说：“快把窗钉上！”是的，那框架单薄的窗挡不住虎。若虎想进入，只需跃起一蹿，窗便注定会被撞开……于是众人七手八脚翻出钉子、锤子，拆床板，从里面将窗钉死了。都觉安全了些，就一个个虔诚反省——是否谁无视山规，冒犯了兽中之王？东北一代代的伐木工，一向将虎膜拜为“山神”，劳动中禁忌颇多。一个个反省了一番的结果是，并没有什么冒犯“山神”的行为。莫非它饿极了，堵在门口，想人出去一个，它吃一个吗？得不出别的结论，似乎也只有以上的结论合乎逻辑。挨至中午，虎不离开。挨至晚上，虎还不离开。天黑了，伐木工都睡了。心里都这么想——看谁有耐性？然而那一夜，谁都没睡好，因为虎在外面时时发出长啸。天刚亮，第一个醒来的伐木工从门缝往外一瞧，不禁倒吸冷气。

虎仍趴在那儿，舔自己的一只前爪。而且，不是一只虎了，是两只虎了。前一只可能是雌的，后来的一只可能是雄的，因为比前一只更壮大。门外雪地一片红，显然它们刚吃过什么，又显然是后一只为前一只叼来的——雪地上的虎踪说明了这一点。

于是两只虎轮番趴在那儿和伐木工们比赛耐性。雌虎离开，雄虎留守；雌虎回来，雄虎离开。雌虎离开时，一只前爪瘸拐着。它回来一趴下，雄虎便替它舔那只爪……

一名老伐木工终于看明白了，他们的住处一向是备有各类外伤药的。他命别人找给他，之后就带着药迈出“木格楞”，从容地向那只受伤的雌虎走去。别人在他走出去后，立刻又用木杠顶上了门，都从门缝往外瞧……

雌虎的一只前爪很深地扎入着一根木刺，那只爪已经脓肿得非常厉害了。老伐木工替它挑出刺，挤尽脓，敷了药，并包扎了药布。他这么做时，雌虎很配合，很乖顺。雄虎则围着踱来踱去，警惕地监视着，防范着……

以后，每隔数日，伐木工们便会发现有一行虎踪自远而近，又由近而远——门外，或留下一只死兔，或留下一只死狍……

我小学六年级时，还从一本少儿杂志上读到过这样一则关于虎的“逸闻”——苏联某科学家，在考察过程中独自遇到了一只虎。他正坐着吸烟，听到背后有不寻常的响动。一回头，一只虎已经悄悄走近了他。近得只距他五六米了，逃跑根本来不及。他镇定未慌，注视着虎，掏出口琴，以若无其事之状吹起来。虎迷惘了，困惑了，卧下了，也研究地注视他。口琴声一停，虎便站起接近他，他只得又吹。虎经几起几卧，接近到了他身旁。他则衔琴而舞，边吹，边舞向一棵大树。虎亦步亦趋，寸步不离。他舞至树下，虎也跟至。他壮着胆子将口琴塞入虎口，趁虎玩口琴，他攀上了树。虎终于玩得索然，仰头望他一会儿，怏怏而去……

虎一被列入被重点保护的珍稀动物，关于虎其实并不吃人的"科学"言论也就多起来了。我相信某些人虎相遇，虎未伤人的事，但我认为那肯定是个别之事，是人的侥幸，比如以上二例。而更多的情况下，据我想来，人若手中无枪，甚至连武松闯景阳冈时所提的哨棒也没有，并且所遇是一只饿虎，那么，十之八九，人的下场是很悲惨的。

我更能接受虎吃人的说法。

但是人虎不期然地相遇的情况毕竟太少了，而人谋杀虎的情况太多了。所谓"兽死于皮"，皮一珍贵，再凶猛的兽，对人而言，谋杀之易都不在话下了。

我属牛，从电视里、报刊上，几次见过人将活牛推入虎园，供虎扑食的事。人说："这是为了虎的生存，培养虎的凶猛本能。"人做什么事都是能找出堂皇的理由的。我却认为，不仅是为了虎的生存，也还是为了人的看。那一张门票不是很贵的吗？倘不以活牛喂虎，看的人会那么多吗？门票归门票，牛价是另算的。成牛三千，幼犊一千。只买得起门票的也只能看看虎，买得起牛的才有幸观看猛虎食牛。这常使我心生某种怜类之悲。许多事，在中国都变得有点儿邪。尽管如此，我觉得非虎的过错，对虎还是保持着三分敬意，乃因——虎也是可以被驯来表演马戏的，但虎的表演不失起码的自尊。狗表演得出色，驯兽员便不失时机地往狗嘴里塞糖，于是狗作揖。对狗，我其实也是心怀敬意的。我敬军犬的忠诚，敬猎犬的勇敢，敬牧羊犬的“尽业”，敬导盲犬对人的服务精神，敬看家犬的不卑不亢，甚至敬野狗对自由的选择。我不喜欢的只有两类狗——宠物犬和马戏场上的表演犬，它们之间的区别不大。前者表演给少数人看，后者表演给众多的人看。狗一表演，就不太像狗了，像猴了。

猴嘴里被塞了糖，马戏场上的表现尤其乖，熊也那样。海狮更不例外，一条小鱼足以使它表演起来乐此不疲。但没见过驯兽员在虎表演之前或之后，往虎嘴里塞东西。这方式对虎不灵。驯兽员迫虎表演，靠的是电棍和长鞭。你看虎表演，总不难看出它是多么不情愿。狗、猴、熊、海狮，都会为得到一口吃的而反复表演。在马戏场上，虎也不得不表演。但虎绝不肯反复表演，吃的、电棍和长鞭，都不可能迫虎反复表演。虎为生存而表演，虎不至于为取悦而表演。

虎宁肯在笼子里，其实不情愿上表演场。狗、猴、熊、海狮，却宁肯在表演场上按驯兽员的口令一遍遍不厌其烦地表演同一节目。那时它们嘴中有物嚼着，体会着区别于笼的快活。

而虎宁肯要笼中的自由。

我敬虎的不可彻底驯化的尊严。

我敬那名敢于为虎爪除刺的老伐木工，也敬那名临危不惧的苏联科学家。

据我想来，人与时代的关系，似也可将人与虎的关系来比。

时代也是不可被彻底驯化了，像狗、像猴、像熊、像海狮那样，完全按照人的示意反复为人进行表演的。

每一个时代都有它的虎气。

人的猴气一重，时代就张扬它本身的虎气。时代的虎气一旦强大于人应具备的虎气，人就反而陷入了被迫表演的误区，中国目前的表演太多了。

“猛虎啸于前而不色变，泰山崩于后而不心惊。”——虎年之中国人，或该开始蓄备如此定力？

大象、小象和人

阴霾的天空压迫着整个非洲大草原，连绵的秋雨使它处处形成沼泽。而河水已经泛滥，像镀银的章鱼朝四面八方伸出曲长的手臂。狮子们蜷卧在树丛，仿佛被淋得无精打采、一筹莫展，眼神里呈现着少有的迷惘……

象群缓缓地走过来了，大约二十几头。它们的首领，自然是一头母象，躯体巨大而且气质雍容，似乎有能力摆平发生在非洲大草原上的一切大事件。

的确有事件发生了，一头小象追随着这一象群，企图加入它们的集体。那小象看去还不到一岁，严格地说是一头幼象。那象群中也是有小象的，被大象们前后左右地保护在集体的中央。它们安全得近于无聊，总想离开象群的中央，钻出大象们的保护圈。尽管大草原上一片静谧，大象们却还是显得对小象们的安全很不放心。那一头颠颠的疲惫不堪的小象，脚步蹒跚而又执拗地追随着它们，巴望着寻找一个机会钻入大象们的保护圈，混入到小象中去。是的，它看去实在太小了。

这么小的一头小象孤单存在的情况是极少见的，在象群，母亲从来不会离开自己这么小的孩子，除非它死了。而如果一位母亲死了，它的孩子也一定会受到所在象群的呵护……

每当它太接近那一象群，它就会受到驱赶。那些大象们显然不欢迎它，冷漠地排斥它的加入。

不知那小象已经追随了多久，从它疲惫的样子看，分明很久很久了，它已经很饿了。

天在黑下来。

小象愈加巴望获得一份安全感，它似乎本能地觉出了黑夜所必将潜伏着的种种不测。那一象群中央的小象们的肚子圆鼓鼓的，它们看上去吃得太饱了，有必要行走以助消化。而那一头小象的肚子却瘪瘪的，不难看出它正忍受着饥饿的滋味。它的小眼睛里，流露着对黑夜和孤独的恐惧……

它的追随也许还使那一象群感到了被纠缠的嫌恶。大象们一次次用鼻子挑开它，或用脚蹬开它。疲惫而又饥饿的那一头小象，已经站不太稳了。大象们的鼻子只轻轻一挑它，它就横着倒下了；大象的脚只轻轻一蹬它，它也就横着倒下了；而且半天没力气爬起来。它望着它们，发呆片刻，继而又追随奔去……

以上是电视里《神秘的地球》的片段。

斯时我正在一位朋友家。

我的朋友两年前亡于车祸，那一天是他的忌日，我到他家去看望他的妻子和他的儿子，问问生活上有没有什么困难。我和那做母亲的正低声聊着，她忽然不说话了，朝我摆她的下巴。我明白她的意思，于是扭头看她的儿子。她的儿子背对着我们，全神贯注地在看电视。那一刻他们的家里是静极了。于是我们两个大人也看到了关于象群的纪实片段。

那男孩说："小象真可怜。"他是在自言自语，没有觉察到我们两个大人的目光正默默地注视着他。

我和他的母亲对望一眼，谁都没说什么。我们两个大人也觉得那小象着实可怜：刚刚跟头把式地追上那一象群的小象，又遭到同样的驱赶后，再一次横着倒下了……

那又一次横着倒下在泥泞中的小象，伸直着它的鼻子和腿，一动不动了……

男孩自言自语："可怜的小象死了。"

我听到他抽了一下他自己的鼻子，而我则向他的母亲指指自己的眼睛，他母亲微微点了一下头。

我知道那男孩是在流着眼泪了。

然而小象并没死，它终于还是挣扎着站了起来。

象群已经走得很远很远，远得它再也不可能追上了。小象六神无主地呆望一会儿，沮丧地调转头，茫然而又盲目地往回走。

它那一种沮丧的样子，真是一种沮丧极了的样子啊。

有几只土狼开始攻击它，它却颠颠地只管往前走，一副完全听凭命运摆布的样子。一只土狼从后面扑抱住了它，咬它。而它仍毫无反应地往前走，头一点一点的，像某些七老八十的老头那一种走法。象皮的厚度，使它没有顷刻便成为土狼们的晚餐……

小象走，那一只扑抱住它不放的土狼也用两条后腿跟着走，不罢不休地仍张口咬它。另几只土狼，围着小象前蹿后蹿。

小象和土狼们，就那么趟过了一片水。

我听到男孩又抽了一下鼻子。

我和他的母亲，竟都有点不忍再看下去了……

忽然，那小象扬起鼻子悲鸣了一声。

忽然，远处的象群站住了。

母象的耳朵挺了起来。

又一声悲鸣……

母象如同听到了什么极威严的号令似的，一调头就循声奔回来。而那象群，几秒钟的迟疑之后，跟随着母象奔回来……

它们寻找到了那一头小象……

土狼们四散而逃……

大象们用它们的鼻子抚慰着那一头小象，满怀怜爱心肠地收容了一个流浪儿，于是表达自己的一份善良……

男孩一动不动地说了一个字："妈……"声音很小，他的母亲移身过去，坐在他身后，将他搂在怀里，用纸巾替他擦泪。

被象群收容了的小象，不慎滑入一片沼泽，大象们开始营救它。它们纷纷朝它伸出长鼻子，然而小象已经疲惫得不能用自己的鼻子钩住大象们的鼻子。它绝望地放弃了努力，自甘地渐渐下沉着。大象们却不放弃努力，它们都试图用自己的长鼻子卷住小象的身体将它拖上来，无奈它们的鼻子没有那么长。险情接着发生了——由于它们是庞然大物，沼泽岸边的土一大块一大块地被它们踩塌。塌土埋在小象身上，小象的处境更危难了。几头大象用自己的身体组成了一道防线，挡住了小象不至于再向沼泽的深处沉陷下去。同时，它们将它们的长鼻子插入泥泞，从下边齐心协力地托起小象的身体。它们当然不知人类的摄影机在偷拍它们。它们只不过本能地觉得，既然它们收容了那一头小象，就应该像对自己的孩子一样，对它有一份责任，哪怕为此而牺牲自己。除了这么解释，还能有什么别的解释呢？

那一头是首领的母象，此刻迅速做出了超常之举——庞然大物将自己的两条前腿踏入沼泽，而它的两条后腿，缓缓地缓缓地跪下了。对于一头没受过训练的野象，那无疑是很难为它的一种姿势……

它以那样一种姿势救起了小象。

大象们开始纷纷用鼻子吸了水替小象洗去身上的泥浆。身体干净了的小象，惊魂甫定，显得呆头呆脑的。大象和别的小象们，就纷纷用鼻子对它进行又一番的抚慰。看去那情形给人这样一种深刻的印象，如果它们也有手臂的话，它们都会紧紧地搂抱它似的……

男孩此刻悄悄地说：“大象真好！”

这话，听来已经不是自言自语了，而是在对他母亲讲他的感想了。

是母亲的女人也悄悄说：“是啊，大象真好，大象是值得人类尊敬的动物。”

母子二人仿佛都忘了我这个客人的存在。不料男孩又说：“可是人不好，人坏。”

男孩的语调中，有几分恨恨的意思。

房间里静极了，因为男孩的话。

良久，母亲低声问：“儿子，你怎么那么说？”

男孩回答：“我爸爸出车祸的时候，都没有一辆车肯送他去医院，怕爸爸出的血弄脏了他们的车座！”

又良久，母亲娓娓地说："儿子啊，你的想法是不对的。确实，大象啊、天鹅啊、雁啊，总之某些动物和禽类，在许多情况下常常表现得令我们人类感到羞愧。但在我们的地球上，人类是最有觉悟力的。尽管人类做了不少危害自己也危害地球的坏事，比如战争，比如浪费资源、环境污染，可人类毕竟是懂得反省的啊！古代人做错了，现代人替他们反省；上一代人做错了，下一代人替他们反省；这一些人做错了，那一些人替他们反省；自己始终不愿反省的人，就有善于反省的人教育他们反省，影响他们反省。靠了反省的能力，人类绝不会越变越坏，一定会越变越好的。儿子啊，你要相信妈妈的话呢，因为妈妈的话基本上是事实……"

我没有料到那是母亲的女人，会用那么一大段话回答她的儿子。

因为两年来，一想到她丈夫的不幸，她仍对当时袖手旁观、见死不救的那些人耿耿于怀。

刹那间我的眼眶湿了。

我联想到这样一句话——民族和民族的竞赛，也往往是母亲们的竞赛。

我顿觉一种温暖的欣慰，替非洲大草原上那一头小象，替我罹难的朋友，替我们这个民族……

蝶恋花

一只玉蝴蝶落在一朵盛开的牡丹花上。它们是一对情意缱绻的恋人，沉浸在爱的欢悦和幸福之中，卿卿我我，海誓山盟。一群蜜蜂羡慕地绕着它们飞了一圈，又飞一圈。风偷听着它们的情话——

○

花说：啊，我的恋人，世上的蝴蝶千万只，唯有你最可爱。

蝶说：啊，我的恋人，世上的牡丹千万朵，我唯有对你最倾心。

花说：失去了你的爱情，我会立刻凋零！

蝶说：失去了你的爱情，我会立刻死亡！

花说：真正的爱对我只有一次！

蝶说：真正的爱人对我只有一个！

○

它们还说了许许多多动人的情话，它们还立下了许多许多海誓山盟。最古老的和最现代的所有吟咏爱情的诗句，它们重复了一遍又一遍。它们都被对方也被自己的痴情感动得热泪盈眶，它们的心在爱与被爱中颤抖不已。蝴蝶用自己的翅膀紧紧拥抱着牡丹，牡丹用自己的香蕊不断地狂吻着蝴蝶。

这时，一个女人领着一个孩子从屋内走到了小花园里。孩子说："我要折下那朵美丽的牡丹插到花瓶里。"母亲点点头，"去吧。"孩子便朝它们跑过来。蝴蝶急忙飞起。牡丹求救道："我的恋人呀，你怎么忍心撇下我不顾？"它哭了。蝴蝶感到万分羞愧，决心即使牺牲自己，也要拯救恋人。它在孩子面前飞上飞下，有意吸引他。孩子果然被吸引住了，就捉蝴蝶。捉不到，就回到屋里取了网继续捉，结果蝴蝶被孩子罩住了。

"妈妈，妈妈，你看我捉到一只大蝴蝶！"孩子掐着蝴蝶的双翅，跑到母亲身边。"啊，真是一只又大又美的蝴蝶呀，把它做成标本吧！"那女人领着孩子回到屋里，用一根针把蝴蝶扎在挂历上。挂历上画的也是牡丹，蝴蝶被扎在一朵牡丹花上。"真是好极了！"女人退后几步一边观赏一边说。"好看极了，妈妈。"孩子一边拍着小手一边说。蝴蝶不停地扇动双翅挣扎着，然而徒劳无益。它痛苦，它悲哀，它绝望。唯一使它感到安慰的是，窗子开着，它可以望到窗外，望到它的恋人。"啊，我的恋人，我是多么不幸，我只有每时每刻地望着你，在痛苦与绝望之中死去了……"蝴蝶泣不成声地自言自语。

"哦，我们真是不幸啊，我的恋人，从现在起，我的根须将停止吸收水分，我的叶子将停止光合作用，我的花瓣将每天纷纷落下，我将与你同死……"牡丹掩面痛哭，不忍看见被钉在十字架上的恋人。

一天过去了，两天过去了，三天过去了……蝴蝶将死了，挂历上的牡丹对它充满同情，说："可怜的蝴蝶啊，眼见你每天在痛苦之中备受折磨，我的心都要碎了，请在你临死前接受我的爱情吧，我的爱情也许会减少一些你的痛苦……"蝴蝶说："不！"它用尽最后的力气抬起头，朝窗外看了一眼，便死去了，挂历上的牡丹轻轻替它合上了眼睛。

又过了几天，到了那一月份的最后一天，女人偶然注意到那只被钉在挂历上的蝴蝶，发现它的翅已扇动得破碎不堪，并失去了美丽的颜色。"还不如当初夹在一本书里好。"她想着就拔下针，将蝴蝶扔在地上，扫走了。对蝴蝶的爱情来说，极其悲惨的月份被女人的手轻轻地拨过去了，永远……而窗外的小花园里，牡丹并未凋零，相反，倒开放得愈发迷人了。因为它有根，有叶。有根就要吸收水分，有叶就要进行光合作用，这是由不得它的事情。又一只蝴蝶开始追求起它来，落在它的花朵上，重复着与那只死去的蝴蝶大致相同的、最古老的与最现代的情话。牡丹想："为爱情而死，也许是高雅的错误。"这么一想，就羞答答地接受了新的追求者的爱情。而它们旁边的一棵老槐树听了它们的卿卿我我、海誓山盟的情话，叹息了一声。

○

牡丹问：什么？

蝴蝶问：什么？

槐树说：只有那些明知自己做不到的人，才往往喋喋不休地证明自己……

○

猴子

公园的笼子里，有一群猴子，它们究竟被关在笼子里多久了，已经无人知晓。

我们说那是笼子，其实是不准确的，因为它更像网状的大房子，猴子们在里边享有着较充分的活动空间。在那空间里，它们是自由的。但，再大的笼子也毕竟是笼子，而不是丛林。

公园的笼子里，还有一棵大树。那树的躯干在笼中，那树的树冠却在笼外。确切地说，是在罩住笼子的铁网的上边。树在笼中的躯干部分，已有多处地方掉皮了，被小猴子淘气扒下去的。树的几茎老根，拱起而扭曲地暴露于地面，宛如丑陋的灰色的蛇。树干中间，还有一个朽洞，而且越朽越大。但那棵树却是一棵野果树，春季仍开花，秋季仍结些果子。树冠在雨天足以遮雨，在酷暑足以投荫。它所结的果子是一年比一年少了，今年秋季结的果子尤其少。于是从网眼掉入笼中的果子，再也不是共享的美食了。猴群是有地位之分和等级之分的，特权和公认的资格成为占有果子多少的前提。一些掉落在网罩上的果子，只有爬到树干的最上方，将猴臂从网眼伸出网外，才能用猴爪子抓到。只有某些猴子可以爬到树干的最上方，首先当然是猴王，其次是猴王所亲昵待之的猴，再其次是强壮善斗的猴。

于是那一棵树既不只向笼中投下阴影，也在猴群中造成了不平等现象。

于是嫉妒产生了……

于是愤懑产生了……

于是争抢产生了……

于是撕咬产生了……

于是笼中每每充满了敌视的、战斗的气氛……

年轻的管理员因为猴群的骚动不安而不安，他忧心忡忡地去请教老管理员自己究竟该怎么办。

老管理员说："别睬它们，由它们去。"

年轻的管理员困惑地问："那怎么行？它们会彼此伤害的！"

"它们在丛林中也并非永远和睦相处，有的猴在被逮着以前，就带着互相伤害留下的残疾了。"

"可是……如果被咬死一只呢？"

"死就死吧。死一只，还会出生两只。笼子不是丛林，生而不死，笼中将猴满为患的。"

年轻的管理员虽然觉得老管理员的话不无道理，但对老管理员淡然处之的态度还是有些不解。

老管理员看出了此点，以思想高深的口吻说："对于我们动物园管理员而言，我们最成功的管理，是使无论猴子还是别的什么动物，彻底地遗忘它们的种群曾生存过的丛林、草原、深山和莽野；使它们的低级头脑之中逐渐形成这样的一种似乎本能的意识——它们天生便是笼中之物。笼子即它们的天地，它们的天地即笼子。通常情况下我们几乎对此无计可施，只有依赖时间，进一步说是依赖它们一代代的退化。退化了的动物不再向往笼子外面的世界，正如精神退化了的人类不再追求民主和自由……”

他正说着，笼子那边传来猴群发出的尖厉而使人惊悚的嚣叫。年轻的管理员看了他一眼，转身向笼子跑去……

猴群在笼中正“战斗”得十分惨烈——具体地说，并非所有的猴子都投入了“战斗”。大多数猴子只不过又蹦又跳，蹿上蹿下，龇牙咧嘴，在自己一方“前线猛士”的后边助威，而双方的几只“猛士”却真的撕咬作一团。那一时刻，猴子显出了它们相当凶残的一面。它们的牙齿一旦咬住对方的要害，就是受到当头一棒，仿佛死也不会松口，仿佛宁肯同归于尽。那时猴的脸相，与咬住了猎物颈子的狼、狮、豹等猛兽的脸相没什么两样……

年轻的管理员看得目瞪口呆。

一只手轻轻拍在他肩上，是老管理员的手。

老管理员眼望笼中惨烈的自戕情形，慢条斯理地说：“好，很好。对于我们，这是再好不过的现象了。看我手上这道疤，猴子挠的。几年前，这群猴子中还有出色的猴王。是的，那是一只出色的猴。它攻击我，因为它很恨人。它恨人，因为人使它和它的猴群变成了供人观看的笼中之物。它以为成功地攻击了我，就可能率它的猴群夺门而逃了。我挺钦佩那样的猴子，它那样证明它是一只向往丛林自由的猴子。瞧眼前这群猴子吧！它们中已不太可能产生那样的猴子了。它们相互攻击、撕咬，只不过是为了在笼子里的地位。几年前那一只出色的猴子，是被它的同类咬死的。我由于钦佩它，在动物园里选了个好地方把它埋了……”

一只比猴王更强壮的猴子，将猴王活活咬死了。当血从猴王的颈中射出，年轻的管理员转过了脸不忍看……

“现在，它们开始在它们的同类中树立敌人了。它们越这样，我们越容易成为它们的上帝了。对于我们，这是好现象，很好的现象……”

获胜的猴子，也就是新猴王，显得异常亢奋。它迅速地爬上树干的高处，又迅速地蹿下来，并不时地龇牙咧嘴。蹿上蹿下之际，不忘将猴臂从网眼伸出，抓取几颗果分抛给帮它夺得了王位的“有功之臣”。而那些毛上沾满了同类血迹的猴，则一只只围着树干蹦来蹦去，抓耳挠腮，显出无上荣光的猴子嘴脸。随后啃着果子，分别蹲踞在高高低低的树丫上了，像一只只秃鹫栖在高高低低的树丫上……

于是，在动物园里，在笼子里，那一棵朽树又一次易主了。

从此，这群猴子，以及它们的下一代，低级的头脑中更没有了丛林的概念，更没有了对自由的向往。

从此，年轻的管理员的职责简单多了，尽管猴群中的“战斗”仍时有发生。他认为，那些为笼中地位死了的猴子，是根本不值得他挖个坑埋的……

一只风筝的一生

这是春季里一个明媚的日子。阳光温柔，风儿和煦，鸟儿的歌唱此起彼伏。

一丛年轻的竹，在一户人家后院愉快地交谈。它们都正感觉一种生命蓬勃生长的喜悦，也都在预想和憧憬着它们的将来。有的希望做排，有的希望做桅杆，有的希望做家具，有的希望做工艺品……

还有一个说："我才不希望被做成另外的任何东西呢！我只想永永远远地是我自己，永永远远地是一棵竹！但愿我的根上不断长出笋，让我由一而十，而百，而生发成一片竹林……"

它的话音刚落，有一个男人握着砍刀走来。他是一个专做风筝卖风筝的男人，这一天他又要做一只风筝。

他上下打量那一丛年轻的竹，它们在他那种审视的目光之下，顿时都紧张得叶子瑟瑟发抖。

此刻，对那一丛年轻的竹而言，那个瘦小黝黑、其貌不扬的男人，乃是决定它们命运的上帝。他使它们感到无比的怵畏。

他的目光终于只瞧着那棵“不希望被做成另外的任何东西”的竹了。他缓缓地举起了砍刀……

不待那棵竹做出哀求的表示，他已一刀砍下——在一阵如同呻吟的折断声中，它的枝叶似乎想要拽住另外那些竹的枝叶，然而它们都屏息敛气，尽量收缩起自己的枝叶避免受它的牵连……

它无助地倒下了……

被拖走了……

做风筝的男人将它剁为几段，选取了其中最满意的一段。接着将那一段劈开，砍成了无数篾子。

他只用几条篾子就熟练地扎成了一只风筝的骨架，其余的篾子都收入柜格中去了。而剩下的几段，已对他没什么用处了，被他的女人抱出去，散乱地扔在院子里，只等着晒干后当柴烧。

美丽的、蝶形的风筝很快做好了，它是用兜风性很好的彩绸裱糊成的。当做风筝的人欣赏着它的时候，风筝得意地畅想着——啊，我诞生了！我是多么漂亮多么轻盈啊！我要高高地飞翔……

后来那风筝就被一位父亲替自己六七岁的儿子买去。在另一个明媚的日子里，父亲带着儿子将风筝放起来了。它越飞越高，越飞越高，飞到了一只真的蝴蝶所根本不能达到的高度。他们还用彩纸叠了几只小花篮，一只接一只套在风筝线上，让风送向风筝……

许多行人都不由得驻足仰头观望那只美丽的风筝，风筝也自高空朝地面俯瞰着。它更加得意了，它对另一只风筝喊：“瞧，多少人被我的美丽和我达到的高度所吸引呀！我比你飞得高！”

“我比你飞得高！那些人是被我的美丽和我达到的高度所吸引的……”另一只风筝不服气起来。

“我飞得高！”

“我飞得高！”

“我美丽！”

“我比你美丽！我像蝴蝶，而你像什么呀！不过像一只普通的毛色单一的鸟儿罢了……”

于是它们在空中争吵，于是它们都不顾风筝线的松紧，各自拼命往更高处升，都一心想超过对方的高度……

不幸得很，蝶形的风筝，首先挣断了控制它高度和操纵它方向的线，从空中翻着跟斗坠落着……一阵突起的大风将它刮走了……翌日，一个女人站在自家窗前，若有所思地凝视着它——它被缠在电线上了……

几只麻雀——城市里司空见惯的，最普通毛色最单一的小东西也落在电线上。它们对那只美丽的、蝶形的风筝感到十分好奇，叽叽喳喳地评论它。不久开始啄它，还大不敬地往它上面拉屎……

第一场雨下起来了……

然后风开始刮得尘土飞扬令人讨厌了……

被缠在电线上的风筝，湿了又干了，干了又湿了。它沾满尘土，肮脏了……

最初它还能吸引一些人的目光，他们一旦发现它，都不禁驻足望它一会儿，都会说出一两句惋惜的话，或内心里产生些惋惜的想法。

风筝不但肮脏了，而且破了。它的竹篾编扎成的骨架暴露了，像鱼刺从一条烂鱼的皮下穿出来一样。

一旦发现它的人都赶紧低下头——它容易使人产生不好的联想了。只有麻雀们仍愿落近它，仍喜欢啄它。当然，更加肆无忌惮地往它上面拉屎，仿佛它变得越狼狈不堪，越使它们感到高兴似的。

还有那个女人，也一直在天天隔窗关注着它由美变丑的过程。

她是一位女散文家，那风筝触发了她的某种文思，于是不久她写成了一篇充满伤感意味的叹物散文发在报上。于是此篇散文一时被四处转载，被收入什么什么“散文精品文丛”之类。不久获奖。

女散文家用三千元奖金买了一套时装。

她的亲朋好友都说她穿上那一套时装显得气质特别端庄，特别高贵，总之是特别超凡脱俗。她穿着它出现在文化活动中的社交场合，甚至行走在路上时，常会招来刮目相看的目光。她也十分需要这个，这也能使她那颗女人的心获得极大的满足。她因此暗暗感激那只被电线缠住的风筝……不，更真实更准确地说，是暗暗感激“俘虏”了那只风筝的电线……

有一位摄影家，从报上读到了女散文家那篇散文，并且也从报上知道她那篇散文获奖了。

于是有一天，他挎着照相机，提着三脚架，按照她那篇散文所提供的线索，来到了她家住的那一条街。男摄影家被女散文家以感伤的文字所描写的一只风筝由美变丑的过程所影响，来为那只不幸的风筝拍一张艺术照片。他的初念并没什么功利目的，只不过受种中年人常常会产生的感事伤怀的心绪的驱使，想以摄影的方式，抒发凭吊某一事物的忧郁情怀罢了。

他选好了角度，支牢三脚架，耐心地期待着光线的变化，连拍了一卷儿才离去。

他将胶卷冲洗出来惊喜地发现，有一张的意境拍得格外之好。他在暗房中又进行了几次艺术处理，使那一张成了很独特的艺术照片。后来他举办了一次个人摄影展，那一张照片当然也放大了，悬置其中，取题为《一只风筝的弥留之际》。他是位颇有名气的摄影家，参观的人不少。许多人都在《一只风筝的弥留之际》前沉思冥想，或故作沉思冥想状。其实那也算不上是一张怎样出色的照片，只不过令人看了觉得感伤忧郁罢了。

但当代人的问题是物质生活水平越提高了，心情越忧郁，精神生活内容越丰富了，精神越空虚，越没多少值得感伤的事了，越空前地感伤。这是一种时尚，一种时髦，一种病，一种互相传染而且没什么特效药可治的病。人们都觉得自己也处在弥留之际了似的，包括正年轻着的男女。

替摄影家操办摄影展的经纪人，从人们的神情中预测到了这一艺术照片的商业价值。他起先估计得太低了，他让手下人暗中将出售标价牌为他偷来了，打算再加一个零，或再加两个零……

突然响起了一个孩子的哭叫声："这是我的风筝！我到处找过它！我能认出这就是我那只风筝……"

这孩子曾因失去了那只风筝而非常难过，他和它之间似乎已存在着一种感情了，他央求他父亲替他将那摄影作品买下……

当父亲的不忍拒绝儿子，领着儿子找到了那经纪人。

经纪人伸出了一根指头。

“一千？”

经纪人摇摇头，向那当父亲的出示标价牌儿：一千后已被加上一个零了。

孩子很懂事，知道这完全超出了父亲的经济实力，噙着泪，一步三回头地跟着父亲走了……

那摄影作品立即被一位“大款”买定。“大款”倒不太喜欢它，他喜欢的是当众在别人买不起时，自己一掷万金买下任何东西的那份好感觉。

那摄影作品被一位“大款”以万金买定的事见了报，并且此消息报道配有那摄影作品。女散文家那天一看报，当即给自己的代理律师拨通了电话，指出这是公然的侵权，甚至是公然的剽窃。因为摄影作品的构思，分明的来自于她那篇不但获奖还被收入“精品丛书”的散文……

于是一场“版权”官司又见报，寂寞的报界大喜过望，“炒”得个天翻地覆。那当父亲的看到了有关报道，心想若说“版权”，“原始版权”是属于我的呀！他向女散文家和男摄影家同时进行了起诉，使得报界更加大喜过望。电台、电视台也不甘落后，分头进行采访。由于案例独特，律师界终于被诱上钩，自觉不自觉地卷入了大讨论。媒体推波助澜，使讨论发展成了辩论。于是有经济头脑的人，不失时机地就此事组织了一场法律系大学生们的辩论大赛。于是学生们在电视里唇枪舌剑，势不两立。于是有人从中大发广告效益之财，于是引起一位杂文家对此现象的批评，于是引起另一位杂文家的措辞激烈的

“商榷”。于是有人支持前者，有人支持后者，掀起了一场杂文大战，使各报战火弥漫，硝烟滚滚。于是引起一部分社会学家的忧患，而另一部分社会学家认为这一切其实很正常，大可不必杞人忧天……

第二年的春天里的一个日子，在那一户人家后院，那一丛都长高了几节的年轻的竹子，又在愉快地交谈着……

“还记得咱那个不希望被做成另外的任何东西的兄弟吗？可怜的家伙，结果落了个尸骨不全的下场！”

“嗨，你不提，我们早把它忘了！我一点儿也不同情它，谁叫它那么狂妄呢……”

那用完了竹篾的男人，又握着砍刀走来了。竹们顿时全吓得悄无声息，连一片最小的叶子也不敢抖动一下……

又一只美丽的风筝将诞生了，又一根竹四分五裂了。许多种美的诞生是以另外许多种美的毁灭为代价的，而在这过程和其后，更会有许多无聊的、没意思的事伴随着……

（京）新登字 083 号
图书在版（CIP）数据

孩子和雁 / 梁晓声著 . -- 北京 : 中国青年出版社，2018.1（2022.8 重印）
（梁晓声爱的教育系列）
ISBN 978-7-5153-5033-2

Ⅰ . ①孩… Ⅱ . ①梁… Ⅲ . ①散文集 – 中国 – 当代 Ⅳ . ① I267
中国版本图书馆 CIP 数据核字（2017）第 315257 号

孩子和雁

梁晓声 著

责任编辑：李钊平　彭慧芝
装帧设计：XXL Studio 刘晓翔 + 郑坤
出版发行：中国青年出版社
社址：北京市东城区东四十二条 21 号
网址：www.cyp.com.cn
编辑中心：010-57350578
营销中心：010-57350370
印装：北京中科印刷有限公司
经销：新华书店
规格：710 × 1000mm 1/16
印张：18.25
字数：250 千
版次：2018 年 2 月北京第 1 版
印次：2022 年 8 月北京第 3 次印刷
印数：14001—24000 册
定价：46.00 元